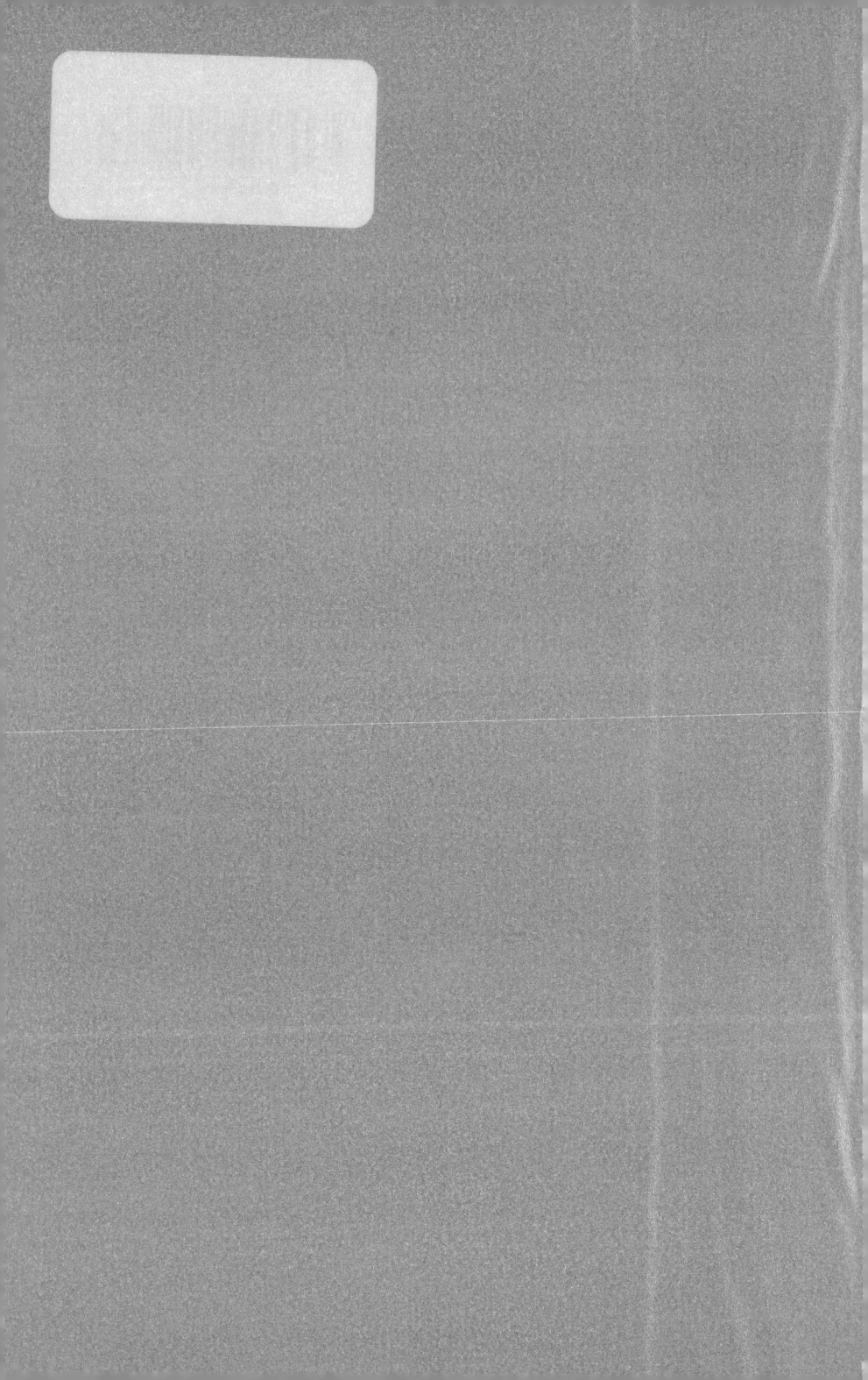

박완서

1954년 첫딸을 안고

1970년 『여성동아』에
장편 「나목」이 당선되어 수상하던 날
남편과 함께

1976년 서울 보문동 집 앞마당에서

먼저 길 떠난 남편과 아들
그리고 박완서 선생의 행복한 한때

1991년 부산 성 베네딕도 수녀원에서
이해인 수녀와 함께

1994년 원주에서 박경리 선생과 함께

인사동에서 『여성동아』 문우회 회원들과 함께
(왼쪽부터 조혜경, 이근미, 유덕희, 최순희, 오세아, 노순자, 우애령, 권혜수, 박재희, 박완서)

아치울의 뜰에서 우애령 작가와 함께

아치울 집 거실에서

인사동에서 최순희 작가와 함께

유춘강 작가의 막내딸을 보며 행복해하는 박완서 선생

나의
박완서,
우리의
박완서

이 책은 2011년 1월 우리 곁을 떠난 소설가 박완서 선생의 삶과 문학을 추모하기 위해, 박완서 선생께서 평소 애정과 관심을 쏟으셨던 『여성동아』 문우회 소속 문인들이 선생과 나눈 추억을 되짚으며 쓴 글을 모은 것입니다.

나의
박완서,
우리의
박완서

여성동아 문우회 지음

문학동네

그리움으로 차린 선생님의 팔순상

선생님.

갑작스러운 선생님의 타계 소식에 저희는 넋이 빠졌습니다. 병원 장례식장에 모여 앉아 그저 식어가는 붉은 육개장국만 내려다보았어요. 활짝 웃으시는 선생님의 영정 사진을 마주하니 가슴이 찢어질 듯 더욱더 아파왔습니다. 영정 사진 속 선생님은 "어서 오너라. 올겨울은 왜 이렇게 춥니. 눈도 많이 오는데, 오느라고 수고들 했어" 하시며 반갑게 맞아주시는 듯 푸근한 웃음을 짓고 계셔서 저희는 당혹스러웠지요. 말 없는 영정 사진은 더 자상한 말씀을 하고 있었으니까요. 그래서 저희는 머리를 맞대고 당신의 후배로서 당연히 해야 할 일이 무엇일까, 하고 생각해보았어요. 먼저 선생님을 아끼는 수많은 독자들에게 우리만이 간직한 선생님의 보드랍고 비밀스런 추억들을 알려주자는 의견들이 오고 갔답니다. 한 시대의 파수꾼처럼 각별한 사랑을 받아왔던 선생님을 대신해 독자들에게 감사를 드리고 보은의 자리를 마련하자는 소망이 모여 이 책이 만들어졌답니다.

아, 선생님.

지금 문우회는 사십일 년이라는 역사의 나이테가 새겨진 불혹의 나무로 자라고 있습니다. 이 책을 만드는 동안 선생님과의 얽히고설킨 아름다운 추억들을 돌이켜보며 생각에 잠기게 되었어요. 모든 추억들은 시간의 유한성 때문에 더없이 아름다운 것 같습니다. 그 한 사람마다 선생님의 별난 제취가 곳곳에 스미어 묻어 있더군요. 미처 몰랐던 당신의 다정한 눈길과 따사로운 손길을 느꼈습니다.

또한 못내 아쉽고도 아쉬운 것은 당신의 팔순 생일밥상입니다. 저희가 그 상을 차려드리지 못해 한이 됩니다. 그래서 한 사람도 빠짐없이 우리의 심정을 이 원고지에 고스란히 담았어요. 문우회가 생긴 이래 전부 참석하는 일은 처음인가봅니다. 한정된 지면으로는 당신의 사랑을 모두 끌어내기에 너무도 역부족이지만 정성과 그리움으로 차린 팔순상이라 여기시고 받으시옵소서. 책장을 넘길 때마다 추억은 안주이며 지나간 순간순간들은 소찬이라 여기시고 맛있게 드시옵소서. 또한 이 책은 저희에게 주신 당신의 선물이자, 오랫동안 폭우와 한파를 견딜 수 있도록 넉넉한 처마가 되어주신 당신에 대한 저희의 지극한 보답입니다.

선생님, 저희는 지칠 때마다 당신에게 우리를 비춰보며 반성해나갈 것입니다. 소홀했던 소설 작업에 대한 연민과 작가적인 책임을 다하도록 초록빛 에너지를 주시겠지요.

저희의 모체였던 선생님.

선생님의 치자꽃 같은 하얀 웃음을 바라보며 우리 문우회는 선생님께 많이 의지하였습니다. 선생님의 존재는 햇살 같았고 선생님의 슬픔은 저희 가슴에 그늘이었습니다. 그런 세월로 엮인 문우회는 이제 탐스러운 송이들을 단 저마다의 포도나무가 되었고, 그리고 사십여 년 향기로 잘 익은 포도밭이 되었습니다. 앞으로 저희 작품들이 독자들의 입맛을 살리고 신명나게 읽힐 수 있도록 길잡이해주시리라 믿고 싶습니다. 그래서 저희 작품들이 수많은 독자들의 마음에 편한 휴식처가 되며, 그리하여 해마다 선생님을 모시고 이 쉼터의 면적을 넓혀갈 수 있도록 이끌어주세요. 심지가 꺼지지 않는 모닥불처럼 잘 타고 또한 시련을 견디며 지탱해 나아갈 수 있도록 사랑으로 밝혀주세요.

항암치료로 많이 허기졌을 선생님, 팔순을 문우회와 함께하지 못하셨기에 이제 소박한 밥상을 차리고 이렇게 술잔이 철철 넘치도록 가득 술을 따라 올립니다. 어서 목을 축이시고 마시옵소서. 덩실덩실 이곳저곳 돌아보시며 구천에서 노니시다 당신의 아버지, 어머니, 오빠 그리고 그이가 계시는 곳, 당신 생애에서 가장 사랑한 외아들 현태씨가 마중을 나온 그곳에서 평화롭게 영면하시옵소서.

아름다운 이 책을 문학동네와 함께 꾸미게 되어 더욱 기쁩니다. 편집부 가족들이 베풀어주신 침착하고 겸허한 배려와 특별한 노고에 고개 숙여 진심으로 감사를 드립니다.

2011년 4월

『여성동아』 문우회 일동

아치울의 봄

따뜻하고 소박한 사람

삼십팔 년을 함께하며

• 노순자

장지로 가는 길의 비보

2011년 1월 22일 토요일 아침.

"박완서 선생님이 돌아가셨대요."

전화를 받은 것은 당숙모의 장지葬地로 가는 차 안에서였다.

"설마? 그럴 리가…… 아니야!"

전화는 연달아 왔다. 가톨릭문인회, 소설가협회, 『여성동아』 문우회, 지인들…… 서른 통쯤이 내리 왔다. 어떻게 전화를 받고 끊었는지 몽롱했다.

처음 든 생각은 '얘들(선생님 딸들)이 날 속였나? 왜?' 였다. 정말 괜찮으시다고, 회복중이시라고 큰딸 원숙이도 둘째 원순이도 분명히 말했던 것이다. 이어 이즈음 늘 귓속을 맴돌던, 정말로 모깃소리 같던, 아니 모기보다 더 약하고 가늘던 선생님의 목소리가 떠올랐다. 회복중이시라고는 해도 너무 힘이 없어서 정말 괜찮으신 걸까? 괜찮으신 거겠지, 내내 켕기고 마음이 졸아들던, 통화 때의 선생님 음성이 생각나면서 온몸의 기운이 빠져나갔다.

하필이면 숙모를 보내드리는 길이었다. 눈이 잔뜩 쌓인 산은 겨우 길 흉내를 내놓았고 당숙의 유택 옆에 숙모의 자리가 준비되어 있었다. 양지바르고 조용한 파주 선산 기슭이었다. 내가 몹시 따른, 박선생님 소설 얘기를 함께 나눈 문학애호가 숙모는 종아리까지 빠지는 눈세상의 부드럽고 따스해 보이는 붉은 흙 속에 눕혀졌다. 사흘 전까지 살아 숨 쉰 분. 산 사람은 누구나 갈 곳이라지만 작별의 마음은 가누기 힘들게 참담했다. 박완서 선생님도 이렇게 숨을 멈추셨고, 이렇게 보내드려야 한단 말인가! 선생님은 파주도 좋아하셨는데. 어린 시절 개성 갈 때면 지나간 곳이라고. 그래서 반구정에도 함께 갔었는데!

숙모의 무덤에 흙을 덮기 시작하자 산을 내려와 선생님께로, 선생님이 계시는 서울삼성병원으로 향했다. 걷잡을 수 없이 눈물이 흐르다가 멈추었다가 다시 흘렀다.

선생님을 처음 만난 것은 삼십칠 년 전 겨울이었다. 선생님은 『여성동아』 복간기념 장편소설 공모 3회(70년) 당선이었고, 나는 7회(74년)였다. 우리의 만남은 『여성동아』 출신이라는 인연으로였으나, 친목이나 우애를 위해서가 아니었다. 당시 동아일보의 광고 지면이 텅 빈 채 하얀 백지로 발간되던, 동아일보사태 또는 광고 탄압이라고 불리던 사건 때문이었다.

선생님의 부름으로 모인 이는 6회 오세아, 5회 정혜연, 4회 윤명혜, 막내인 필자, 선생님까지 다섯 명이었다. 세종로 동아일보 사옥 뒤 연다방에서 우리는 처음으로 얼굴을 마주했다. 선생님은 조심스럽게 이 전무후무한 동아일보 광고탄압사태를 어떻게 생각하느냐고 운을 떼었다. 문인을 비롯해 많은 이들이 힘내라는 격려광고를 내는데 그냥 있어도 되겠느냐는 뜻이었다. 누가 먼저랄 것도 없이 우리는 아주 금세 의기투합했고 주머니를 털었다.

당시 시대상황은 겪은 사람이 아니면 상상하기 어려울 만큼 폭력적이었다. 72년 10월 유신이 74년에 이르러 연이은 긴급조치와 계엄령으로, 몇 명이 모이면 불법집회가 되고, 옳은 말을 하면 유언비어 날조로 잡혀가기 예사였다. 오죽하면 당시 공립중학교 교사였던 이는 성금만 내고 격려광고 명단에서 이름을 뺐다. 남편이 공무원인 사람도, 정부투자 언론사에서 일하는 사람도 불이익을 우려해 무기명으로 냈다. 요즘 아이들은 거짓말이라고 안 믿지만 사실이었다. 삼십 년이 훨씬 더 지나서 조작으로 밝혀진 인혁당 사건의 희생자들이 영문도 모르고 잡혀가 고초를 당한 게 그 겨울이었으며, 끝내는 그 겨울을 지내고 75년 4월 9일 형장의 이슬이 된 그 무서운 즈음이었다. 참 숨 막히던 흉흉한 시절이었다.

우리는 자주 만났고 청진동 골목에 있던 한국문학사의 이문구 선배에게 들러 광고를 접수하기도 하고 동아일보의 해직기자들을 만나기도 했다. 문인들의 격려광고 접수를 이문구 선배가 담당하고 있었다. 날마다 발행되는 일간지의 그 텅 빈 광고면은 한두 번의 성금으로 끝날 일이 아니었다. 박완서 선생님은 동아일보가 국민들에게 '빈사의 어버이 입에 단지해서 피를 흘려 넣은 것과 다름없는 사랑을 받은 것'이라고 비유하셨다. 광화문 일대는 어린이부터 노인까지 성금을 접수하려고 줄을 서서 기다리는 사람들의 물결로 북새통을 이루곤 하였다.

훗날, 한 지면의 「문학인이 띄우는 편지」에서 필자에게 답장으로 쓰신, 우리의 만남(후에 『여성동아』 문우회로 부르는)과 동아일보 광고탄압 대목을 인용해본다.

독자들의 열정적인 사랑을 받은
동아일보는 막중한 책임을 느껴야 합니다

그때 다섯 아이 중 두 아이가 대학생이었는데 툭하면 계엄령인가 뭔가로 학교 문을 닫았고 학교 가서도 데모로 지새울 때가 많았죠. 계엄령이 내려 대학생이 학교 못 가고 있으면 등록금이 아깝다고 푸념하고. 학교 문이 열려 등교하는 날은 "제발 데모하지 마라. 남 다 하면 하더라도 앞장일랑 서지 말고. 꽁무니에도 서지 말고 중간에 서라"가 어미로서 제 입버릇이었습니다. 아이들을 어떡하든지 무사히 졸업시키고 싶으면서도 데모도 안 하고 꽁무니를 빼는 얌체자식도 싫었던 거죠. 고작 정의감은 있는 것처럼 보이면서도 다치기 싫은 이중성이랄까 비열한 심보가 유신시대를 건디는 힘이었던 겁니다.

그렇게 소심한 제가 처음으로 용기 비슷한 걸 낼 수 있는 계기가 된 게 바로 동아일보 광고탄압사건이었죠. 전무후무한 광고탄압으로 텅 빈 광고란을 불과 며칠 만에 개인 혹은 뜻을 같이한 작은 모임들의 힘내라는 격려광고로 채우는 일이 벌어졌습니다. 금액이야 대기업광고에다 대면 새발의 피였겠지만, 신문사로서는 역사상 독자들의 그런 열정적인 사랑을 받아본 적이 없을 겁니다. 지금도 나는 동아일보가 그 사건을 빈사의 어버이 입에 단지해서 피를 흘려 넣은 것과 다름없는 사랑을 받은 것으로 기억하고, 언론으로서의 막중한 책임을 느껴야 한다고 믿고 있습니다. 그때의 빈사상태가 우리의 오진이었든 그쪽의 엄살이었든 상관없이 우리는 티끌만큼의 거짓 없이 진실했으니까요. 『여성동아』 출신 작가들도 힘을 모아 광고를 내자고 불러 모은 인원이 다섯 명이었고, 그중 당신(필자)이 막내였지요. 연다방이었던가요? 우리가 처음 만난 게. 동의 안 하면 어쩌나 겁까지 먹었던 것은 괜한 걱정이었습니다. 우리는 기꺼이, 기쁨이 지나쳐 독립운동이라도 하는 것처럼 으스대며 주머니를 털어 광고

료를 마련했고 그걸 당신이 전하러 갔던가요.

그 일을 통해 마음이 맞는다는 걸 확인한 우리는 그후 자주 만나기 시작했죠. 해마다 『여성동아』 출신이 늘어나고 우리의 모임도 친목 외의 문집 발행, 경조사 챙기기 등 번다해지고……

지금 수십 명의 대식구가 된 『여성동아』 문우회는 그렇게 시작되었다. 대식구가 되기 전엔 늘 서로의 집을 오갔는데, 선생님은 두고두고 그 시절을 그리워하셨다. 선생님은 그때부터 이미 놀라운 분이었다. 어느 날인가 보문동 친구에게서 전화가 왔다기에 '보문동 친구라니 누구지?' 하고 보니 선생님이었다. 아무리 신인 시절이었지만 열네 살 아래의 후배에게 그리 격의 없이 대하기는 쉽지 않은 일이었다. 어느 날은 느닷없이 집으로 오시기도 했다. 점심때가 가까운 시간에 김밥을 싸들고 오시기도 해서 급히 된장국만 끓여가지고 특별히 오붓한 점심을 먹었던 기억이 새롭다.

한번은 여고 동창모임이 수유리에서 있었노라고 들르셨는데 (그때나 이때나 우리 집은 수유리이므로) 선생님 특유의 단발머리를 우아하게 틀어 올린 멋진 모습이었다. 선생님을 아줌마라고 부르며 따르던 초등 1년생 아들이 먼저 그 변화를 알아챘다. 선생님은 가발이라고 금세 고백하셨고 철부지 아이는 벗어보라고 떼를 썼다. 내가 아이를 말리는데, 선생님은 역성을 드시면서 가발을 벗고 가발 안에 눌려 있던 짧은 머리와 얼굴을 그대로 보여주셨다. 어른의 꾸밈보다 아이의 호기심이 우선이라고 여기셨던 것일까.

선생님은 스스로 소심하다시지만 사실은 정직하고 용덕勇德 있는 분이었다. 자연히 나도 아이를 데리고 보문동에 갔는데, 선생님의 고명아들 원태는 중학교 2학년, 막무가내인 내 아이는 초등학교 2학년이었다. 두 사내아이가 장기를 두고 놀았던가. 그 정경을 바라보시던 선생님의 생생하고 흡족해하던 그 표정을 나는 잊지 못한다. 어찌 선생님과의 시간들을 몇 장의 글 속에 쏟아낼 수 있으랴.

정정혜 엘리사벳 영세명으로

선생님이 가톨릭에 관심을 가진 것은 시어머니 장례 후, 가톨릭의 장례의식이 마음에 든다는 실제적인 이유였다. 하루는 아주 조심스럽게 물으셨다. 예비자교육이란 게 그리 엄중하냐고. 노순자 씨도 받았냐고. 안내를 맡은 봉사자들이 더러 초등학생처럼 대하는 일이 있는데 좀 무안하셨던 모양이다. 그러나 금세 예비자교리과정의 필요성을 인정하셨고 남편과 나란히, 결석 한 번 없이 마치셨다. 정하상 바오로와 정정혜 엘리사벳 오누이 성인성녀의 영세명을 추천해드렸더니 그대로 정하셨고 문인 아닌 친구분이 대모가 되었다.

선생님이 영세하고 얼마 안 되어 권이복 신부님의 초대로 전주에 가게 되었다. 초남이 루갈다 성지가 조성되기 전, 그러니까 이순이 루갈다와 유중철 요한이 동정부부생활을 한, 유항검 순교자의 파가저택형 집터를 전주교구에서 성지로 조성하려던 무렵이었다. 선생님은 내가 관심을 쏟는 교회사에 함께 관심을 가져주셨고, 루갈다 순교자와 초남마을에 대해 소녀처럼 순수한 궁금증을 보이셨다. 단지 천주교를 믿었다는 이유만으로 한 가문을 절손에 이르게 하고 집을 허물어 연못을 만들었다는, 이백 년 전 역사를 전하듯 마을에는 신자가 한 명도 없었다. 나무 한 그루, 돌멩이 하나도 예사롭지 않은 그곳을 돌아보는 감회는 남달랐다. 신부님도 선생님도 필자도 할 말을 찾지 못했다. 유항검 순교자 소유였던 찹쌀배미 논의 위치까지 묵묵히 돌아본 우리가 언덕에 오르자 초록색 무청과 하얀 속살을 한 뼘씩 드러낸 싱싱한 무를 가득 안은 밭이 펼쳐졌다. 그해에 무배추가 풍년이었던가. 신부님 말씀으로는 버려진 무라고 했다. 어느새 선생님은 밭에 들어가 무를 뽑고 계셨고 우리는 그곳에 무를 거두러 간 아낙들처럼 땀까지 흘리며 잔뜩 뽑았다. 훗날 신부님은 박선생님이 그렇게 소탈하신 줄 몰랐다고 탄복하셨다.

몇 해 뒤 초남마을이 성지로 조성되어 축성될 때(지금과는 많이 다르다) 김환철 신부님의 초대로 또 둘이 함께 내려갔다. 긴 막대기로 십자 모양을 엮어 꽂았을 뿐, 빈 땅이었던 곳에 연못자리가 만들어지고 울타리도 둘렀지만 여전히 허허로웠다. 그러나 그 땅, 물, 공기, 나무 들은 쉴 새 없이 우리에게 이백 년 시간을 속삭여주었다. 선생님은 소녀처럼 감동하셨고 나는 비로소 선생님을 친구처럼 느꼈고, 맹랑하게 손아래 자매 같은 느낌마저 스쳐갔다.

왜 그런 느낌이었는지 모르겠는데 아마도 함께 신앙선조들에게 감화되면서 선생님이 나에게 의지하신다는 조금은 불가사의한 심정 때문이었을 것이다. 눈물을 글썽이도록 깊은 감동에 젖기도 하고, 많이 지친 때문인지 우리도 모르는 사이 마음의 문이 아주 깊이 활짝 열린 탓인지도 몰랐다. 이병호 주교님께서 전주의 맛깔스럽고 가짓수도 엄청 많은 한정식 만찬을 베풀어주셨는데, 선생님은 비교적 골고루 많이 드셨다. 음식을 가리지는 않지만 소식인 선생님께서 그 기막힌 음식을 잘 드시던 모습과, 연약한 소녀처럼 신부님께 주교님께 또 우리 주위의 공기로 와 계신 신앙선조들의 영혼에 무의식적으로 의탁하고 있는 듯싶던 모습이 오래 잊히지 않는다.

하느님께 사랑받는 여인이고자

『여성동아』 문우회는 정혜연 씨가 이민을 떠나고 오세아 씨가 지방으로, 윤명혜 씨가 영국 체류중이라 한동안은 우리 둘뿐이었다. 우리는 둘이 다녔다. 내가 가는 곳에 박선생님이, 박선생님 가시는 곳에 내가 함께 가는 일이 허다했다. 김동리 선생님댁에도 함께 가고, 손소희 선생님이 느닷없이 전화로 부르시기도 했다. 대개 우리에게 주려고 김동리 선생님이 붓글씨를 써놓으시거나, 손소희 선생님이 도자기 소품이나 작은 흠이 있는—흠이 있다고는 해도 대단히 훌륭한—도자기를 골라놓으시고였다. 신당동 김동리 선생님댁은 마당의 감나무가 명물이었는데, 어느 가을엔가 손소희 선생님이, 잘못된 항아리라고는 하는데 잘못된 곳을 찾을 수 없는, 아주 크고 좋은 항아리에 감잎을 가득 담아 하나씩 주신 일이 있었다. 손선생님의 마음이 물든 감잎 항아리를 받은 후 감잎을 보면 손선생님과 박선생님 두 분의 내음을 맡곤 한다.

언젠가는 박선생님이 도자기를 사겠다고 우기니까 손선생님이 왜 사려고 하느냐고 정색을 하고 물으셨다. 박선생님은 조그만 소리로 그러나 또렷하게 "도자기과 다니는 딸이 있는데 손선생님 작품을 같이 놓으면 그 습작품들도 좋아 보일 것 같아 그런다"고 하셨다. 손선생님은 웃으며 문간방에 가서 작품들을 가져오셨고 나중에는 우리가 문간방으로 따라가서 골랐다. 선생님은 항아리뿐 아니라 과일을 담는다고 아주 크고 우묵한 접시 모양의 생활 도자기 등 여러 점을 사셨고, 나도 그 바람에 적지 않은 값을 지불하고 매화가 그려진 항아리 한 점을 샀는데, 지출은 따끔했지만 그냥 주신 것과 달리 굉장히 기뻤고, 오래도록 좋은 기억이 되었다.

『여성동아』 문우회가 75년의 8회 당선자 유덕희 씨부터 80년대 초반 당선자까지 연락해 제대로 구성이 되고 윤명혜 씨가 영국에서 돌아와 활발한 활동을 시작한 것도 그 무렵이었다. 선생님은 부모가 못 본 척하면 형제끼리 힘을 모아야 한다고 이제 시상식에도 가고 새 당선자는 즉시 나오게 하자고 하셨다. 선생님과 둘이 다니던 모임들도 그대로 계속되었다.

우리는 기회가 주어질 때마다 성경공부를 했는데 선생님이 좋아하신 것은 서강대에 가서 정양모 신부님께 배우는 『마태오복음서』와 가톨릭대학에서 심용섭 신부님께 배운 구약의 『출애굽기』(지금은 『탈출기』)였다. 얼마나 성화聖化가 되었는지, 신심이 좀 생겼는지는 몰라도 신자 문인들을 꽤 알게 되고 라손엘라 모임이 만들어졌다. 라손엘라는 '하느님께 사랑받는 여인들'이란 뜻의 라틴어로 심용섭 신부님께서 이름을 지어주고 지도도 해주셨다. 『여성동아』 모임에선 선생님이 가장 어른인데 라손엘라에선 중간이었다. 홍윤숙, 한무숙 선생님이 어른이시고 박현서, 이석봉 선생님이 선생님보다 위였으며 구혜영, 이정호, 김여정 선생님 등이 비슷한 연배였다. 공부 후 나누는 생활담은 다채로웠다. 89년 박현서 선생님이 타계하고 한무숙, 이석봉, 구혜영 선생님을 떠나보냈다. 이규희, 전옥주 등 일곱 명이 이십오 년쯤의 연륜 속에 허물없이 가까웠는데 이제 여섯만이 남았다.

장지에서 곧장 삼성병원으로 갔을 때 라손엘라 멤버 여섯 명이 모두 모였고, 혼자 뚝 떨어지게 나이가 아래인 필자는 선생님들을 보자 서러움이 북받쳤다. 숙모를 보낸 서러움, 그리고 여덟 달 전 남편을 보낸 아물 길 없는 서러움이 내 가장 든든했던 스승, 연인, 친구, 그 모든 것이었던 박완서라는 사람을 빼앗아간 듯한 한스러운 슬픔에 중첩되었다.

내가 아플 때 "이 사람이 감당할 수 있을 만큼만 고통을 주소서" 기도해주시던 선생님. 우리 둘 중 하나가 남자였으면 연애를 했을지도 모르겠다고 이야기하며 웃을 만큼 마음이 맞았던 선생님. 병원에서도 토평동성당에서도 원숙, 내 대녀 원순, 원경, 원균, 선생님의 분신 네 자매와 눈을 마주치지 못할 만큼 절제가 불가능했던 서러움.

그러나 선생님, 이제 생각합니다. 이제 압니다. 선생님 가신 곳이 내게 가장 가깝고, 그곳으로 먼저 간 이들이 내게 가장 다정한 이웃이라는 것을. 그곳이 결코 먼 데가 아니라는 것을요. 이제는 제가 발 딛은 땅이나 마찬가지로 정다워진 그곳에서 원태와 우리 중 누군가 무골호인이라 부르던 바깥 선생님과 어머니와 오빠와, 어렸을 적 이별한 아버지와 조부모님과 함께 아브라함의 품에 안겨 철없는 아이처럼 해맑게 웃으실 것을 압니다. 선생님, 저의 그 사람, 선생님보다 233일 앞서 간 저의 그 사람도 그 옆집쯤에 머무르지 않을까요. 저도 머지않아 곧 따라가리라 믿습니다. 선생님 편히 안식하소서.

노순자   ◦◦

서울에서 태어나 서라벌예술대학교 문예창작과를 졸업했다. 1974년 『여성동아』 장편소설 공모에 당선되었고, 『현대문학』으로 추천완료했다.
장편소설 『타인의 목소리』 『누이여 천국에서 만나자』 『백록담 연가』 『초록빛 아침』 『마음의 물결』이 있고, 소설집 『몽유병동』 『산 울음』 『진혼미사』 『기억의 향기』, 청소년소설집 『사춘기』, 실명소설집 『그대는 사랑으로 나는 바람으로』 『아름다운 사람아』 등이 있다. 한국소설문학상(1990), 펜문학상(1998), 월간문학 동리상(2004), 손소희문학상(2010)을 수상했다.

모태 보존

•송은일

친정집은 고조부 대에 지어졌다고 했다. 안채와 아래채로 이루어진 시골의 흔한 한옥이었다. 방들은 좁고 세월 따라 여기저기 뜯어고친 흔적으로 꽤 낡았지만, 부모님을 비롯한 우리 형제들은 집에 엉킨 시간의 더께를 귀하게 여기며 지냈다. 그런 친정집에 불이 났다. 재작년 12월 초였다. 안채가 수저 하나 건지지 못한 채 잿더미로 내려앉았다. 아버지가 편찮으셔서 집과 병원을 노상 오가던 즈음이었다. 불이 나던 밤에는 집으로 돌아와 안채에 계셨는데, 어머니는 "달랑 느이 아부지만 건져서 나왔다"고 했다. 불탄 안채 자리에 한옥을 짓지 못하고 서둘러 조립식 양옥을 앉혔다. 집 짓는 데 두 달쯤 걸렸다. 새집 지은 보름 뒤, 아버지가 숨을 거두셨다. 작년 정월 초사흘이었다.

아래채는 불길에서 살아남았다. 안채와 가까웠던 쪽 지붕이며 외벽은 불에 타고 그을렸어도 땜질해 사용할 만했다. 무엇보다 아래채에 있던 아버지의 방이 무사했다. 집과 아버지를 여읜 지 얼마 안 된 우리 사 남매에게 아버지의 흔적이 남은 건 그나마 위안이 되었다. 그랬어도 주인 잃은 방은 창고처럼 쓰이며 방치되었다. 사람이 살지 않는 그 방에는 쥐가 살았다. 어머니가 급할 때마다 들여놓은 잡곡이며 말린 고추 등을 따라 들어간 쥐가 방주인 노릇을 하고 있었다. 아무렇게나 놓인 물건들 사이에 새빨간 쥐똥들이며 쥐에 쓸린 종이 가루가 뭉치로 굴러다녔다. 친정에 갈 때마다 황폐해지는 아버지 방 때문에 속이 쓰렸지만 손쓸 엄두를 내지 못했다.

아버지는 젊은 날부터 서예를 하셨다. 정년퇴직 뒤에는 훨씬 더 매진했다. 서예에 대한 재능이 당신의 열망만큼 높지는 못했던지, 공모전에 출품한 작품들은 특선이나 대상을 받지 못했다. 언제나 입선만 했다. 입선작들은 우리 사 남매의 집들은 물론이고 여러 친척들 집에 족자며 액자로 걸리고도 남아 아버지 방에 무더기로 쌓여 있었다. 수십 자루의 붓, 십여 개의 벼루며 연적이며 먹들. 다 쓰지 못한 먹물과 종이 들. 책장을 가득 메운 수백 권의 책과 수백 권의 잡지 들. 무엇보다 방 안쪽에 천장 높이로 쌓인 수백 묶음의 서체 연습지들을 보노라면 한숨만 나왔다. 아버지는 서예에 뜻을 가지고 서체 연습을 시작한 이후 일정한 크기의 연습지를 만들어 붓글씨를 쓰고 그 연습지들을 다 모아왔다. 연습지 오백 매가 모이면 한 묶음으로 보관했다. 당신의 노력을 스스로 가늠하기 위한 과정이었는데, 그렇게 사십 년 가까운 세월이 방 안에 쌓여 있었다. 그 뭉치들을 남길 것인가, 없앨 것인가. 그 문제에 이르면 골치가 아팠다.

연휴가 길었던 지난 설에 시댁에서 설을 쇠고 친정에 갔다. 이틀 뒤 초사흗날이 아버지 첫 기일이었다. 내가 친정에 왔듯 오빠와 남동생도 처자식들과 함께 처가에 간 뒤였다. 감기에 설 몸살을 앓는 엄마 홀로 계셨다. 친정에 가면 늘 그렇듯 이번에도 마당이며 화단 한 바퀴 돌고 난 뒤 아버지 방으로 들어섰다. 가운데에 미닫이문이 있는 두 칸짜리 방이었다. 먼지와 쥐똥과 잡곡 알갱이와 물건 들이 난잡하게 뒤섞인 두 방 사이에 서 있자니 "아이고, 아부지!" 한탄이 절로 났다.

젊은 시절 아버지는 퇴근길에 술을 마시고 집에 오면 어린 자식들을 불러 앉히곤 공맹의 말씀을 들려주길 즐기셨다. 특히『논어』와『채근담』에 나온 문구 설명하기를 좋아하셨다. 이른바 공자 왈 맹자 왈이었다. 그게 아버지의 주사였는데, 우리 남매들은 알아듣지도 못하면서 아버지의 다정한 말투 때문에 그 시간을 좋아했다. 아버지가 집에서 술을 마실 때 나는 곧잘 그 맞은편에 앉아 안주를 축내며 놀곤 했다. 그렇게 술을 드신 밤에도 아버지는 어김없이 당신 방에서 붓을 잡곤 하셨다. 나는 그런 아버지를 꽤 좋아하고 자랑스러워한 딸이었다. 나이가 들수록, 소설을 쓰게 되면서 더욱, 서예에 대한 아버지의 정열을 이해하게 되었고 당신 서체를 만들고자 한 아버지의 집념을 존경했다. 내가 당신을 이해한다는 걸 아버지도 알았다. 그래서 아버지와 나는 대화가 잘 되었다.

서가에는 아버지 생전에 출간한 내 소설책들과 박완서 선생님의 책 두 권이 꽂혀 있었다. 모두 당신이 읍내 서점에서 직접 사다 읽은 것이었다. 내 소설이 발간될 때마다 아버지는 내가 책을 가져다주길 바라지 않았다. 대신 읍내 서점에 전화를 걸곤 했다.

"요새 송은일이라는 작가의 이러이러한 소설책이 나왔다는데 거기 들어왔소? 없으면 내가 사러 나갈 테니 주문해놓으시오. 나는 송 아무개요."

내가 2000년에 『여성동아』 장편소설 공모에 당선되어 봄에 첫 책이 나왔는데, 그 가을에 출간된 박완서 선생님의 『아주 오래된 농담』도 아버지는 그렇게 주문했다.

"이 양반이 우리나라 최고의 작가이신데 말이요, 우리 딸이 이 양반 후배가 되었지 않겠소. 이 양반 신작 들어왔소?"

박완서 선생님의 『그 남자네 집』도 그런 과정을 통해 아버지 서가에 꽂혀 있게 되었다.

그전까지 아버지가 주로 읽은 책은 『논어』를 비롯한 사서와 『채근담』『명심보감』 등과 역사소설류와 시사잡지와 서예에 관한 것이었다. 딸이 작가가 되면서 비로소 현대소설을 접하게 된 셈인데, 박완서 선생님에 대해서는 오래전부터 알고 계셨다. 박완서 선생 같은 대작가의 후배로 문단에 들어선 내 자식도 큰 작가가 되려니…… 아버지는 박완서 선생님의 작품을 주문하면서 당신 딸의 작가로서의 앞날을 축원한 분이었다.

그런 아버지의 방을 쥐들에게 내준 채 꼬박 일 년을 지내온 것이다. 일단 혼자 시작이라도 하자. 스스로에게 선언했지만 한숨이 났다. 혼자 벌일 수 있는 일이 아니거니와 일을 벌일 몸상태가 아니었다. 시댁의 대식구 사이에서 이박 삼일의 설을 쇠고 온 터였다. 온몸이 뻣뻣하고 결렸다. 남편에게 같이하자고 조를 수 없듯, 처가에 간 형제들을 호출할 수도 없었다. "아이고 아부지!" 또 한탄했다.

내 한탄이 텔레파시로 전해진 모양이었다. 아버지 기일 아침에 돌아오기로 하고 처가에 갔던 남동생이 혼자 쑥 들어왔다. 제 안사람이 친정에서 편히 지내라고 비켜주려 왔다고 했다. 무슨 이유로 돌아왔든 마침내 찾아온 기회였으므로 그를 봂았다. 그는 동조하면서도 내일 아침에 시작하자고 물러섰다. 그러고 있는 참에 신기하게 오빠도 혼자 돌아왔다.

"이번에 정리 못 하면 또 일 년을 방치하게 될 것이고 그러면 아버지 유품들은 다 망가지고 말 거야. 아버지 물건들은 그나마 우리에게 남은 우리들의 역사 아냐? 정리하자. 내일이 아니라 당장 시작하자고!"

내가 들볶자 오빠와 동생과 남편이 들볶여 죽느니 일하다 죽는 게 낫겠다며 따라나섰다. 내 성화에 마지못해 일어선 척했지만, 그들에게도 정리하지 못한 아버지 방은 일 년 내내 체증 같았던 것이다. 처가에서의 휴식을 포기하고 돌아온 이유가 그것이었다.

아버지 방 안의 모든 물건을 차례차례 마당으로 들어내기 시작했다. 쥐를 잡든가 쫓아내고, 쥐구멍들을 막고 책들은 거의 그대로 두되 아버지가 오랜 세월 정기구독했던 잡지들은 마을 광장에 비치된 재활용통에 내다놓기로 했다. 아버지가 쌓아놓은 연습지 두어 묶음을 헐어 초배를 하고, 다 쓰지 못하고 남긴 한지를 덧발라 도배를 한 뒤 장판만 새로 깔아 물건들을 정리하는 데까지가 목표였다. 그리 넓지도 않은 방 두 칸에 쌓여 있던 물건들이 어둠을 밝힌 마당에 그득하게 널렸다.

다 들어내고 방에 아버지의 연습지 묶음들만 남았을 때, 자식들 하는 양을 지켜만 보던 어머니가 나오더니 큰아들을 향해 말했다.

"애비야, 두 번 일하지 않게 경운기를 대놓고 실어내다 태워라. 바람도 없응게, 싣고 나가서 활활 살라라."

방 한 칸의 절반을 차지한 연습지 묶음에 대한 화풀이였다. 어머니로서는 그럴 만도 했다. 어머니 표현에 따르면 아버지는 밥 한 그릇 생기지 않는 일에 미쳐 돈과 시간과 건강을 버려온 사람이었다. 자식에게 비친 아버지와 아내에게 비친 남편은 그렇게 달랐다.

"시앗을 봤으면 그보다 더했을 것 같으냐!"

어머니에게 아버지의 연습지 묶음들은 돌부처도 돌아앉는다는 시앗과 비슷한 대상이었던 것이다. 사실 놔둬보아야 쓸모는 없는 헌종이 더미였다. 되쌓기에는 그 양이 너무 많기도 했다. 우리 형제들이 각자 집에 올 때마다 아버지 방 때문에 한숨을 쉬면서도 어쩌지 못한 까닭이 거기 있었다. 어찌할 것인가. 아무튼 정리하자고 부추긴 사람이 나였으므로 나는 잠깐 고심했다. 이걸 어떻게 다시 쌓나. 언젠가는 결국 태우게 될 텐데 그렇다면, 아깝지만 아버지가 낙관을 찍은 작품들만 보관하는 게 합리적이지 않을까.

어머니는 실어내다 태우라고 외치고 나는 갈등하는데, 오빠와 남동생은 꿀 먹은 곰 시늉을 했다. 어머니 말씀을 듣지 못한 척 묵묵히, 연습지 묶음을 들어내 마당 한 켠에 쌓기만 했다. 그 의뭉스런 몸짓들을 보자니 누이 네가 해결해라, 그런 뜻이기보다 아버지의 연습지 뭉치를 없애고 싶은 생각이 전혀 없는 듯했다. 붓글씨는커녕 붓 한번 잡아보지 않는 그들인데도 아버지의 흔적에 대한 애착은 깊었던 것이다. 확인차 오빠와 동생에게 따로 물었다.

"남겨? 남기자고?"

오빠는, 이 밤에 이걸 다 싣고 들판에 나가 태우다가는 삼동네 산을 다 태우고 말 거다, 했다. 동생은, 우리는 물론이고 저러시는 엄마도 사실은 없애고 싶은 생각은 없으신 거 아냐? 그랬다.

어머니에게 다가들어 남겨두자고 했더니 휙 돌아서며 내뱉었다.

"두고두고 볶아 묵든, 지져 묵든, 삶아 묵든 느들 맘대로 해라. 아이고, 즈 아부지 자식들 아니랄게비."

세 남자가 아버지 방을 다 비우고 쥐구멍을 막는 사이 나는 샘가에 놓인 화덕에서 풀을 쑤었다. 큰 가마솥 크기의 양은솥 가득 풀을 쑨 뒤 아버지의 서체 연습지 묶음을 헐어 초배를 시작했다. 초서체는 너무 어려우니 행서체로 하자는 둥 전서체가 멋지지 않느냐는 둥, 떠들어가며 벽과 천장을 메웠다. 초배를 마친 건 새벽이었다. 이튿날 느지막이 일어나 건너갔더니 초배한 게 다 말라 있었다. 글자와 글자 사이 흰 여백들로 도배된 방은 꼭 고분古墳 같았다.

남동생이 외쳤다.

"와아, 이거 뭔가 있어 보이지 않소?"

간밤 작업의 흔적을 두리번거리던 남편이 손아래 처남을 향해 말했다.

"뭔가 있어 뵈긴 하는데 심히 무겁다야. 어떤 작가 소설같이."

그 어떤 작가가 누군지 알아들은 오빠가 덧붙였다.

"한지를 덧바르면 좀 은은해질 거야. 아무튼, 우리가 편히 살자면 어떤 작가 구상대로 일을 마쳐야지?"

세 남자가 동시에 웃었다. 그렇게 도배를 마치고 장판을 사다 깐 뒤 물건들을 들였다. 아버지의 연습지 뭉치들은 다시 묶어 쌓았다. 방을 정리해놓으니 남동생 말대로 뭔가 있어 보이는 방이 되었다. 묵향이 퍼지는 듯 은은하고 깊었다. 글자들이 외로운 듯 높았고 아련히 빛났다. 시댁이 서울인 막내가 아버지 제사를 치르기 위해 초이틀 밤에 왔는데 아버지 글씨로 도배된 방을 보고는 "아부지!" 하며 눈물을 흘렸다. 그 눈물을 안주 삼아 아버지 방에서 술을 마시는 동안 그 공간은 오래도록 아버지를 누릴 우리들의 방이 되었다. 정초의 밤이 넉넉하고도 따뜻했다.

송은일

전남 고흥에서 태어나 덕성여자대학교 국문과, 고려대학교 대학원 문예창작과를 졸업했다. 1995년에 광주일보 신춘문예에 단편소설 「꿈꾸는 실낙원」이 당선되어 소설 쓰기를 시작했고, 2000년에 『여성동아』에 장편소설 「아스피린 두 알」이 당선되어 첫 책을 냈다. 장편소설 『불꽃섬』 『소울메이트』 『도둑의 누이』 『한 꽃살문에 관한 전설』 『반야』(1, 2) 『사랑을 묻다』 『왕인』(1, 2, 3)과 소설집 『딸꾹질』 『남녀실종지사』를 출간했다. 나름대로 부지런히 소설을 써오면서 언젠가 소설 쓰기가 좀 쉬워지겠거니 여겼다. 그게 착각이었음을, 쓸수록 더 어려워지는 게 소설임을 깨달아가는 참이다. 요즘 고향 마을을 배경으로 한 소설을 쓰고 있는데 토박이말을 소설화하기가 쉽지 않아 애를 먹고 있다.

자두꽃 고운님

• 한수경

자연은 가끔 뜻밖의 호의를 베풀기도 하나봅니다. 작년 여름, 저같이 게으른 농부도 수확의 기쁨을 경험했으니까요. 가까운 교외에 작은 밭을 하나 가지고 있습니다. 유기농 채소를 직접 길러 먹어야겠다는 다부진 포부를 가지고 마련한 것인데 농사일이란 게 생각처럼 쉽지 않더군요. 첫해에는 자동차로 이십여 분 거리를 줄뿔나게 오가며 상추나 오이, 가지 같은 채소를 심어보았습니다만 당최 먹을 만한 것을 거둬들이지 못했습니다. 뭐가 채소인지 뭐가 잡초인지 구별도 못 하는 초보농군이었으니까요.

다음 해에 손이 덜 가는 과실수를 사다 심었습니다. 봄이 되면 쑥이나 냉이를 캐러 가고, 자두꽃 복사꽃이 피면 꽃구경을 하러

가긴 했지만, 그후 비가 오고 여름이 되면 아예 밭에 들어갈 엄두를 내지 못했습니다. 농약을 쓰지 않다보니 풀이 사람 키 높이로 자라 숫제 풀밭이 되어버리는 탓에 뱀이라도 나올까 겁이 났기 때문입니다.

돌보지 않았으니 거둘 것을 기대하지도 않았지요. 그런데 자연은 그리 인색하지 않았습니다. 사람의 손길 없이도 제 사이클대로 돌고 돈 모양입니다. 어느 날 밭에 가보니 키가 훌쩍 큰 자두나무에 검붉은 자두가 주렁주렁 달려 있었습니다. 제 무게에 가지가 휘어질 정도로요. 전해에 해거리를 한지라 저도 맘먹고 열매를 그리 많이 달았나봅니다.

하나를 따 먹어보고 깜짝 놀랐습니다. 지금까지 백화점이나 시장에서 사 먹던 그런 자두맛이 아니었습니다. 여름 땡볕 속에서 자연스럽게 익어서인지 육즙이 차지고 달아, 손쉬운 보관과 운반을 위해 덜 익은 것을 따서 익힌다는 보통의 자두와는 그 맛을 비교할 수가 없었습니다.

제일 먼저 선생님이 떠올랐습니다. 밭에서 큰길 하나만 건너면 선생님댁이 있는 아치울이거든요. 되도록 크고 잘 익은 것을 고르려했지만 알이 크지 않았습니다. 나중에 알았지만 적당히 솎아주어야 열매가 실하다는 걸 초보농부가 몰랐던 거지요. 아무튼 그중 예쁜 것을 따로 골랐습니다.

미리 준비하지 못한 탓에 담을 만한 적당한 그릇도 없었습니다. 집에 돌아가 예쁘게 포장할까도 생각했는데 빨리 맛보게 해드리고 싶은 생각이 앞섰습니다. 그래서 투박한 시골 아낙처럼 그냥 비닐봉지에 담았습니다. 그날 제 모습도 말이 아니었습니다. 장화에 흙 묻은 작업복 차림의 꾀죄죄한 모습이었으니까요. 땀이 흘러 화장이 지워진 얼굴로 선생님을 뵙는 것도 부끄러웠고요. 하지만 그런 자질구레한 사정일랑 나 몰라라 하고 한달음에 길을 건너 선생님댁으로 달려갔습니다. 마침 외출하셨는지 초인종을 눌러도 아무 대답이 없었습니다. 그래서 우편함에 넣었습니다. 좁은 입구를 통과하느라 더러는 으깨지기도 했을 겁니다.

집에 와서 쉬다보니 자꾸만 소심한 생각이 드는 겁니다. 예쁜 상자도 아니고 그냥 비닐봉지에 담아드린 걸 혹 불쾌하게 생각하지는 않으실까. 그까짓 자두 몇 알이 뭐 별거라고. 내 밭에서 내가 가꾼 것이니 내게는 소중하지만 다른 사람에게는 그저 값싸고 흔한 것일 뿐인걸. 공연히 번거롭기만 하셨을 거야. 괜한 일을 했다는 후회를 떨치지 못하며 몇 시간을 보냈습니다.

저녁 무렵 선생님께서 전화를 주셨습니다. 정말 맛있게 드셨다고, 혼자 드시기 아까워 딸네랑 나눠 드셨다고요. 저는 그만 눈물이 글썽해지고 말았습니다. 아무 말 안 했지만 선생님께서는 내 마음을 읽으셨구나! 우편함에 넣어둔 초라한 선물을 탓하지 않고 반겨주셨구나! 행복해진 저는 그날 저녁 식탁에서 가족들에게 제의했습니다. 내년 봄부터는 좀더 부지런히 움직이자고. 땅에 거름도 주고 유기농법도 배워 잘 가꾼 과일을 더 많은 사람들과 나누자고요.

등단하고 처음 뵌 선생님은 친정엄마같이 푸근한 인상이었습니다. 글 쓰기에서만큼은 기대고 투정하고 드러내놓고 글몸살을 앓아도 위로해줄 만큼 그 품이 크고 아늑하게 느껴졌습니다. 실제로 후배작가들은 기회 있을 때마다 선생님의 따뜻한 품속에 기어들곤 하였지요. 봄이 되어 살구꽃이 흐드러지게 필 때면 아치울 선생님댁 마당에서 고기를 구워먹었고, 자주 댁에 들러 차를 얻어마셨습니다. 선생님은 말씀을 많이 하시는 분이 아니었어요. 대신 다른 사람의 말을 집중해서 듣는 쪽이었습니다. 그리고 말씀하실 때는 예의 그 푸근한 미소와 함께 크지 않은 목소리로 조곤조곤 얘기를 하셨는데, 귀를 기울여 그 목소리를 따라가다보면 어김없이 그분의 꾸밈없는 성품과 사고의 깊이에 놀라곤 하였습니다. 선생님께선 그런 자신의 영향력을 아셨을까요? 가까이서 선생님을 뵙고 느낀 경험은 글을 통하는 것과는 다른 새로운 가르침이었습니다. 선생님은 작가로서 성장하는 지난한 과정을, 어떤 경우에도 쓰는 것을 멈추지 않는 성실함을, 피하지 않고 인생과 대면하는 치열함을 자신의 삶을 통해 후배작가들에게 몸소 보여주신 셈입니다. 그리고 선생님은 무엇보다도 소녀처럼 순수하고 예민한 감수성을 지닌 분이었습니다. 그 연세에도 불구하고 단아하고 감각 있는 패션을 즐기셨고 예쁘고 흔치 않은 소품을 좋아하셨습니다. 가끔 선생님도 천생 여자라는 생각에 송구하지만 귀엽게 느껴질 때도 있었으니까요.

어떤 사람은 그 존재만으로도 다른 이에게 힘이 되고 빛이 된다고 합니다. 사춘기 때부터 제게는 선생님이 그런 분이셨습니다. 그저 쓰는 일이 좋고 행복해서 밤새 되는 대로 휘갈겨놓은 다음 날, 무심히 집어든 선생님의 글은 어찌 그리 단정하고 정감이 넘치던가요. 감히 넘보지 못할 그 문장에 압도되어 내 글이 형편없고 어찌할 수 없을 만큼 엉망이라는 것을 깨닫고 절망하기도 했습니다만, 다시금 글을 써야겠다는 활력을 주신 분도 선생님이십니다. 저도 언젠가는 선생님처럼 쓰고 싶다는 바람, 나를 비추는 거울처럼 어떤 작가보다도 선생님을 닮고 싶다는 바람이 글쓰기의 절망에서 나를 일으켜 세운 힘이었습니다.

글을 쓰며 산다는 것은 어쨌거나 혼자 버텨내야 하는 외로운 삶을 받아들여야 한다는 것이고, 매일매일 영원의 세계에 직면하거나 아니면 영원의 세계가 없다는 것에 직면해야 한다는 것임을 이제야 겨우 깨달아가고 있습니다.

살아가다 마음이 지칠 때, 내 글 속에서 길을 잃었을 때나 새롭고 번뜩이는 표현들이 다 날아가버려 다시는 글을 쓸 수 없을 것 같이 느껴질 때, 저는 변함없이 선생님을 찾을 것 같습니다. 선생님은 어떻게 대처하셨나요? 어떻게 자신을 추스르셨지요? 계속 묻고 귀찮게할 것입니다. 대답해주시겠지요? 선생님이 가신 그 길을 제가 무사히 따라갈 수 있도록 말입니다.

저는 죽음을 이해하는 이기적이고도 편리한 방식을 가지고 있습니다. 사랑하는 사람을 떠나보낼 때 슬픔에 갇히지 않기 위한 고육책이라고 볼 수도 있지만, 어쨌든 위로가 되어주는 방식입니다. 저는 생과 사 사이에 좁은 물길이 있다고 상상합니다. 저쪽에서 건너올 수는 없지만 이쪽에서 폴짝 뛰면 쉽게 건널 수 있는, 먼저 아니면 조금 나중일 뿐 누구나 한 번은 건너가야 하는 그런 물길 말입니다. 생과 사의 좁은 물길, 그리 멀지 않은, 폴짝 뛰어 건널 수 있는 그 물길 너머에 선생님이 계시다고 생각하고 슬픔에 빠지지 않으려 합니다.

사랑하는 박완서 선생님!

다시 봄입니다. 곧 자두꽃이 필 것이고 열매를 맺고 땡볕에 익어가겠지요. 그런데 그 자두를 제일 먼저 드리고픈 선생님은 좁은 물길 너머에 계시네요. 매년 자두꽃을 보며 선생님을 생각하겠습니다. 맛있다고 하시던 그 목소리를 되풀이해서 기억하겠습니다. 그리고 정진하겠습니다. 언젠가는 제 글도 자두처럼 맛있게 익겠지요.

한수경
전북 김제에서 태어나 전북대학교 교육학과를 졸업했다. 현재 소설가 및 시나리오 작가로 활동중이다. 2005년 『여성동아』 장편소설 공모에 「그들만의 궁전」이 당선되었고, 2008년에 시나리오뱅크 창작기획안 모집에서 「대여인생」으로 시나리오 부문 우수상을 수상하였다.
장편소설 『그들만의 궁전』, 단편소설 「청계천」 「시뮬레이션 라이프」 「너를 접수한다, 오버!」, 시나리오 「대여인생」 「러브시티」 등이 있다.

꽃이 진 그 뜰에 다시
갈 수 있을까

• 유춘강

어느 날 나는 갑자기 장편소설이 당선되는 바람에 우아한 세계에 편입했다.

소설가이기 이전에 카피라이터였던 내겐 언제나 광고계의 전설인 데이비드 오길비와 촌철살인의 광고 명언으로 유명한 핼 스티빈스만이 로망이었다. 카드를 확 긋게 만드는 광고 카피가 최고라는 황금만능주의와, 절묘한 카피로 소비자에게 지름신이 강림할 수 있도록 하는 것이 최선이라 주장하는 현실주의자가 우아한 세계와 접속하는 그 순간, 한없이 단순한 나의 뇌는 과부하가 걸렸다.

하긴 기나긴 습작의 시간 없이 주종목인 금융과 건설 쪽의 광고 카피만 쓰던 내가 오묘한 소설의 세계에 입문한 것 자체가 불가사의한 일이었다. 더구나 갑자기 말로만 얼핏 듣던 박완서 선생님이 선배작가가 되어버렸으니 첫 상견례를 앞두고 소화불량이 걸릴 지경이었다.

루이제 린저와 무라카미 하루키, 요시모토 바나나 정도를 좋아하는 작가라고 공공연히 말하던 내게 박완서 선생님은 문학계의 대비마마쯤으로 여겨질 정도로 어렵고, 무릎을 꿇고 다가가야 할 것 같은 엄숙함이 먼저 느껴지던 막연한 분이었다.

두번째 모임 이후로도 나는 죽 선생님과 대각선으로 앉거나, 그도 아니면 옆으로 세 칸쯤 건너뛴 자리에 앉았다. 대꾸도 할 수 없고, 묻는 말에만 답하고 잔잔한 미소만 흘리는 것이 내가 할 수 있는 유일한 처신이었다. 그야말로 내게 선생님은 '너무나도 멀고 먼 당신'이셨다. 그런데 어느 날 갑자기 그런 고정관념이 확 깨졌다. 바로 〈발리에서 생긴 일〉의 남자주인공 배우 조인성 때문이었다.

한동안 〈발리에서 생긴 일〉이란 드라마가 화제였다. 하지원이 불우한 환경에도 아랑곳하지 않고 자존심 하나로 살아가는 여주인공이었고, 멋진 남자 소지섭이 조인성과 연적으로 나온 그 드라마는 모든 여성의 가슴을 설레게했다. 나 역시 예외는 아니었다. 재벌가의 망나니 아들로 분한 조인성은 상식을 뛰어넘는 패션과 싸가지는 없지만 미워할 수 없는 도발적이고 때론 귀엽기까지 한 언행으로 시선을 사로잡았던, 그해의 스타였고 판타지였다. 하여 당시 나는 그에게 홀딱 반해 있었다.

　선생님과 내가 조인성에 관해서 대화를 나누게 된 때가 아마도 자두꽃이 팝콘처럼 활짝 핀 봄날 오후쯤이었던 것 같다. 충남 당진에 있는 우애령 선생님의 은곡재에서 봄꽃놀이를 하고 느지막하게 서울로 올라오는 중이었다. 집까지 데려다주시겠다고 하셔서 선생님의 차를 타고 올라오다가 잠시 쉴 겸 중간에 휴게소에 들렀다. 꽃잎이 분분히 날리는 오후의 햇살 아래서 차를 한잔 마시다가 자연스럽게 화제는 〈발리에서 생긴 일〉로 옮겨갔다. 심오한 문학의 세계가 아닌.

　"아유, 요즘 그거 재밌더라. 〈발리에서 생긴 일〉, 주인공 조인성이가 나는 좋던데."

　"에? 선생님도 〈발리에서 생긴 일〉 보세요?"

　나는 깜짝 놀라서 물었다. 전혀 상상도 하지 못한 일이기 때문이다. 그런 건 나같이 심각한 거 싫어하고 가벼운 사람이나 보는 거라고 생각했지, 문학계의 대비마마께서 볼 거라고는 예상하지 못했었다. 그 당시 나는 문학계의 대왕대비는 박경리 선생님이고, 대비마마는 박완서 선생님이라고 생각했다.

　"재미있어서 봐. 연기 참 잘해."

　"흠, 저도 조인성 엄청 좋아하는데요. 선생님, 조인성 정말 괜찮지 않아요?"

　애교하고는 담쌓고 살던 내가 애교까지 부리며 선생님께 동의를 구했다.

"그러게. 참 좋더라고 조인성이가."

나는 선생님께서 조인성이 좋다고 말하는 순간 웃음이 터지려고 했다. 짐작해왔던 대비마마가 아니라 선생님 안에 소녀가 있는 것 같아서……

"사랑에 미숙해서 어쩔 줄 모르는 연기가 압권이죠, 그죠?"

항상 묻는 말에만 답하는 수준이었던, 굳게 닫힌 내 말문이 웃음과 함께 확 터진 셈이다. 더불어 일순간에 내 머릿속의 대비마마는 연기처럼 사라져버렸다.

"음, 좋던데."

지금 생각해봐도 그날의 대화들이 영화의 자막처럼 머리를 스친다. 선생님은 소녀처럼 활짝 웃으며 어느 봄날 휴게소에서 조인성이 좋다고 말씀하셨다. 철딱서니 없고 때론 맹한 것 같지만 사랑 앞에서는 감정이 격해져 눈물을 펑펑 흘리는 남자 조인성이 좋다는 것이 내겐 마치 선생님의 로망이 조인성 같은 캐릭터라는 말씀처럼 들려서 한동안 유쾌했다. 왜냐하면 선생님과 내가 동일한 감성 주파수를 사용하는 것 같았기 때문이다.

나는 선생님이 태조 이성계가 주인공으로 나오는 사극이나 아홉시뉴스를 잠깐 본 뒤 텔레비전을 끄고 다시 우아하게 사색에 잠기거나 혹은 독서에 매진하는 분이라고 생각했다.

"내가 조인성이 좋다고 하니까, 조인성이랑 점심 먹을 자리를 마련해주겠다고 하더라고……"

"정말요? 드시지요. 사인도 받고."

"아유, 그렇게까지는…… 호호."

"어머, 선생님, 조인성이 요즘은 대세예요. 기럭지 길죠, 잘생겼죠. 근데 그거 아세요? 시트콤에선 박경림이랑 연인으로 나왔다는 거."

"어머머, 상상이 안 가네, 나는."

선생님은 그날 살짝 흥분하시며 '가당키나' 하냐고 하셨다. 그건 마치 큰딸 승희가 제가 좋아하는 아이돌 그룹 샤이니의 종현과 탤런트 신세경의 스캔들 기사가 났을 때 '울 오빠를 제깟 것이 감히'라며 흥분하던 모습과 살짝 닮았었기에, 종종 그때를 떠올리면 지금도 선생님이 귀여웠다는 생각을 지울 수가 없다. 그렇다고 해서 선생님 안에 소녀만 있었던 건 아니다. 생각해보니 선생님 안에는 할머니의 모습도 있었다. 핑크빛 딸기웨하스 같은 파삭함과 상큼함이 남아 있는, 다리가 길고 훤칠한 할머니 말이다. 특히 내 딸들에게는 지금이나 그때나 여전히 박완서 할머니로 불린다.

사실 나는 딸이 셋이나 된다. 어느 날 갑자기 선물처럼 셋째 지현이가 생겼고, 고심 끝에 낳기로 결정했다. 하지만 내가 지현이를 낳았을 때 그 누구에게서도 수고했다는 말을 들은 적이 없다. 내가 들은 말은 "아들 바라고 셋째 낳으셨나봐요?" "계획도 없이 미련스럽게 딸만 셋씩이나 낳는다" "특별한 종교를 믿으시나봐요?" 등이었다. 그중 압권은 "계획도 없이 미련스럽게 낳아서 딸만 낳는다"였는데, 자식을 낳는 것이 무슨 경제개발 오개년 계획도 아니고 영악스럽게 작정하고 골라서 낳는 스타일도 아닌지라 그 말을 들었을 땐 속이 확 뒤집어졌다. 그나마 나은 덕담이라는 것이 "부자이신가봐요? 셋씩이나 낳으신 걸 보면"이었다.

어느 여름이었다. 아파트 근처 등나무에서 놀던 할머니들 중에 한 분이 딸 둘을 데리고 아이가 탄 유모차를 끌고 가는 내게 셋째도 딸이냐고 묻고는 "오 주여!" 하시는 바람에 기가 턱 막힌 적도 있다. 딸 셋 있는 게 주님까지 부르짖을 만큼 절망적인 일인가 싶어서 말이다. 심지어 그 할머니는 아들 낳는 비법까지 알려주겠다고 하셨다.

하지만 선생님은 다르셨다. 셋째 지현이를 낳은 지 얼마 되지 않아 선생님을 뵈었을 때, 참기름과 석류를 주시며 말씀하셨다.

"셋째인데도 태아성별검사도 안 하고 그냥 낳았다고? 정말 고마워."

"딸인 줄 알고 있었는데요, 뭐."

"그러게 내가 그 소리를 듣는 순간 얼마나 고마웠는지, 잘했어요."

그 순간 울컥했다. 그 누구도 잘했다는 말도, 애썼다는 말도 해준 적이 없었기 때문이다.

선생님이 내게 하신 말씀은 나이 마흔을 목전에 두고 셋째 지현이를 낳으려고 결정했을 때, 그리고 낳고 난 이후 내가 들은 가장 감격스러운 말이었다. 더구나 선생님은 셋째 딸이라는 이유로 집안에서 존재감이 미미한, 먹다 놓은 떡 같은 아이처럼 여겨지던 지현이에게 덕담을 해주셨다.

"섭섭해하는 사람들 보란 듯이 서울대학교 들어가라. 그러면 다 해결되는 거야."

며칠 전 지현이를 바라보며 활짝 웃던 선생님의 사진을 봤다. 컴퓨터에 저장해놓은 사진을 큰딸 승희가 찾아서 올려놓았다. 그런 선생님을 보며 지현이는 물색없이 만다린어로 "콩시파차이" 하며 중국명절 축하노래를 부른다. 참 아쉬웠다. 저 모습을 선생님이 보실 수 있었는데……

선생님이 셋째라 더 복 많고, 기회가 많을 거라던 지현이는 이제 훌쩍 커서 자카르타에 있는 싱가포르 국제학교에 입학했다. 말씀처럼 기회가 많은지 2008년에 남편이 자카르타 주재원으로 발령을 받아서 언니들은 다니지도 못했던 영어유치원에 다니고, 이젠 싱가포르 국제학교에서 만다린어와 영어, 그리고 인도네시아어까지 배우고 있다. 따지고 보면 선생님의 말씀처럼 셋 중에 제일 기회가 좋은 셈이다.

행복한 이기주의자인 큰딸 승희, 실용주의자인 둘째딸 지영과 달리 꼬마 박애주의자인 지현은 친구들에게 주는 것을 좋아하는 아이로 자랐다. 친구가 바꾸자면 제 새것을 주고 친구의 헌것으로 가져오기에 그만하라고 했더니, 그 애도 나랑 똑같은 걸 엄마가 사주면 되지 않느냐고 질문을 해서 어리석은 엄마로 만들어버릴 만큼 배려심 많은 아이다.

한국을 떠나오기 전에 『여성동아』 문우회 모임에서 선생님을 뵙고, 자카르타에 도착해서 전화를 드렸다. 벌써 우리 가족, 특히 오자마자 곧바로 싱가포르 국제학교에 입학을 한 뒤 초절정 사춘기까지 도래한 승희 때문에 우리 부부가 고생을 하고, 승희는 말그대로 영어의 산을 버겁게 넘고 있다는 소식을 들으셨는지 그래도 많이 가르치고, 기회를 많이 주라고 말씀하셨다. 그것이 선생님과의 마지막 통화가 될 줄은 몰랐다. 아직도 "그래요, 들어오면 봐"라고 하신 선생님의 음성이 귓가를 스친다. 더 많이 전화하고, 더 많이 메일을 쓸 걸 후회해보지만 바람처럼 지나간 일이라 잡을 수도 되돌릴 수도 없다. 그저 나의 어리석음과 게으름을 탓할 뿐이다.

엄마를 따라서 문우회에 드나들던 세 아이들은 박완서 선생님을 잘 알고 있고, 나름의 추억을 함께 공유하고 있다. 일식집에서는 어른들과 함께 앉아 회를 먹고, 소주잔에 물을 마시던 딸들은 이제는 사진 속에서만 선생님을 확인할 수밖에 없다. 특히 지현이는 더 그러하다. 선생님과 함께 찍은 여러 장의 사진을 가지고 있는 지현이는 종종 언니들과 함께 컴퓨터에 저장된 사진들을 보며 추억을 검색하고 제 얼굴이 나오면 생글거린다.

먼 훗날 지현이가 선생님과 둘이 유황오리구이집 '아치울 한마당'에서 찍은 사진을 보며 누구냐고 물어오면 나는 이렇게 말해줄 것이다.

"너를 꽃이라고 불렀던 박완서 할머니가 계셨다"고.

자카르타는 지금 우기가 시작되었다. 하지만 선생님의 소식을 들었던 1월 초만 해도 소녀의 핑크 블라우스를 닮은 부겐빌레아가 활짝 피었고, 재스민 꽃은 별모양의 꽃받침을 남긴 채 바람에 흩날리고 있었다. 그런 아름다운 날, 눈꽃처럼 지신 선생님의 소식을 들었다니 나는 때때로 삶을 이해할 수가 없다. 정말 불친절한 것 같다.

선생님이 계신 그곳에서도 이메일을 받으실 수 있다면 나는 휘리릭 이메일을 날리고 싶다. 이름 하여 '천국행 통신'인 셈이다.

수신인: PEARL 발신인: 봄바람

선생님, 요즘은 드라마 〈성균관 스캔들〉이 볼 만했습니다. 혹시 보셨는지요? 요즘은 군대 간 조인성보다 박유천이 대세인 것 같습니다. 조선의 올곧은 선비 역할을 잘 해냈지요. 아마 선생님도 좋아하셨을 겁니다. 저랑 취향이 비슷하시니까. 별이 잠깐 자취를 감추면 다른 별이 뜨나봅니다. 하지만 선생님은 제 딸들의 유년에 빛나는 별이었고, 그 어떤 빛으로도 대체할 수 없음을 압니다.

기억하시죠, 장미아파트? 예전에 제가 사는 장미아파트에 내려주시며, "나도 이곳에 살았는데 요즘은 집값이 많이 올랐나?"라고 농을 하셔서 제가 많이 올랐다고 하니까, "꼭 내가 이사 가면 오르더라" 하시며 귀여운 할머니처럼 활짝 웃으셨습니다.

저희 가족은 올해 다시 한때는 선생님이 살았고, 선생님의 기억 속에 채마밭이 주변에 있었다는 그 장미아파트로 돌아갑니다. 장미아파트를 소재로 써보라고 하셨는데, 게으른 저는 시작조차 하지 못

했지만, 언젠가 시도해볼 생각입니다.

선생님, 저와 제 딸들에게 좋은 추억을 주셔서 감사합니다. 저는 자카르타의 지평선을 보며 종종 아치울의 뜰을 생각합니다. 봄날 돌계단 사이로 작은 꽃들이 피어나고 훌쩍 큰, 선생님을 닮은 목수국이 대문을 지키고 있는 그곳을 말입니다. 다시는 그곳에 갈 수 없겠지만, 저희들 추억 속에 여전히 그 뜰이 존재합니다.

선생님은 저희에게 햇살이 좋은 뜰이셨습니다. 저희는 그곳에서 기분 좋은 산책을 즐겼습니다. 비록 다른 차원에 계시지만 그리운 분들과 장미와 와인의 나날을 보내시길 기도하겠습니다. 그리고 혹시 하트 뿡뿡 날린 메일 받으시면 지현이와 저인 줄 아십시오. 잠깐이라도 같은 시대에 선생님과 함께할 수 있어서 뿌듯했습니다. 선생님, 저희가 함께했던 시간은 정말 아름다운 산책이었습니다.

유춘강

서울에서 태어났다. 1996년 서른 살에 『여성동아』 장편소설 공모에 「29세」가 당선되어 작가의 길을 걷기 시작했다.
장편소설 『29세』 『노랑나비』 『란제리 클럽』이 있고, 단편소설 「쇼윈도 패밀리」 「옥춘」 「피스타치오 나무 아래서 잠들다」 「러브레터」 「결혼에 관한 솔직한 검색」 「사랑 부재중, 메시지를 남기세요」 등이 있다.
남편의 주재원 근무로 현재 인도네시아 자카르타에 머물며 장편소설과 수필집을 준비중이다.

벚꽃나무 아래서

• 우애령

함께 살던 가족이 세상을 떠났을 때 우리는 금세 그리워하지 못한다. 그 충격과 상실, 슬픔 때문에 그리움이란 따뜻하고 다정한 감정을 느끼기 힘들어서일 것이다. 아주 오랜 세월이 지나 생생한 기억의 흔적이 바랜 뒤에야 아문 상처를 어루만지며 그리운 마음을 지녀볼 수 있을 것이다.

'그리움'이란 그렇게 아픈 상처에 쓸 수 있는 말은 아닐 것이다. 벅찬 환희나 애증의 갈등을 극심하게 겪어보지 않은 사람들이 오히려 떠난 사람에 관해 그리움이라는 말을 쓸 수 있지 않을까. 영결미사를 드리면서 내 마음에 고이던 감정은 선생님에 대한 그리움이었다.

편찮으시기 전 어느 날, 문우회 회원들은 선생님의 팔순잔치에 무엇을 해드릴까 의논을 하고 있었다. 모임에 왔던 회원들이 선생님께 카드와 꽃과 포도주를 보내드리면 어떠냐는 제안을 내어놓았다. 좋은 의견이라고 찬성하여 우리는 서로 한마디씩 넣어 함께 카드를 썼다. 무어라고 편지를 마무리하면 좋을까, 하는 질문에 누군가가 간단하게 '선생님, 사랑해요'라고 쓰자고 했다. 우리는 대찬성을 하고, 그 편지에 모두의 이름을 적었다.

그후 생신을 맞아 며칠은 바쁘셨다고, 다음 주쯤 함께 점심을 먹고 아치울 정원에서 차를 마시자고 선생님이 초대하셨다는 전갈을 받았다. 하지만 며칠 뒤 모임이 돌연 취소되었다는 소식이 전해졌고 두려움 섞인 소식을 연이어 듣게 되었다. 입원을 하셨고, 큰 수술을 받으셨고 그리고……

선생님이 큰 수술을 받으셨다는 이야기를 들은 문우회 회원들은 근심과 염려로 무어라고 제대로 이야기를 나누지도 못했다. 그래도 곧 회복하시겠지, 하는 기대를 지녀보려고 막연하게 애를 썼을 뿐이다.

드라이브 삼아 꽃과 포도주, 카드를 아치울로 전하러 가려던 계획은 자연히 무산되었다. 우리는 모두 조마조마한 마음으로 다음 소식을 기다렸다. 항상 즐거운 마음으로 이런저런 소식을 전하던 카페의 소식란에는 오랫동안 무거운 침묵이 흘렀다.

"이제 다 나으셨대요. 아치울에 놀러오라고 선생님이 전화하셨어요."

이런 글이 올라오기를 기다리면서도 카페에 들어가기가 두려웠다. 병환이 더 깊어지셨다는 소식을 듣게 될까봐였다.

지난해 여름, 남편과 함께 춘천 쪽으로 가다가 선생님댁에 잠시 들러 함께 점심을 먹고 뜰에서 차를 마시며 담소하던 기억이 떠오른다. 몇 년 전 4월 어느 봄날, 문우회 회원들과 당진에 있는 우리 시골집에서 함께 모였을 때 새벽에 막 피어나던 집 앞 벚꽃나무가 정오에는 만개하여 꽃그늘과 향기를 온 뜰에 퍼트리던 추억을 나누었다.

"그날은 정말 드문 경우였어요. 그렇게 벚꽃이 조금씩 피면서 만개하는 걸 종일 바라보았으니……"

"바로 그 전날까지도 벚꽃이 피지 않아 얼마나 노심초사를 했는지…… 나무한테 내일 귀한 손님이 오신다고, 제발 좀 피라고 통사정을 했습니다. 절까지 다 했다니까요."

남편의 말에 선생님은 한참 동안 웃으셨다. 그리고 걱정스럽게 말씀하셨다.

"그 넓은 데를 다 가꾸려면 아주 힘이 많이 들 텐데……"

선생님의 염려에 남편은 손을 내저었다.

"아닙니다. 사실 그냥 내버려두는 편인데요. 제대로 돌보지도 못하는데…… 선생님 뜰은 정말 운치 있고 분위기가 좋습니다."

"꽃을 심고 나무들을 돌보는 일이 큰 낙이에요."

남편은 아치울 뜰과 거실에서 선생님의 독사진을 여러 장 찍었다. 며칠 뒤 사진을 인화한 남편은 사진 한 장이 무척 마음에 들어

선생님 드리려고 확대 인화했다고 들고 왔다.

검은 블라우스에 검은 바지를 입고 의자에 살짝 기대듯 편하게 앉은 날씬한 선생님의 모습은 독특하고 아름다웠다. 그래서 사진을 투명한 액자에 넣어 팔순 생일선물로 드리려고 준비해두었다. 하지만 선생님께서 삼 주 동안 병원에 계시는 바람에 사진도 못 드리고 회원들의 축하와 사랑이 담긴 카드와 꽃과 포도주를 전해야 할 임무도 수행하지 못했다.

그 당시, 어렴풋이 위중한 수술을 하셨구나, 하는 생각이 들었지만 정확히 무슨 병명인지 모르고 있었다. 그렇지만 무언가 마음속에 불안한 느낌이 있었다. 그래서 카드와 선물을 얼른 전해드려야 할 것 같은 생각이 자꾸만 들었다.

퇴원하셨다는 소식을 듣고 한 주일쯤 지난 뒤 그 근처에 강의하러 갈 일이 있어 전날 전화를 드렸다. 큰따님이 전화를 받았다. 나는 선물을 전해드리고 싶다고, 내일 그 근처에 갈 일이 있는데 들러도 되겠느냐고 조심스럽게 물었다. 혹시 댁에 계시지 않으면 앞집이나 어디 맡겨도 될지 묻자 큰따님은 내일은 집에 있을 테니까 잠깐 들러도 되겠다고 했다.

다음 날 일이 끝난 이른 오후에 꽃바구니와 포도주, 카드 그리고 선생님의 사진이 든 액자를 들고 아치울집 문을 두드렸다. 따님이 문을 열어주시기에 선물을 전해드리고 그냥 돌아가려고 했다. 조용한 안정이 필요한 시기라는 걸 알고 있었기 때문이다. 그런데 큰따님이 마침 지금 점심식사를 하신 뒤 잠깐 앉아 계신다고 들어와서 뵙고 가는 게 어떠냐고 권했다. 폐가 될까봐 간곡한 권유에도 망설여졌지만 선생님을 뵙고 싶은 마음에 집 안으로 들어섰다. 소파에 앉아 계신 선생님은 좀 지쳐 보였지만 평온한 표정에 혈색도 괜찮으셨다.

"선생님, 정말 고생이 많으셨어요."

곁에 앉으며 위로를 하자 선생님은 고개를 두어 번 절레절레 흔드셨다.

"말도 마세요. 얼마나 아팠던지……"

그러면서 그 경황없으신 중에도 불쑥 말씀을 하셨다.

"우리 못 모여서 어떻게 해. 얼른 나아서 내가 불러야 하는데……"

지금 그런 걱정을 할 때가 아니라 얼른 나으실 생각만 하셔야 된다고 말씀을 드렸다.

"선생님, 저희들이 늦었지만 이렇게 꽃과 포도주를 가져왔어요. 지금 못 드실 줄은 알지만 다 나으시면……"

따님이 포도주병을 들고 와 선생님께 보여드렸다.

"의사 선생님이 두 달 있으면 마셔도 된다고 하셨어요."

"그럼, 그때 마시지, 뭐."

선생님은 예사롭게 대답하시며 카드를 읽고 미소를 띠셨다.

"그리고 제가 사실은 이 사진을 보여드리고 싶어서……"

나는 주섬주섬 얇은 잡지만 한 크기의 액자를 싼 포장지를 풀었다.

"지난번, 선생님 댁에 왔을 때 찍은 사진인데, 오드리 헵번처럼 나왔다고…… 남편이 선생님께 꼭 드려야 한다고 하도 성화를 해서요."

마음속에 스며드는 불안과 근심을 감추려고 나는 괜히 좀더 수선스러웠던 것 같다.

"보세요, 선생님. 정말 오드리 헵번 같지 않으세요?"

선생님은 사진을 보면서 고개를 끄덕이셨다.

"마음에 드세요?"

선생님은 웃으면서 대답하셨다.

"아유. 내가 어떻게 나보고 오드리 헵번 같다고 말해요."

따님도 함께 웃었다. 따뜻한 해가 비쳐드는 오후, 평화로운 한 순간이었다.

따님이 준비하려는 차를 극구 사양하고 서둘러 댁을 나섰다. 얼른 쉬셔야 한다고 생각했다.

"그럼, 우리 함께 곧 만나요."

미소 지으며 당부하시는 선생님의 손을 잡고 나도 간절한 심정으로 말했다.

"그럼요. 선생님. 꼭 함께 뵐게요."

그때는 그 미소가 마지막 뵙는 모습이 될 줄 몰랐다.

그후 어두운 소식이 뒤를 이었다. 담낭암이었다는 진단명도, 방사선치료를 매일 받으신다는 소식도, 다시 입원하셨다 집에 돌아오셨다는 소식도.

어느 날 아침, 인터넷을 켜자마자 동시에 속보가 떴다. 결국…… 선생님께서 별세하셨다는 소식이었다. 혹시나 하고 인터넷을 켤 때마다 두려웠지만 그 글을 보는 순간 전혀 예상하지 못했던 소식을 들은 것처럼 충격이 몹시 커서 한동안 생각이 정지한 듯했다.

선생님을 보내는 며칠 동안 시간은 저절로 흐르는 듯했고 다른 아무 생각도 떠오르지 않았다. 이제야 선생님의 낯익은 여러 모습들이 그리움 섞인 추억으로 떠오른다. 우리 문우회 회원들에게 늘 기댈 언덕처럼 따뜻하고 든든했던 생전 모습들이……

이런저런 모임 때문에 항상 뵈었던 그 모습이 뒤를 이어 떠오른다. 새로 당선자가 나올 때마다 어떻게든 시간을 내어 꼭 참석하시고 당선자가 한턱을 내는 모임에도 꼭 나와서 따뜻하게 격려를 해주시던 선생님. 바쁜 일정중에 쉬운 일이 아니었을 텐데 새 당선자에게 선생님의 참석이 얼마나 큰 힘이 될지 잘 알고 계셨던 것이다.

지금도 생생하게 기억이 난다. 처음 시상식장에서 직접 뵈었을 때의 그 기쁨, 앞으로 늘 선생님을 가깝게 뵐 수 있게 되었다는 그 설레던 기대가……

누가 상을 받거나, 자녀가 결혼을 하거나, 아기가 태어나거나, 새 책이 나오거나, 학위를 받거나 이런저런 좋은 일들이 있을 때마다 우리는 늘 모였고 자주 선생님을 뵈었다. 아마 웬만한 친척 어른들보다 훨씬 더 많이 뵈었던 것 같다.

그동안 선생님께서는 우리에게 얼마나 넓은 그늘과 안식처가 되어주셨는지 그 울림이 떠나신 지금 더 크게 다가온다.

우리는 어떤 점심모임에서 선생님의 단편 「그리움에 관하여」를 마치 옛날이야기를 듣듯 들었다. 나이 든 친척 여동생의, 말하자면 러브스토리는 정말 흥미진진했다. 우리는 소공녀 '세라'의 옛이야기를 들으러 모인 '민친 여학교' 기숙사 소녀들처럼, "그래서요? 어머, 그래서요?" 하면서 열심히 이야기를 재촉했다.

"어머나, 정말 재미있어요. 진짜 소설 같아요."

누군가 소리치자 선생님이 큰 소리로 웃으며 말씀하셨다.

"아무도 쓰지 마세요. 내가 쓸 거야."

우리는 모두 웃음을 터트렸다. 말하자면 특허출원을 한 셈이었다. 그런 뒤에 나온 그 소설을 읽으면서 각별하게 남다른 정다움을 느꼈다.

젊은 시절, 선생님의 글을 죄다 찾아 읽으면서 지녔던 동경…… 상상도 못 했던, 글을 쓰는 작가가 되면서 선생님과 함께 지낼 수 있었던 귀하고 소중한 시간들, 그리고 일반 독자들과는 다르게 가까이서 그 체온과 큰사람됨을 느낄 수 있었던 순간들이 한꺼번에 다가온다.

문우회 회원들이 서로 다정하고 친근하게 느낄 수 있는 분위기, 큰 나무 아래 모여 앉은 것 같은 정다움의 근원에 선생님이 계셨던 것이다.

누군가 올린 추모 글에서 선생님이 나이 들어도 사람과 세상에 대한 사랑을 잃지 않고 위엄과 아름다움을 지녔던 오드리 헵번과 닮은 분이었다고 쓴 것을 읽고 속으로 깜짝 놀랐다. 아, 이런 생각을 하신 분이 또 계셨구나, 하는 생각이 들어서였다.

우리의 그리운 마음을 모은 글을 쓰면서 선생님이 초대하셨던 아름다운 정원에서의 만남이 다시 이루어지는 것 같은 따뜻한 위안을 느낀다. 이제 우리 마음속에 자리 잡은 선생님의 모습은 언제나 살아 있을 것이다.

화려하던 4월의 봄날, 이른 새벽부터 피기 시작해서 오후에 절정에 이르던 그 벚꽃나무처럼……

우애령
이화여자대학교 독문과를 졸업하고 연세대학교에서 사회복지학 박사학위를 받았다. 1994년 『여성동아』 장편소설 공모에 「갇혀 있는 뜰」이 당선되었고, 이화문학상을 수상하였다. 주요 작품으로 장편소설 『트루먼스버그로 가는 길』 『행방』, 소설집 『당진 김씨』 『정혜』 『숲으로 가는 사람들』, 상담에세이집 『사랑의 선택』 『희망의 선택』 『자유의 선택』 『행복의 선택』 등이 있다. 현재 작품활동을 하며 현실치료 전문가로 일하고 있다.

백일홍과 볼연지

• 이경숙

『여성동아』로 등단하기 전까지, 박선생님은 어쩌다 책으로만 접할 수 있는, 내 상상 속에만 계시는 분이셨다. 나는 일주일에 한 번 교회에 가서나 한국 사람 얼굴을 볼 수 있는 미국 중서부의 작은 도시에서 삼십육 년째 살고 있다. '삼십육 년'은 '일제치하'라는 단어와 함께 끔찍하게 오랜 세월이라는 느낌으로 내 뇌리에 박혀 있는 단어다.

지금은 한국에서 방영하는 드라마를 몇 시간 안에 인터넷으로 볼 수 있을 정도로 전 세계가 가까워졌지만 그런 혜택을 누리기 시작한 건 얼마 되지 않는다. 삼십 년 전에는 디트로이트 정도의 큰 도시에서도 한국 배추를 팔지 않아 유학생들은 양배추로 김치를 담가 맛있다고 자기최면을 걸며 먹었다. 당연히 한국 책은 구할 수 없었다. 소설책은 더더욱 없었다. 어쩌다 새로 오는 학생들이 한두 권 들고 오는 책은 너무 귀해서 빌려 보기 미안할 정도였다.

한국의 부모님께 전화하는 일은 가난한 유학생들이 일 년에 한 번쯤 누려보는 호사였다. 그나마 통화를 시작하고 몇 마디 하기도 전에 "전화요금 많이 나온다. 그만 끊어라. 목소리 들었으면 됐다" 하시는 통에 오히려 아쉬움만 더할 뿐이었다. 교포신문도 귀할 때라 한국 소식은 어쩌다 대형사건이 터졌을 때 텔레비전 뉴스로 잠깐씩 보는 게 전부였다. 박정희 대통령 시해사건, 부마사태, 광주항쟁 등. 뒤늦게 그런 일이 있었다고 하더라, 정도밖에 알지 못했다. 80년대, 90년대의 한국 정치와 사회에 관해서 나는 하얀 백지다. 게다가 외국인으로 생존경쟁에 지쳐 있는 내게 어쩌다 풍문처럼 들리는 문화계 소식은 먼 나라의 꿈같은 이야기였다. 2000년대로 들어와 아이들을 모두 대학에 보내고 난 뒤에야 고개를 빼고 여기저기 기웃거릴 수 있었다.

그런 나에게 어느 날 소포가 하나 왔다. 박선생님의 친필사인이 되어 있는 산문집 『호미』였다.

이경숙 님.

안녕하신지요. 타국생활에서 위로가 될까 해서 보냅니다.

건강하고 행복하시길……

　책갈피에는 백일홍 꽃씨가 담긴 봉지가 끼어 있었다. 그때는 이미 선생님을 두어 번 뵌 뒤이기는 했지만 여러 문인들 틈에 끼어 앉아 있던 나를 기억하고 여기까지 직접 책을 보내셨다는 사실은 감격 그 자체였다. 책을 안고 선생님 말씀처럼, 정말 행복했다.

　다음 날 백일홍 꽃씨를 심기 위해 뒤뜰로 나갔다. 서울에서 나고 자란 나는 백일홍을 좋아하지 않았다. 이름도 촌스럽고 꽃모양도 평범하기 그지없어 읍사무소라든가 시골 우체국 앞에나 어울리는 꽃이라고 여겼다. 닭벗처럼 생긴 맨드라미만큼 싫어하지는 않아도 눈길을 주지 않던 꽃이었다. 그런 백일홍이 갑자기 귀하게 느껴졌다.

　어떻게 생겼는지조차 잘 생각나지 않는 백일홍이 가장 빛을 발할 수 있을 만한 곳을 찾아 나는 앞뒤 뜰을 유심히 살폈다. 돌보지 않아도 매년 봄이 되면 스스로 깨어나 보라색 꽃을 피우는 아이리스 근처가 해가 제일 잘 드는 것 같았다. 아이리스보다 조금 앞쪽의 잔디를 파내고 꽃씨를 뿌리기로 했다. 워낙 꽃을 심고 가꾸는 재주가 없기에 꽃삽과 호미, 갈퀴 등을 찾아 몇 번씩이나 차고까지 왔다갔다해야 했다. 앞으로 나도 선생님처럼 뜰을 열심히 가꾸면서 꽃과 나무에게 말을 걸어보리라 굳게 결심하며 열심히 땅을 파고 정성스레 꽃씨를 심었다.

　우리 집은 게으른 주인 탓에 꽃은 별로 없지만 백 년도 넘은 나무들이 많다. 우리 집뿐 아니라 온 동네에 아름드리나무들이 많아 봄이 되면 무릉도원이 이렇지 않았을까, 하는 생각이 들 정도로 꽃동네가 된다. 절기를 어찌 그리 잘 아는지 거리에는 아직 눈이 쌓여 있건만 3월이 되면 나무들은 조금씩 조금씩 연두색 기운을 뿜어내며 부드러워지기 시작한다. 가만히 서서 올려다보면 가지들은 어느새 약간 통통해져 있고 아기 손톱같이 조그마한 꽃망울들을 조롱조롱 매달고 있다. 그러다 나무들은 경쟁이라도 하듯 서둘러 온몸 가득 꽃을 피우며 봄을 맞는다.

하늘을 메울 듯 가득 피었던 꽃들이 봄바람에 날려 거의 다 떨어지고 난 뒤에야 파란 이파리들이 돋기 시작한다는 사실을 안 것도 몇 년 되지 않는다. 으레 이파리가 난 다음에 꽃이 피는 거라고 짐작하고 있던 터라 그것은 놀라운 발견이었다. 자연에 매료되기 시작한 지 얼마 되지 않은 내게 선생님의 산문집 『호미』는 구구절절 가슴으로 파고들었다.

나는 거의 매일 뒤뜰에 나가 백일홍 싹이 돋았나 들여다보았다. 아이리스가 다 지고 난 뒤에도 백일홍 싹은 돋아날 기미가 보이지 않았다. 혹시 씨를 너무 깊이 심었나, 앞쪽 잔디 뿌리를 덜 파내서 그런 건 아닐까 걱정이 되기도 했지만, 어느 날부터인가 매일 아침 뒤뜰로 마실 오는 사슴 두 마리에 정신이 팔려 그만 백일홍을 잊어버렸다. 한 달쯤 지난 어느 날 퍼뜩 생각이 나 서둘러 뒤뜰로 나가보았다. 아뿔싸, 잔디가 말끔하게 깎여 있었다. 백일홍은 흔적도 없었다. 짧게 깎인 아이리스만 눈에 들어왔다.

몇 해 전 여름, 선생님댁에 인사드리러 갔을 때 뜰에 서서 이 꽃 저 꽃 열심히 설명해주시던 선생님을 이다음에 하늘나라에서 뵈면 뭐라 변명을 해야 하나. 내가 그 백일홍 꽃씨를 심었다는 사실도 모르는 선생님께 공연히 미안한 마음이 드는 건 지금도 여전하다.

가끔 한국에 가면 고맙게도 『여성동아』 문우들이 그때에 맞춰 모임을 마련한다. 여행가방을 싸며 그동안 모아두었던 작은 선물들을 넣을 때가 나는 참 즐겁다. 선물이라고 하기에 조금 민망한 그것들은 열심히 모아놓았던 에스티로더 화장품 샘플이다. 일 년에 두 번쯤 에스티로더 화장품 회사는 고객들을 위해 사은품 증정 기간을 두고, 화장품을 사는 사람들에게 립스틱이며 볼연지, 마스카라 등을 넣은 작은 가방을 하나씩 준다. 거기에 들어 있는 립스틱의 품질은 제 가격에 파는 립스틱에 비해 전혀 손색이 없다. 나는 그것들을 얻기 위해 로션이 떨어져도 그 기간이 올 때까지 참고 기다린다. 게다가 한 사람에게 하나씩밖에 안 주는 규정 때문에 남편까지 동원해서 모르는 사람인 것처럼 하고 화장품을 하나씩 따로 산다. 때로는 친구에게 부탁을 하기도 한다. 그렇게 모은 것들을 문우들이 인사동 한정식집에 모여 앉아 즐겁게 고르는 모습은 상상만 해도 좋았다.

처음 그것들을 들고 모임에 나갔을 때 많이 주저했다. 워낙 멀리 살다보니 자주 만나지 못해 아직 친하지도 않은데, 선물이랍시고 화장품 샘플을 내놓기가 무안하고 어색했던 것이다. 그런데 의

외로 반응이 좋았다. 장난감 가게 선반 앞에 선 어린아이들처럼 모두들 즐거워했다. 그후로 나는 더 열심히 화장품 가게를 들락거리게 되었다.

그날은 인사동 모임에 선생님도 나오셨다. 먼저 온 문우들은 립스틱을 하나씩 열어보며 색깔을 고르느라 정신이 없었다. 선생님이 자리에 앉자 나는 화장품이 든 가방을 선생님 앞으로 넌지시 밀었다. 인사로 그렇게 하기는 했지만 선생님이 거기에 관심을 보이시리라 기대를 하지는 않았다. 그런데 의외로 재미있어하셨다. 젊은 사람들처럼 재빨리 손을 뻗지는 않으셔도 웃는 얼굴로 이것저것 만져보셨다. 그러다 손바닥만 한 크기의 납작하고 네모난 볼연지를 집어 드셨다. 그게 보통 것과 달리 뚜껑이 쉽게 열리지 않는다는 걸 알기에 나는 엄지손가락으로 반쯤 밀고 난 뒤에 열어야 하는 거라고 설명을 하며 시범을 보여드렸다. 그러면서 왜 이렇게 복잡하게 만들어서 사람들을 괴롭히는지 속으로 화장품 회사 사람들에게 불평을 해댔다. 이미 앞서 온 문우들에게도 서너 번 설명을 해야 했기 때문이다. 그들은 그게 귀찮았는지 아니면 립스틱에 더 관심이 많았는지 아무도 그것을 갖겠다고 하지 않았다. 선생님도 볼연지를 내려놓고 잠시 계시더니 다시 집어 들고 만지작거리다 당신의 핸드백 속에 넣으셨다.

나는 지금도 궁금하다. 왜 볼연지를 집으셨을까. 거기 있던 립스틱들은 색깔이 무난해서 선생님도 쓰실 수 있는 것들이었는데…… 아는 처자에게 주고 싶어서 그러셨나? 그날따라 많이 모인 문우들에게 립스틱이 다 차례가 가지 않으니 미리 양보를 하신 걸까? 아니, 어쩌면 그게 아닐지도 모르겠다. 연세가 드셨다고는 하나 선생님도 여자인데 혹시 당신께서 쓰시려고……

지난해 크리스마스를 며칠 앞두고 교회 성가대원들을 집으로 초대한 적이 있었다. 식사가 끝나고 과일을 먹으며 여기저기 흩어져 앉아 얘기를 나누고 있는데, 갑자기 유학생 두어 명이 소리를 지르며 서재에서 달려 나왔다. 손에 사진첩을 펼쳐 든 채.

"어머, 어머. 이분 박완서 씨 아니에요? 이렇게 옆에 앉아서 식사하실 정도로 잘 아는 사이셨어요? 제가 제일 존경하는 작가가 박완서 씨거든요."

떠들썩하게 웃고 떠들던 사람들이 일제히 이쪽으로 고개를 돌렸다. 방금 내린 커피포트를 들고 누군가의 잔에 커피를 따라주고 있던 나는 잠시 할 말을 잊었다. 박선생님과 그런 사이라는 게 우쭐하기도 했지만, 그것보다 젊은 학생들의 입에서 '박완서 씨'라는 호칭이 거침없이 나온 게 왠지 거슬렸다.

하긴 나도 직접 만나기 전에는 그분을 선생님이라 부르지 않았다. 그분은 그냥 유명한 작가일 뿐 나와 아무 상관이 없는 사람이었다. 2004년 봄, 『여성동아』 시상식장에서 선생님과 나의 관계는 시작되었다. 당선자가 외국에 사는 사람이라 시상식장이 쓸쓸하면 어쩌나 염려하시며 비록 당신은 참석을 못 하시지만 문우들에게 가능하면 꼭 참석할 것을 부탁하셨다는 말씀을 전해 듣는 순간, 그분은 내 곁으로 성큼 다가오신 것이다.

그런 의미에서 요즈음 아무에게나 '선생님'이라는 호칭을 쓰는
건 더 마음에 들지 않는다. '선생님'은 개인적으로 각별한 사이에
존경심과 사랑을 표현하는 특별한 호칭이어야 한다고 생각하기
때문이다. 그래서 그분은 영원히 내가 부를 선생님이다.

이경숙

2000년부터 소설을 쓰기 시작해 『창조문예』, 미주 한국일보 문학상, 재외동포 문학상
을 수상했다. 2004년 재미교포들의 이야기를 다룬 「475번 도로 위에서」가 『여성동
아』 장편소설 공모에 당선되어 한국 문단에 데뷔했다. 1975년 미국에 갈 때까지 신문
기자로 일했고, 그 경험을 바탕으로 교포신문에 글을 기고하는 한편, 장편소설 『축복
의 기쁨』 등을 번역했다. 현재 미국 오하이오 주 실베니아에 살고 있다.

거기 품 넓고 따스한 큰 산이 있었네

• 최순희

내가 아직 등단하기 전이던 어느 해 초봄, 박완서 선배님이 수도권 변두리에 있는 우리 성당에 오셨다. 당시 나는 기분이 내키면 남편 손을 잡고 주일미사에 참례했다가, 내키지 않으면 그의 성화를 무릅쓰고 미사도 거르기 일쑤이던 날라리 신자였다. 정규 미사도 아닌 저녁특강에 꼭 가보고 싶어진 것은 그 유명한 분을 먼발치에서라도 직접 뵙고 싶은 호기심도 호기심이었지만, 어느 작품집에서 읽은 선배님의 신앙고백 혹은 신앙 없음의 고백이 내게 퍽 인상적으로 남아 있었기 때문이다.

그 작품집의 '작가의 말'에서, 선배님은 그 무렵 가톨릭에 입문하려고 교리공부까지 다 마치고도 신앙에 확신이 없어서 스스로

'낙제'를 하고 영세성사를 보류한 사연을 풀어놓았다. 작가의 말에 책 내용과는 별 상관도 없는 신앙 얘기를 상세히 털어놓은 것이 다소 생뚱맞다면 생뚱맞긴 했다. 그러나 관면혼배를 하고 영세를 받은 지 오래인 그때까지도 나는 신앙문제에 대해 그리 골똘한 고민은 해보지도 않은 터여서, 선배님의 진솔한 토로가 각별히 마음에 와 닿았던 모양이다.

선배님은 죽음과 내세의 문제를 진지하게 생각하게 되면서 종교를 갖고 싶어졌다고 썼다. 노년에 부군과 손잡고 교회나 성당을 간다면 꽤 그럴싸하고 '우아한' 그림이 될 것 같았고, 개신교보다 가톨릭이 끌린 것은 왠지 그쪽이 좀더 '품위 있어 보여서'라는 것이다. 스스로 말도 안 되는 '속물적인' 이유들이라고 표현하신 특유의 솔직함이 내게 미소를 자아내면서, 미사 참례 문제를 놓고 주일마다 남편과 실랑이를 벌이는 나 자신을 새삼 돌아보게 만들었던 듯하다. 물론 그후 선배님에게 어떤 일이 일어났는지는 우리 모두가 아는 터이다. 꿈꾸시던 것과 같은 우아한 그림을 연출한 시기가 설혹 있었다 해도 그리 길지 못했을 것 같고, 특강에서 말씀하실 내용도 책에서 이미 몇 번씩 읽은 그 이상은 아닐 성싶었다.

그러므로 정작 그날의 강연 내용은 기억에 없다. 대신 내 기억에 선명하게 남은 것은 조용조용 부드러운 목소리와 세련된 차림새의 첫인상이다. 인간의 오장육부에 숨겨진 위선과 허위의식을 햇볕 아래 가차 없이 낱낱이 까발려야 직성이 풀리시는 듯한 작가로서의 근성 때문일까. 나는 평소 선배님은 분명 지독한 일면이 있는 분일 거라 내 멋대로 짐작하고 있었다. 따라서 목소리도 칼칼하거나 당당하거나 쌩쌩하거나, 아무튼 작품에서 연상되는 강인하고 독한 부분과 일치하리라 막연히 예상했던 것 같다. 그런데 뜻밖에도 선배님의 음성은 나직나직 부드럽다 못해 뒤쪽에 앉은 내게는 잘 들리지도 않을 정도로 작았다. 지금 이 글을 쓰면서 떠오르는 이미지란 언젠가 선배님의 손을 스치듯 잡게 되었을 때, 무척이나 연약하고 보들보들하게 와 닿던 손바닥살의 느낌, 그것과 똑같았다.

그날 선배님은 깔끔한 검정색 바지 정장에 당시 유행하던 병아리색 파시미나 목도리를 길게 늘어뜨리고 있었다. 봄의 길목이란 계절과 장소에 꼭 맞춤한 차림새가 기대 이상으로 멋스럽고 보기 좋았다. 바로 그 얼마 전, 한 친구와 선배님 흉을 본 것이 내심 좀 찔리고 죄송스럽게 여겨졌다.

박완서 선배님이 불혹의 연세로 등단하셨을 때, 나는 숙명여고 일 학년이었다. 자연히 나도 오랜 세월에 걸쳐 선배님이 문단의 큰 산으로 점점 키가 우뚝해지시는 것을 먼산바라기로 지켜보면서 덩달아 자랑으로 여겨온 터였다. 솔직히 고백하자면, 그러나, 내가 선배님의 작품들을 한결같이 좋아만 했다고는 말할 수 없다. 끝없는 실꾸리처럼 술술 풀려나오는 맛있는 이야기 솜씨와 만년 현역으로서의 왕성한 필력에 탄복할수록, '우아 떨기'를 거부하며 우리들 안의 치부를 위악적일 정도로 노골적인 언어로 까발리는 선배님의 작품이 나는 통쾌하다기보다 은근히 불편할 때가 많았다. 아줌마들끼리 한참 수다를 늘어놓다가 "우리, 다 이런 속물 맞잖아, 안 그래?" 하며 옆구리를 쿡 찌르는 듯한 느낌을 맛보게 만든다고나 할까. 선배님이 독자들의 절대적인 공감 속에 국민작가로 점점 더 우뚝해지실수록, 나는 그 '우리' 속에 포함되기 싫다고, 설마하니 내가 그렇게나 속물일까보냐고 정색을 하며 뻗대고 싶어지곤 했다.

그러나 한편으론 언젠가 어느 평론가 친구가 냉소하듯 툭 던진 편잔을 무슨 칭찬마냥 비밀스레 간직하고 있기도 하다. 내가 여운과 여백이 많은 작품을 쓰고 싶다고 하자, 그는 "꼭 박완서 선생처럼 마냥 주절주절 하는 글을 쓰는 주제에, 언감생심 여운과 여백 운운하기냐?" 하며 어이없다는 듯 웃었다. 하지만 내 귀와 가슴은 뒷부분은 잘라버리고 '박완서 선생님처럼'이라는 앞머리만 먼 등불처럼 덥석 안아 들여 남몰래 품기 시작하였다. 이렇듯 선배님에 대해 나는 늘 양가감정 사이를 오갔다.

그 무렵, 한 친구와 선배님의 신간에 대한 이야기를 나누게 되었다. 친구는 박완서 소설을 싫어한다고 당당히 말했는데, 그 이유에 대한 비유가 가히 '박완서적'이라고 할 정도로 재미있고 실감났다. 그녀에게 선배님의 작품들은 '김칫국물이 지르르 흐른 도시락의 뚜껑을 확 열고 보여주는 느낌'을 준다고 했다. 만원버스나 지하철에서 시달리는 통에 김칫국물이 흐른 것도 짜증나는데, 선배님의 소설들은 밥에 벌겋게 번진 김칫국물의 '자국'과 '냄새'까지도 남김없이 들여다보고 냄새 맡게 만든다는 것이다. 나아가 그녀는 그런 구질구질한 도시락 얘기를 작품으로 적나라하게 쓰는 것으로도 모자라, 앞날개에 실린 작가의 사진까지도 어째 매양 밥하다 나온 것처럼 부스스하냐는 것이었다.

'김칫국물'이니 '밥하다 나온'이니 하는 독설이 후배로서 속상하긴 해도 선배님의 작품과 사진의 정확히 어떤 요소들을 가리키는 것인지 수긍이 가지 않는 바는 아니었다. 오히려 그런 신랄한 묘사야말로 더없이 '박완서적'이라고 여겨져 한바탕 웃음을 터뜨렸던 것인데, 그 저녁 실제로 뵙게 된 선배님은 수수하면서도 세련된 멋쟁이 할머니여서 허를 찔리는 느낌으로 대단히 반갑고 기분 좋았다.

당선된 다음, 아치울 댁으로 책을 들고 인사를 갔다. 『여성동아』출신 작가로서도 대선배지만 고교 선배님이시기도 하니, 시상식 전에 미리 찾아뵙고 인사를 드리는 게 마땅할 것 같았다. 동시에, 학교 후배랍시고 괜히 '가까운 척'하며 '들러붙으려' 한다고 생각하시면 어쩌나 조심스럽기도 했다. 쩔쩔매며 전화를 드렸더니 어쨌든 오라고 하셔서 찾아뵙게 되었다.

선배님은 그날 검정 터틀넥에 허벅지와 무릎에 주머니가 여러 개 달린, 당시 젊은이들 사이에 유행하던 캥거루 바지를 입고 계셨다. 또다시 기분 좋게 허를 찔린 느낌이었다. 혹시 나는 허리에 고무줄 넣은 월남치마 차림이라도 상상했을까?

막상 달려가긴 했으나 선배님의 말씨가 너무 정중하고 깍듯하여 부쩝하기 어려웠다. 대화 역시 궁했다. 연전에 우리 성당에 오셨을 때 나도 갔었다는 것, 그리고 까마득한 고교 후배라는 것을 말씀드렸을 때도, 그저 "아, 네" 하실 뿐이어서 살짝 무안했다. 그러곤 곧이어 "아유, 이젠 웬만한 작가들은 죄다 후배지요, 뭐" 하시는 바람에 난 그만 무색하여 내심 조금 '삐치는' 마음마저 들었다. 책에서 엿본 것처럼 정말로 깍쟁이신가, 싶기도 했다.

선배님과 가까워진 것은 오륙 년이 지나 내가 『여성동아』 문우회와 숙란문인회의 총무를 동시에 맡게 되면서였다. 『여성동아』 문우회는 일 년에 몇 차례 비정기적으로, 그리고 숙명여고 출신 문인들의 친목모임인 숙란문인회는 한 계절에 한 번씩 정기적으로 모였다. 마침 선배님이 숙란 모임의 회장이셔서 총무로서 직접 연락드려야 할 일이 더러 잦았다. 숙란 모임에서의 선배님은 『여성동아』 문우회 모임에서와 많이 달랐다. 같은 반 동기이시라는 소설가 한말숙 선배님, 시인 김양식 선배님과 아주 친하셨는데, 그분들과 나란히 앉아 "얘!" "쟤!" 하며 이야기꽃을 피우시느라 다른 사람들, 특히 우리들 까마득한 후배들은 관심도 또 '안중'에도 없으셨다. 언젠가 내가 그렇게 투덜거리자, 선배님은 "맞아. 난 항상 얘네들이랑 얘기하는 데만 정신이 팔려서 다른 사람들은 안중에도 없어. 미안해요, 호호호" 하셨다.

그런 선배님이 이태 전, 내 딸아이 혼사 때 남모르게 생각지도 않은 축의금을 듬뿍 챙겨주시는 바람에 깜짝 놀라고 말았다. 멀리 외국에서 올리는 결혼식이라 물론 청첩도 하지 않았고 총무에게만 신고하듯 알렸던 것인데, 언젠가 딱 한 번 "동시에 양쪽 총무 일을 하느라 애쓰네요" 하시더니, 그 무심한 듯 따뜻한 마음을 그런 식으로 표현하신 것이었을까? 어느 여성작가는 어린 딸이 선배님께 용돈을 받은 적이 있다면서 "그러므로 나는 박완서 선생님께 용돈을 받은 아이의 엄마가 된 것이다"라고 하던데, 나는 박완서 선배님께 축의금씩이나 듬뿍 받은 신부의 엄마가 된 것이다.

그해 늦가을에 내 언니와 두 친구와 함께 선배님댁에 놀러 갔다. 미국에 사는 언니는 매년 한국의 가을이 그리워 다니러 나오는데, 애독자인 언니를 위해 선배님과의 자리를 마련할 수 있다면 매우 특별한 이벤트가 될 것 같았다. 성가셔하시지나 않을까 몹시 조심스러워하며 전화를 드리자, 선배님은 시원스레 웃으시면서 "아유, 그걸 뭘 그리 어렵게 말하고 그래요. 어서 놀러와요" 하셨다.

우리는 선배님이 자주 가신다는 남한강변의 한정식집 '초대'에서 식사를 하고, 다시 댁에 들어가 차를 얻어마셨다. 초대의 정원을 걸어나올 때, 야외 탁자에서 차를 마시던 여인네들이 "박완서 선생님이다!" 하며 수군거리는 소리가 들려왔다. 그중 한 명은 달려와 사인을 받아가기도 했다. 괜히 우쭐한 기분이 되면서 반사광영反射光榮, 이런 단어가 생각났다.

우리는 초대에서 내려오는 나무계단에서 다 함께, 그리고 선배님과 둘씩 셋씩 팔짱을 끼고 사진을 찍었다. 아치울 댁의 정원 감나무 아래에서도 찍고, 정원 탁자에 선생님의 수필에 나오는 호미를 엎어놓고도 찍었다. 그 가을날의 한나절은 그렇게 우리 모두의 기억 속에 화석이 되어 남았다. 우리가 떠나올 때, 대문간에 서서 배웅하시던 선배님이 "아무개보다 언니가 더 미인이네" 하며 언니를 칭찬해주셔서 기분 좋았다. 선배님은 신성우, 장근석, 이민호 등 그때그때 드라마에 나오는 꽃미남들을 멋지다며 좋아하셨는데, 나는 선배님의 이런 일면이 귀엽고 솔직하고 또 평범한 할머니 같아서 좋았다.

그러나 지금 돌이켜보면 박완서 선배님에 관한 한, 나는 뒤에서 혹은 앞에서 대놓고 버릇없이 쫑알거리고 투덜거린 적이 더 많은 셈이다. 같은 해에 부군과 아들을 연이어 잃고도 그 처절한 슬픔과 통한을 낱낱이 기록하고 요리하여 작품으로 엮어낸 그 '강심장'에 '진저리를 치면서', 선배님의 작가적 근성에 경외에 앞서 혐오감을 느낀 순간들도 없지 않았다. 칠순 즈음 선배님의 신간들이 연달아 막강한 베스트셀러가 되는 것을 지켜보면서는, 예전의 가장 빛나던 작품들보다는 문학적으로 못한 것이 아닌가 싶어 이제 글을 그만 쓰셔도 되는 것 아닌가, 하는 생각까지 감히 혼자 해보기도 했다. 나아가 친지들과 지인들에게 선물하기 위해 선배님의 책을 한아름 사서 사인을 받을 때마다, 나는 가난하고 잘 안 팔리는 작가들 책을 사주고 싶어도 모두들 선배님 책만 좋아해서 '하는 수 없이' 선배님 책만 사게 된다며 쫑알쫑알 투정을 늘어놓곤 했다.

물론 내 모자란 작은 반발심을 고쳐먹는 데까지는 그리 오랜 시간이 걸리지 않았다. 작가란 '그럼에도 불구하고' 어떻게든 글을 쓰고 써냄으로써 삶의 고통과 상처를 스스로 치유 받고 치유해 주는 사람들이며, 그런 작업은 목숨이 붙어 있는 가장 마지막 순간까지 계속되어야 한다는 것을 선배님을 지켜보며 깨달아간 것이다.

선배님이 수술을 받고 치료를 받으신 암센터는 지난해 남편이 몇 달간 날마다 나와 함께 통원하며 치료 받은 곳이기도 했다. 마침 수술 시기도 비슷하여, 내 쪽에서는 왠지 선배님과 더욱 가까워진 듯한 남다른 유대감과 친밀감이 자라난 느낌이었다. 최대한 문병을 삼가는 편이 도와드리는 거라는 걸 알면서도, 마치 그러므로 내겐 직접 달려가 문병할 '권리'가 생기기라도 한 양 '쳐들어가듯' 가서라도 눈앞에서 뵙고 쾌유를 빌고 싶은 적도 여러 번이었다. 그런 마음을 꾹꾹 눌러 참으며 그저 옹색한 카드 몇 장에 결국엔 '존경해요'와 '사랑해요', 단 두 마디로 요약할 수 있는 여러 말들을 주저리주저리 늘어놓곤 했던 것이다.

영결미사가 끝났을 때, 나는 서둘러 현관으로 달려나갔다. 꽃으로 덮인 관을 남몰래 쓰다듬으면서 부디 그리운 이들과 재회하여 영원한 안식과 평화를 누리시라고, 그리고 선배님의 재능과 근성의 몇 분의 일만이라도 물려주고 가시라고 기도했다. 그런데 바로 옆에서 "완서야!" 하는 비통한 부르짖음이 들려왔다. 박완서 선배님을 그렇게 부를 이가 달리 누가 있었겠는가. 한말숙 선배님을 부축하여 떠나오면서, 솟구치는 눈물 사이로 나는 마지막으로 한 번 더 버릇없는 투정을 부리고 말았다. 누가 '개성깍쟁이' 아니시랄까봐, 가실 때도 그렇듯 깨끗하고 단호하게 떠나시느냐고 말이다.

나약한 인간으로서의 속물근성을 작품 속에 다 비워낸 때문일까. 선배님은 작품에서 상상한 모습보다 실제가 훨씬 더 푸근하고, 품위 있고, 넉넉한 분이셨다. 그리고 조금씩 알아갈수록 점점 더 겨울 솜이불처럼 따스해져갔다.

거기 품 넓고 따스한 큰 산이 있었으니, 그 발치에 깃들어 복된 한 시절을 누린 행운에 깊이 감사드린다.

최순희

경남 고성에서 태어나 서울에서 자랐다. 1991년 계간 『수필공원』(현 『에세이문학』)에 추천완료되어 수필을 쓰기 시작했고, 2001년 『여성동아』 장편소설 공모에 「불온한 날씨」가 당선되어 소설을 쓰기 시작했다. 장편소설 『불온한 날씨』와 소설집 『피크닉』(공저) 등이 있고, 산문집 『딸이 있는 풍경』 『넓은 잎새길의 집, 그리고 오래된 골목들의 기억』과 수필집 『그 집은 그곳에 없다』가 있다. 『트리갭의 샘물』 『엄마의 의자』 『산과 달이 만나는 곳』 등을 번역했다.

싱아는
여름에도
피고 지고

마두동 가냐고 묻는 말에

• 이혜숙

박선생님 돌아가신 날, 『여성동아』 문우회 회원들끼리 급히 연락을 하여 여럿이 함께 문상을 갈 때 나는 개인사정으로 동행하지 못했다. 다음 날 저녁에 가서 안면이 있는 자리를 찾아가 앉다보니, 이이화 선생님과 현기영 선생님 맞은편에 앉아 밥을 먹게 되었다. 이이화 선생님은 박선생님과 아치울 이웃으로 오래 사신 분이라 박선생님의 일상적인 모습을 많이 보셨을 터였다. 옆자리의 현기영 선생님과 이런저런 이야기를 나누시던 끝에 "박완서 선생은, 작품만 읽은 사람들은 그저 훌륭한 작가라는 생각밖에 안 하겠지만, 내 눈에는 아이들을 사랑하는 인자한 할머니로 보일 때도 많았어요. 덕분에 우리 아이들이 어려서 박선생님께 귀여움을 많이 받았었지" 하셨다. 그래서일까 이선생님댁에선 부인과 자제분 남매까지 문상을 와 있었다. 이선생님 말씀에, 『여성동아』 문우회 모임에 누가 아기라도 데리고 나오면 실눈이 되게 활짝 웃으시며 귀여워하시던 박선생님 모습이 떠올라, 나도 기억에 남은 이야기로 맞장구를 쳤다.

박선생님은 바쁘거나 피곤할 땐 택시도 타셨지만 전철이나 버스를 자주 이용하셨다. 문우회 모임에 오실 때도 마찬가지였는데, 어느 날 모임 자리에 들어서시며 전철에서 당한 이야기를 하셨다.

"내가 노약자석에 앉아서 오는데, 바로 옆에 한 서너 살이나 먹었을까, 한 사내아이가 앉고 그 바로 앞에 그애 엄마겠지? 젊은 여자가 서 있었어. 근데 아이가 내 손에 낀 반지를 뚫어져라 들여다보는 거야. 이거 뭐 비싼 보석도 아니고 그냥 예뻐서 낀 건데 알이 크고 반짝이니까 신기했나봐. 호기심 어린 눈으로 열심히 들여다보는 게 귀여워서 내가 반지알을 만져보라고 대주면서 장난으로 '갖고 싶니? 너 줄까? 줄까?' 그랬다고. 그러면서 한참 가다가 전철이 역에 서니까, 아이 엄마가 그애를 확 잡아채듯이 끌어안고 내리면서 '할머니, 애가 달라면 진짜 주실 거예요? 진짜 주실 것도 아니면서 왜 아이를 놀려요?' 하고 쏘아붙이는 거야. 남의 애 귀여워하다가 된통 당했어."

선생님은 아직도 그런 일을 당했다는 사실이 믿기지 않으신지 말씀을 끝내고도 뻥하니 입을 다물지 못하셨다. 그 어리둥절한 표정에 한바탕 웃어대다가 나는 문득 우리 엄마가 겪은 비슷한 일화가 생각났더랬다.

　친정엄마가 돌아가신 지 올해로 십육 년이 지났는데, 지금은 유야무야된 반상회란 것이 서슬 푸르게 살아 있을 무렵의 이야기다. 어느 땐가 반상회 날, 반장 아주머니댁에 모인 사람들 중에 대여섯 살 먹은 사내아이가 엄마를 따라와 있었다. 아이가 한창 말썽을 부리고 개구쟁이짓을 할 나이라 한시도 가만있지 못하고 방 안 기물을 만지고 돌아다녔다. 특히나 새로 장만한 전축에 달린 버튼들을 이것저것 눌러보는데, 주인댁이 차마 말은 못 하고 고장 날까 안절부절못하는 표정이 역력했다고. 보다 못해 우리 엄마가 아이한테 한마디했단다. "너, 그거 자꾸 만지면 그 속에서 맹맹이 할아버지가 나와서 이노옴 한다." 그러자 그때껏 자기 아이가 남의 집 방 안 세간을 결딴내거나 말거나 나 몰라라 하고 앉아 있던 아이 엄마가 우리 엄마에게 대들었단다. "아주머니, 세상에 맹맹이 할아버지가 어디 있다고 그래요? 왜 거짓말을 해서 아이한테 겁을 주냐고요." 집에 돌아와 식구들에게 그 얘기를 전하면서, "요즘 젊은 엄마들 정말 무섭더라. 내가 말 한마디 잘못했다가 본전도 못 찾았지 뭐냐" 하시던 엄마의 표정이 꼭 그날의 박선생님 표정 같았다.

　『여성동아』 문우회 회원들은 『여성동아』 장편소설 공모 당선자라는 공통점 하나 빼면 나이도 성격도 사는 모습도 다 구구 각각이다. 하지만 한자리에 모여 수다를 떨기 시작하면 말끝마다 까르르 웃음이 터지곤 하는 것이 철없는 여자아이들 한가지였다. 박선생님도 종종 웃음의 소스를 제공해주셨는데 한번은 이런 이야기를 하셨다.

"내가 며칠 전에 일산 쪽에 갈 일이 있어서 전철을 타고 가는데, 옆자리에 앉은 남자가 뭐라고 하는 것 같아. 그래서 돌아보면서 '네?' 그러니까 그 남자가 '이 차, 마두동 가지요?'라고 묻는데 그 사람 얼굴이 거무튀튀하면서 길쭉한 것이 그야말로 말상인 거야. 순간적으로 말이 마두동 가냐고 묻네, 하는 생각이 들면서 나도 모르게 웃음이 막 터져서…… 아이고 민망해서 죽을 뻔했어."

지하철 안에서 말상의 남자와 박선생님이 연출했을 촌극을 떠올리면 지금도 웃음이 나온다. 그러고 보면 우리 엄마도 말과 관련해서 웃긴 얘기가 있다.

내 친정집은 종로구 변두리였는데, 그 무렵 시내 쪽 종로구에 '송아지'란 이름의 다방이 있었다. 그 다방 전화번호가 공교롭게도 우리 집 전화번호와 끝자리 숫자 하나만 달랐다. 그러니 낮에 엄마 혼자 집에 계시면 송아지 다방을 찾는 전화가 하루에도 몇 번씩 잘못 걸려오곤 했다. 어느 날 집안 식구들이 둘러앉아 저녁을 먹다가 엄마가 그러신다.

"오늘도 그놈의 송아지 다방 찾는 전화가 어찌나 많이 걸려오던지…… 나중엔 숫제 어떤 사람이 다짜고짜 '송아지죠?' 그러는데 나도 모르게 '송아지는커녕 망아지도 아뇨' 그랬지 뭐야? 전화 끊고 나니 어찌나 우습던지 혼자 큰 소리로 한참을 웃었네."

말해놓고 엄마는 또 웃음보가 터졌고 식구들도 웃으면서 엄마를 놀렸다.

"다음에는 누가 송아지죠? 그러면 '음매에' 그러든지 '히히힝' 그러세요."

박선생님은 세상이 다 아는 불세출의 작가셨고, 우리 엄마도 훌륭한 생활인으로서 세상에 났던 책임을 다하고 가셨으니, 정말로 세상물정을 몰랐다고는 할 수 없지만, 어쩌다 가끔은 어린애처럼 단순하고 천진해 보이는 점이 일맥상통했다고나 할까. 박선생님의 자그마한 몸피와 갸름한 얼굴 윤곽에도 어딘지 친정엄마를 생각나게 하는 구석이 있었다. 하기는 우리 『여성동아』 문우회 회원들 중에 박선생님에게서 어머니 같은 느낌을 받은 사람이 어디나 하나뿐이었을까.

일단 박선생님은 우리 중 제일 큰어른이셨고, 기댈 수 있는 기둥이셨다. 『여성동아』 문우회에서 여러 해 동안 꾸준히 동인지를 낼 수 있었던 저력도 따지고 보면 박선생님의 후광에 힘입은 바가 크다는 것을 아무도 부인하지 못할 것이다. 그러면서도 박선생님은 우리가 함께 모이는 자리에서 큰소리로 무엇을 주장하거나 우기거나 하시는 법이 없었다. 그저 조용히 우리가 하는 자질구레한 이야기들을 듣고 계시다가 마지막에 한마디 보태시거나, 웃으며 즐거워하시는 모습이 마치 눈앞에서 삐악거리는 병아리들을 지켜보고 있는 어미닭 같았다. 하지만 그렇다고 해서 철없는 딸이 친정엄마에게 하듯이 무람없이 대해지지는 않았다. 박선생님의 작고 연약하고 자애로워 보이는 겉모습 속에는 세상 모든 것을 꿰

뚫어보시는 통찰력이 숨어 있었다. 그런 점이 사람들에게 함부로 대할 수 없는 경외감을 갖게 했었다고 생각한다.

1982년, 내가 『여성동아』 장편소설 공모에 당선되고 나서 처음으로 선배 당선자들에게 인사를 드리는 자리에서 선생님은 내 이력을 물으시고는 '어머, 알고 보니 내 고등학교 후배네' 하고 반가워하셨다. 나 역시 그 한마디 말씀에 괜히 속이 든든하고 새 힘이 생기는 듯했다.

그로부터 십 년 가까운 세월이 지난 1991년에 첫번째 소설집을 내게 되었을 때, 나는 당연한 것처럼 박선생님께 발문을 부탁드렸다. 그 발문에서 박선생님은 그동안 지켜보신 나와 내 소설에 대해 이렇게 말씀하셨다.

사람이 너무 맺힌 데도 성깔도 없어 보여 (…) 고약한 구석도 반짝거리는 면도 없어 보이는 그의 무던함이 며느릿감으로는 탐날지 몰라도 작가로서는 아쉽게 느껴졌다. (…) 교과서에 실어도 될 만큼 잘 만들어진 단편이라고 생각했지만 나는 왠지 그 교과서적이라는 게 불만스러웠다.

십 년 세월 동안 문우회 모임이 아니면 뵐 기회가 없었던 선생님이 나의 됨됨이에 대해서 그처럼 정확하게 파악하고 계셨을 줄이야. 내 작품에 대해서 하신 '교과서적'이라는 말씀 또한 앞으로 내가 넘어야 할 산, 혹은 깨뜨리고 나와야 할 껍데기를 확실하게 짚어주신 것이었다. 한편으로는 '진국스러움'과 '요망을 떨거나 잔재주를 부리지 않는 것'을 내 작품의 미덕으로 꼽으시고 첫 소설집의 탄생을 축하해주시는 것으로 격려도 잊지 않으시면서.

나의 됨됨이나 작품에 대한 그런 지적들은 또한 내게 거시는 기대의 반영이기도 했을 터였다. 하지만 나는 끝내 선생님의 기대에 미치지 못하고 말았다. 굳이 변명하자면, 작가이기 이전에 한 집안을 꾸려나가는 주부 노릇에 너무 잘 길들여진 탓에, 늦게 뛰어든 문학의 길에 전력투구할 수 없었다고나 할까. 아니, 그보다는 차라리 게으른 천성 때문에 타고난 재주의 부족함을 메우기 위한 열의와 노력이 모자랐다고 털어놓는 편이 정직할 것이니, 그저 면목이 없을 뿐이다.

지금 세상은 이웃 나라에 닥친 엄청난 자연재해가 촉발한 방사능 물질의 공포 속에 술렁거리고 있다. 거기에는 오랫동안 너무 쉽고 편하고 빠른 것만 추구하며 살아온 우리 인간들의 속성에도 책임이 있지 않을까 하며, 언젠가 박선생님과 나눈 이야기가 떠오른다.

"손주가 컵으로 우유를 마시다가 쏟아서 방바닥이 한강이 되었기에, 옆에 있던 내가 손에 잡히는 대로 휴지를 마구 뽑아 바닥을 닦았지 뭐야. 몇 발자국만 걸어가면 걸레가 있는데 고거 몇 발자국 움직이기가 귀찮아서. 우리가 그렇게 물 쓰듯이 하는 휴지를 충당하기 위해 세상 어디선가는 오랜 세월 자라난 숲의 나무들이 뭉텅이로 잘려나가고 있다는 얘기를 들었으면서도…… 나중에 속으로 반성 많이 했어."

선생님은 쓰시는 글을 통해 인간사의 후미진 곳을 낱낱이 헤집어보시고, 보통 사람들이 드러내 보이고 싶지도 않고, 드러내 보이기 쉽지도 않은 인간 본연의 모습을 족집게처럼 콕콕 집어내어 보여주셨다. 그러기 위해서 선생님은 언제나 먼저 스스로의 내면을 들여다보며 깊은 성찰을 하시지 않았을까.

이제 선생님은 우리 곁을 떠나 저 높은 곳에 가 계시다. 그곳에서 한층 넓은 시야에 들어오는 이 세상을 내려다보며 어떤 생각을 하고 계실까. 자연재해에 인간이 만들어낸 재난이 겹쳐 몸살을 앓고 있는 지구의 모습에 안타까워하실 것만은 틀림이 없으리라.

이혜숙   ••

1947년 서울에서 태어났다. 80년대 초반 대학에 다니던 조카들이 운동권에 투신, 집에 몰래 다녀가는 조카들과 그 뒤를 쫓는 형사들의 방문을 번갈아 받아야 하는 상황에서, 쌓이는 정신적 긴장을 풀기 위해 연애소설 한 편을 썼다. 그 소설이 『여성동아』 장편소설 공모에 당선, 뒤늦게 작가로서 선택받은 데 대한 책임의 무거움을 깨달았다. 사회적으로 소외되거나 공권력의 폭압으로 고통 받는 사람들의 모습을 그려내려고 노력한 작품들을 모아 소설집 『바람 속의 얼굴들』 『마음이 하는 일』을 냈고, 최근에는 어린이를 위한 고전 시리즈로 『토끼전』 『도깨비 손님』 『계축일기』 등을 썼다.

못 가본 길이 더 아름답다

• 류지용

나는 지금 서재의 책들을 보고 있는 중입니다. 좌우로 칠 단 높이의 책꽂이를 살펴보면 수많은 책들과 수많은 작가들의 이름이 보입니다. 책들은 숨을 쉬듯 말을 걸고 있고 책장을 펼치면 작가의 얼굴이 나타납니다. 서재에는 나 혼자 있는 것 같지만 실제로는 수많은 작가들이 함께 앉아 있습니다. 나는 수많은 작가들 중 누군가에게 물어보고 싶고 또 누군가의 대답을 듣고 싶습니다. 인생을 살다보면 이미 다 알고 있는 것에도 불쑥 질문을 던지고 싶은 순간들이 종종 찾아옵니다.

오늘은 『못 가본 길이 더 아름답다』라는 책을 꺼내 들었습니다. 분홍색 표지의 책은 다른 모든 책들보다 두드러지게 눈에 들어옵니다. 어제 작가의 장례식에 다녀왔기 때문입니다. 차가운 햇빛은 조금 풀어졌고 길거리에는 흰 눈이 남았고 오전의 미사는 엄숙했습니다. 신부님 목소리를 들으며 침묵했고 성가대 음색과 오르간 음률을 따라 마음이 오르락내리락했습니다. 죽음 앞에 바치는 헌시도 선생님 생전의 글만 못했습니다. 마지막으로 선생님을 보내면서 선생님의 성품처럼 희고 깨끗한 천이 덮인 관을 향해 슬픈 얼굴을 숙였습니다. 미사가 끝났을 때에는 날이 조금 더 풀어져서 햇빛이 강해지기 시작했습니다. '마지막'이라는 생각이 선생님에게서 발걸음을 돌리지 못하고 자꾸만 뒤를 돌아보게 만들었지만 '마지막'이 선생님의 죽음을 설명할 수 있는 말은 아닌 것 같습니다.

작가의 죽음 앞에서 죽음이라는 단어는 일반명사가 아니라 고유명사처럼 들립니다. 작가의 죽음을 알리는 부고장이 그랬습니다. 나는 장례식에 다녀온 이후 죽음이라는 단어를 분명하게 이해하려고 노력중입니다. 그동안 죽음은 슬픔이라고 막연하게 생각하고 있었는데 지금은 슬픔도 죽음을 설명할 수가 없습니다. 사라짐, 부재, 절연, 추억, 망각. 그 어떤 단어도 선생님의 죽음을 적확히 표현할 수는 없습니다. 육 개월 전에 차를 마시며 나누던 담소 중에 작가로서 영원히 현역으로 남고 싶다는 말보다 훨씬 못합니다. 죽음이라는 단어를 설명할 수 있는 다른 단어를 찾기 위해 고심하던 중에 선생님의 책을 꺼내 들었습니다.

구 개월 전에 출판된 분홍 표지의 책에서 선생님의 숨결이 생생하게 느껴집니다. "못 가본 길이 더 아름답다"고 말하는 작가는 내게 죽음이란 이런 거야, 하고 설명해줄 수 있을 것 같습니다. 그건 또 역시 삶이란, 사람이란 이런 거야, 같은 말씀일 것 같습니다. 제목에서부터 작가는 세상을 바라보는 관조의 시선과 예리한 각도의 통찰력을 보여주고 있습니다. 인생 팔십 년을 살면서 가본 길이 아름다웠지만 아직 못 가본 길이 남아 있다는 사실이 더욱 아름답게 느껴진다는 뜻인 듯합니다. 언제나 경험하지 못한 세계는 아름다운 법이지요. '아, 내가 많이 서운했었구나' 나는 그때서야 울컥 슬펐던 감정을 생각합니다. 아직 못 가본 길처럼 죽음도 그런 건지요. 아침에 일어나 혼자서 짐을 싸고 훌쩍 길을 떠나신 것처럼 죽음은 갑작스러웠던 겁니다. 섭섭함이야 배웅하는 사람의 마음이고 선생님은 평소의 말씀처럼 아름답게 가셨습니다.

지금 서재에는 분홍색 표지의 책과 또 다르게 붉은 책상 그리고 벽에는 붉은 책꽂이가 사람처럼 서 있습니다. 분홍 표지의 책을 책상에 올려놓았을 때 붉은색은 수줍은 빛으로 변하는 듯 보입니다. '수줍다'는 형용사를 고른 건 순전히 책표지의 분홍색 때문입니다.

분홍색은 붉은색과 근친인데 색감은 아주 다릅니다. 붉은색은 색감이 강렬해서 감춤보다 드러냄을 표시하지만, 분홍색은 감춤과 드러냄을 알기 이전의 수줍음을 표시하는 듯합니다. 붉은색이 원숙함과 노련함이라면 분홍색은 순수함과 미숙함입니다. 그래서 분홍색은 통과의례를 겪기 이전 소녀의 얼굴 같다고 생각합니다.

'못 가본 길이 아름답다'고 말하는 책표지에는 짙은 분홍색과 얼굴이 있습니다. 표지 하단의 선생님 얼굴은 표지를 완전히 점령한 분홍색을 웃으며 바라봅니다. 나는 팔순 노구의 작가 얼굴과 분홍의 색감을 동시에 느낍니다. 선생님의 시선은 분홍색을 향해 있으니 분홍색은 마치 선생님의 마음인 것 같습니다. 분홍색은 소녀의 미숙함을 표현하지만 그것은 서투름이 아니라 아직 덜 찬 것으로 느껴집니다.

어쩌면 분홍색은 겨울과 여름을 반반씩 섞어놓은 봄날입니다. 겨울이 밤이고 여름이 낮이라면 겨울과 여름을 반반씩 섞어서 칠하면 하루의 절반쯤 되는 오후가 나올까요. 기온도 사람의 체온 정도만큼만 따뜻하겠지요. 추움과 더움의 중간쯤 되는 따뜻함 말입니다. 겨울이 여름 주변으로 물러나 실루엣으로 남아 있는 봄날 말입니다. 나는 책표지의 분홍색을 봄날로 명명합니다. 겨울이 묻은 초봄도 아니고 여름이 끼어든 늦봄도 아닌, 봄 자체로 한창인 봄날 말입니다.

그래서 『못 가본 길이 더 아름답다』에 나오는 선생님의 마당은 춥고 더운 계절을 물감처럼 찍어다가 자유롭게 섞어서 그려놓은 에덴동산처럼 느껴집니다. 마치 선생님의 〈몽유도원도〉를 보는 듯 아주 환합니다. 나는 연붉은 꽃나무 사이를 날아다니는 새가 그려져 있는 책표지에 눈동자를 박고 들여다봅니다. 자연이 만든 색감과 선線은 얼마나 매혹적인지요.

내 붉은 책상 앞에는 공중정원이 있습니다. 아파트 팔 층 베란다는 꽃나무들이 있는 공중정원입니다. 햇빛이 만들어내는 실루엣은 어둠보다 옅은 그림자입니다. 햇빛 뒤에 숨은 그림자가 나무의 질감을 만들어냅니다. 진초록 식물들은 그 자체로 평화롭습니다. 햇빛과 오래 만난 이파리는 진초록이고, 새로 돋아난 이파리는 연초록입니다. 햇빛은 만남의 시간을 재는 모양입니다.

나는 베란다 창문을 열고 아래를 내려다봅니다. 그러다가 팔 층 높이를 실감하며 창문을 닫습니다. 공중정원 팔 층에서는 땅이 제대로 보이지 않지만 땅에서 조금 얻어온 흙이 화분에 고스란히 담겨 있습니다. 내 몸도 팔 층에 있는 것인데 사람보다 흙이 신기합니다. 화분의 깊이는 흙이 흙으로 존재할 수 있는 분량만큼입니다. 흙이 흙으로 존재하려면 식물을 키워야 합니다. 그래서 인공으로 끌어올린 상수도관의 물과 높낮이를 구별하지 않는 햇빛이 공중정원에 머물고 있습니다. 식물에게 화분은 둥지이며 집일 텐데 내 눈에는 신발처럼 보입니다. 화분의 나무는 사람처럼 신발을 신고 팔 층까지 뚜벅뚜벅 걸어서 올라온 것 같습니다. 나무가 흙이 떨어지지 않게 신발을 신은 것은 깨끗한 타일을 박은 베란다에게 예의를 차린 것이지요.

아파트 팔 층의 생활공간은 아주 그럴듯한 인위적인 그림입니다. 햇빛, 물, 흙, 바람…… 없는 것이 없습니다. 공중정원까지 만들었으니 말입니다. 그림 속에서 서재와 연결된 주변 공간들을 삭제하고 내 몸만 남긴다면 나는 공중에 떠 있는 셈입니다. 나는 주변 공간을 삭제하지 않고 거리감을 반영하지 않습니다. 현대인의 공간은 도심 콘크리트 속이고 그곳에서 공중생활을 하고 있다는 수사修辭는 필요 없습니다.

나는 책 속의 공간을 생생하게 느끼는 중이기 때문입니다. 땅 냄새는 팔 층 아래에서 올라오는 것이 아니라 책에서 은근하게 풍기고 있습니다. 분홍색 표지와 작가의 얼굴과 땅냄새는 아주 친근해 보입니다. 분홍색 표지의 책은 작가가 땅을 걸어다니며 쓴 글들을 모은 것입니다.

오후의 햇빛은 공중정원을 지나 서재까지 길게 들어와서 책들을 세세히 비추고 있습니다. 나는 햇빛이 만들어내는 명도의 차이로 책들을 구별하고 있습니다. 책들은 하나의 색깔이며 하나의 존재라는 사실이 새삼스럽습니다. 나는 분홍의 화사함과 어울리는 색깔들을 살펴보고 있었고 내 마음까지 분홍으로 확 물들었을 때에야 책상 옆 책꽂이도 붉은색임을 찾아냈던 것입니다.

내게 독서는 흰 종이 속 검은 글자들이 만들어내는 단조로움이었습니다. 때로는 지루함도 있었습니다. 마법처럼 빨려드는 책을 읽은 기억은 가물가물할 정도입니다. 그런데 지금은 놀랍게도 흑백을 밀어내는 책과 마주하고 있는 중입니다. 이리도 강렬하게 시간을 강조하는 책은 처음입니다. 그래서 나는 글의 세계로 빠져들까봐 현실을 강조하며 목하 독서중임을 자꾸 생각하는 것이지요.

선생님의 책을 읽으면서도 어제 장례식에 다녀왔다는 사실이 자꾸 끼어듭니다. 선생님은 이미 미래로 떠나는 기차를 타셨고,

나는 과거와 현재를 가르는 정거장 같은 의자에 앉아 있습니다. 사람들은 이런 감정을 그리움이라고 말하지요. 나는 햇빛의 눈동자를 바라보다가 곧이어 책표지를 바라봅니다. 책표지의 선생님이 말을 걸어올 것 같아 금방 얼굴이 붉어집니다.

책 속의 선생님은 마당에서 풀을 뽑고 있습니다. 선생님은 챙이 넓은 모자를 쓰지 않았고, 꽃을 자를 가위도, 꽃을 담을 바구니도 들지 않았습니다. 정원을 거닐며 꽃을 따는 서양 귀족부인과는 다른 모습입니다. 선생님은 챙이 넓은 모자를 쓰고 오후를 즐기며 꽃을 따서도 될 텐데 농부처럼 땅냄새를 맡고 싶은 것 같습니다. 선생님은 옅은 그늘로 당당히 걸으며 한 손에는 호미를 들거나 모종삽을 들고 있습니다. 햇빛을 피해 다닐 필요도 없고 그늘을 찾아다닐 필요도 없는 모습입니다. 선생님이 현관문을 열고 마당으로 나가는 시각은 동이 터오는 새벽이나 땅거미가 질 무렵이기 때문입니다. 선생님이 걷는 땅은 태양이 조용히 들어설 때에나 조용히 사라질 때에 만들어내는 실루엣 같은 그늘입니다.

책표지의 선생님도 농부와 같은 모습입니다. 선생님은 흙을 만지면서 한껏 낮은 자세로 앉아 있습니다. 사라지는 태양을 등지고 앉아서 하루의 시간에 겸허히 고개를 숙인 모습은 아마도 세상에서 제일 편한 자세인 듯합니다. 마당의 잔디는 어린 자식들처럼 고개를 내밀고 선생님은 연초록의 머리카락을 쓰다듬듯 손을 내밀고 있습니다. 언젠가 정원을 가꾸는 일이 힘들지 않으세요, 하고 여쭈었을 때에 하루라도 풀을 뽑지 않으면 정원이 금방 황폐해진다고 하신 말씀이 생각납니다. 그 대답은 어쩐지 어미는 자식이 더우면 걷어차고 필요할 때 끌어당기는 이불이 되어야 한다는 말씀과 닮았습니다.

선생님은 '어른을 모신다'는 말이 부끄럽고 무색함을 보여주신 분이었습니다. 선생님은 식사를 하는 자리에서조차도 받는 쪽보다 주는 쪽을 선택하셨습니다. 늙은이란 젊은이에게 줄 것이 많은 사람임을 강조하셨습니다. 내가 느끼는 선생님의 성품은 언제나 깨끗하고 깔끔하고 고고한 자존심이었습니다. 어른을 모신다는 관행에 혼란스러워하던 내게 선생님의 깔끔한 모습은 여고 시절의 교과서처럼 보였습니다.

팔순 노구에 가장 잘 어울린 것은 심플하고 단정한 의상도 아니고 세련된 핸드백도 아니었습니다. 젊은 사람처럼 검게 염색한 머리카락이었습니다. 선생님의 마음은 원로가 아니라 현역인 것 같습니다. 아직 덜 찬 분홍색처럼 말이지요. 작년 봄날에 『여성동아』 장편소설 공모에 당선되던 날에도, 한 달 뒤 축하 상견례 자리에서도 선생님의 검은 머리카락은 왜 그리도 발랄해 보였는지요. 단 일 년이라도 더 일찍 수상했더라면 선생님의 발랄함을 더 오래 뵈었을 텐데 아쉽게도 선생님의 축하를 받는 마지막 사람이 되어버렸습니다.

선생님은 수수한 차림으로 풀을 뽑고 계셨지만 선생님의 등을 비추는 것은 여명이나 낙조처럼 화려한 색입니다. 선생님은 붉고 환한 낙조를 등지고 앉아 풀을 뽑으면서 지금 막 봉오리에서 나오려는 꽃잎 하나를 발견했을 것 같습니다. 아, 이제야 알겠습니다. 『못 가본 길이 더 아름답다』 책표지에서 분홍색을 바라보고 있는 선생님의 미소를 말입니다. 선생님의 책에서는 왜 그리도 흙냄새가 나는지 말입니다.

선생님은 생존보다 생명에 더 관심이 많은 분입니다. '못 가본 길이 아름답다'가 아니라 '못 가본 길이 더 아름답다'라는 비교급의 표현은 생명에 대한 관조의 시선을 의미합니다. 선생님은 삶의 신산함에 대한 투쟁의 문장을 쓰시는 게 아니라 생명을 북돋우는 문장을 쓰시는 일에 더 집중하십니다. 땅에 호미를 대고 생명줄에 뒤엉킨 잡풀들을 묵묵히 솎아내는 것처럼 말입니다. 선생님이 김을 맨 문장들에 야생초가 자라서 꽃을 피우겠지요. 오래된 호미에는 녹이 슬고 어제 묻은 흙도 털어낼 필요가 없겠지요.

아마도 선생님께 늙음이란 하루 일을 끝내고 집으로 돌아가는 발걸음 정도일 겁니다. 선생님께 죽음이란 하루 일을 다 끝내고 이부자리에 누워서 청하는 잠과 같은 것일 겁니다. 하루 일을 끝낸 사람에게 휴식과 같은 죽음은 그다지 별다를 것도 그다지 수선스러울 것도 없는 것인지 모릅니다. 호들갑스럽게 어제와 오늘을 구분하며 '마지막'이라는 단어를 쉽게 사용할 일이 아닌 듯합니다. 생명은 지속적이고 변화인데 '마지막'이 있겠습니다. 선생님의 죽음도 우주의 생명으로 환원되며 확장되었을 뿐인데요.

선생님은 어제 봄날 같은 얇은 옷을 입고 분홍빛 도화가 흩날리는 에덴동산으로 여행가셨습니다. 나는 『못 가본 길이 더 아름답다』를 책꽂이에 다시 꽂아놓습니다. 선생님께서, 여기는 풀 뽑을 일이 없어서 참 심심하다는 편지를 보내올지도 모르니까요.

류지용   ● ●

2005년 고려대학교 대학원에서 현대문학 소설 전공으로 박사학위를 받았다. 그해에 서울과학기술대학교 문예창작학과에서 소설이론을 강의했으며, 2011년 현재 고려대학교에서 논문과 비평문에 대해 강의하고 있다. 2010년 『여성동아』 장편소설 공모에 허난설헌의 예술적 시혼에 관한 이야기 「사라진 편지」로 당선되었다. 역사인물에 관심이 많아서 꾸준히 팩션소설을 쓰고 있다. 한 인물에 대한 역사적인 해석을 소설로 풀어쓰기보다 인간적인 관점으로 재해석한 글을 쓰고자 한다.

세번째 눈물

• 김경해

그날 새벽, 난 울고 있었다. 그리고 몇 시간 뒤 선생님께서 돌아가신 걸 알았다. 선생님께서 모든 걸 내려놓으시고 떠나려 할 때, 나는 눈물을 쏟고 있었고, 화장실 거울 속으로 퉁퉁 부은 눈을 마주하고 있었다. 어쩌면 선생님께서 마지막으로 이 세상과 이별하실 때 내 눈물도 보시지 않았을까. 선생님께 보인 세번째 눈물이 되고 말았다.

"그렇게 눈물이 납디까?"

선생님께서 물으셨다. 동아일보사에서 시상식이 열리던 날이었다. 수상소감을 미리 적어가서 읽어 내려갈 때, 가족이란 대목에서 왈칵 눈물이 쏟아졌고, 한동안 아무 말도 하지 못했다. 글을 쓴다는 핑계로, 나 자신을 사랑한다는 이유로, 가족에 대한 의무를 소홀히하고 상처를 주었다. 일종의 회개이자 변명의 액션이었다. 시상식이 끝나고 일민미술관 카페에 마주 앉자, 선생님께서 내게 그렇게 눈물이 나더냐고 물으셨다. 가까이서 처음 뵌 선생님은 마치 그 마음 다 안다는 듯이 되물으셨다. 나는 그저 고개만 끄덕였다. 그날 선생님께서 찻값을 내셨다.

그 이후 『여성동아』 문우회 모임에서 계속 선생님을 뵈었지만 어려워서 살갑게 다가서지 못했다. 그저 선생님께서 하시는 말씀 한마디 한마디를 놓치지 않고 들었다. 『여성동아』 문우회 총무를 맡게 되면서 가장 큰 부담은 선생님께 전화드리는 일이었다. 『여성동아』 문우회 모임은 보통 두 달에 한 번, 어떨 때는 한 달에 한 번 모임을 갖게 되었다. 그때마다 좋은 일이 있는 회원이 밥을 사는데, 항상 밥 사는 순서가 밀려 있는 행복한 모임이기도 해서 회비는 따로 없었다. 모임의 날짜가 정해지면 며칠 전부터 고심하다가 '에라 모르겠다' 하는 심정으로 선생님댁 전화번호를 누르기도 했다.

이제 와 생각해보면 작년 말까지 삼 년이었으니까, 선생님께 그래도 꽤 여러 번 전화를 드린 셈이었다. 오랫동안 선생님과 친분을 쌓은 분들은 각별한 관계였지만, 나는 선생님과 개인적 친분은 없었다. 그저 바라보기만 하는 동경의 대상이었고, 선생님처럼 나이가 들어서도 계속 글을 쓰고 단아한 모습을 지켜야겠다고 존경하면서 게으른 글쓰기를 반성하곤 했다.

내가 선생님을 그렇게 어려워한 건 아마도 열심히 글을 쓰지 못하고 또 변변한 책 한 권 제대로 내지 못한 자격지심 때문이었을 것이다. 등단한 지 십 년이 넘도록 아무것도 이룬 게 없다는 자괴감은 선생님과 전화 통화를 할 때면 불쑥 더 솟아오르곤 했다. 더군다나 여러 글들을 통해 선생님과 교류하는, 선생님께서 챙기시는 전도유망한 젊은 작가와 비교하면 초라했고 그래서 더 전화드리기가 민망했다.

선생님은 항상 존댓말을 하셨다. 그건 선생님의 성격이셨고 또 그만큼 먼 사이를 뜻하기도 했다. 아주 가끔 다른 모임과 날짜가 겹치면 이렇게 말씀하셨다.

"이번엔 너희들끼리 먹어라."

그렇게 반말로 말씀해주시면 참 기분이 좋았다. 조금은 선생님과 가까워진 기분이 들었다. 선생님은 정확하셨다. 모임의 날짜를 메모하셨다가 나오신다고 하신 날은 꼭 나오셨다. 갑자기 일이 생겨서 나오시지 못하게 될 때는 전화를 주셨다.

나는 사실, 정말 어려운 얘기는 전화로 말씀드리지 못하고 메일로 드린 적도 있었다. 본의 아니게 총무를 오래 한 덕에 여러 일들이 있었고, 전화로 말씀드리기 거북해서 망설이다가 메일을 보냈다. 부조금에 관한 일이었다. 선생님께서는 우리가 얼마간의 돈을 모으면 당신이 보태어 『여성동아』 문우회 이름으로 더 많이 해주고 싶어하셨다. 그전에는 그렇게 하지 않았고 무엇보다 다른 여러 회원들에게 돈 모으는 게 번거롭고 싫었다. 각자 알아서 하면

될 거라고 생각했다. 나는 선생님께 메일로 받으시는 분의 계좌를 적어 보냈다. 선생님께서는 전화를 주셔서 그래도 다음부터는 함께하면 좋겠다고 말씀하셨다.

　선생님의 팔순을 축하하는 모임을 가지려고 전화를 드렸을 때, 선생님은 중국여행을 다녀오신다고 하셨다. 돌아오셔서는 당신 집 앞의 식당에서 밥을 사겠다고 하셨다. 그래서 예전에도 선생님께서 사주셨던 그 오리고기 집으로 예약을 했다. 그런데 모임 전날, 휴대폰에 선생님의 번호가 떴다. 뭔가 일이 있다고 느껴져 얼른 받았다. 선생님의 따님이었다. 병원에서 받은 검진결과에 조금 이상이 있어서 재검진을 받으시러 급하게 입원을 하게 되었다고 내일 모임을 취소해달라고 했다. 그러면서 잘 말해달라고 부탁했다. 나는 사실 심각하게 생각하지 않았다. 그 자리에서 급하게 모임을 취소하는 문자를 날렸다. 다시는 선생님을 보지 못할 거라고는 생각하지 못했다. 그 이후에 선생님께 전화를 드렸지만 직접 통화하지 못했다. 선생님께서 돌아가시기 얼마 전에, 전화드렸을 때는 선생님께서 외출하셨다고 하기에 외출을 하실 만큼 괜찮은 줄 알았다. 한 번 더 전화드려서 선생님께 괜찮으시냐는 말 한마디도 못 드린 게 후회스럽다.

　선생님 앞에서 두번째 눈물을 보인 건 작년 여름이었다. 아들 때문이었다. 그날은 오랜만에 모임에 참석한 날이었다. 한동안 『여성동아』 문우회뿐 아니라 외출을 전혀 할 수 없었던 때가 있었다. 축구를 하던 아들의 사고와 병원생활, 그리고 이후의 재활치료로 꼼짝할 수가 없었다. 축구를 하던 아들이 대학팀과 연습게임을 하던 중에 머리를 다쳤다. 가벼운 뇌진탕이 아니었다. 암울한 시간들을 보내며 선생님을 생각했다. 자식이 죽지 않고 살아 있는 것으로도 충분히 감사하다는 것도 알았다. 그냥 예전처럼 건강한 모습으로만 돌아와달라고 간절한 기도를 하면서 선생님의 가슴에 품고 있을 회한이 어떤 건지 조금 헤아려졌다. 그리고 선생님처럼 나도 신을 믿기 시작했다.

선생님께서 천주교를 믿기 시작하신 게 죽음에 대비하기 위해서였다는 걸 알고 있었다. 또 아드님의 죽음에 신자이면서도 십자가를 패대기쳤다는 것도 알고 있었다. 그 가슴 쓰라림이 어떤 건지, 얼마나 많은 눈물과 기막힘을 견뎌낸 것인지 헤아려졌다.

"다행이지. 그게 어디야?"

아들이 다시 건강해졌고 또 예정대로 좋은 대학에 들어간 걸 아시고 선생님께서 말씀하셨다. 그 순간 또 왈칵 목이 메어왔다. 그리고 선생님 앞에서 아들 얘기 나오는 게 너무 죄송하기도 했다. 그 자리에 선생님이 안 계셨으면 내가 그동안 얼마나 힘들고 마음 졸였는지, 처음으로 털어놓고 싶기도 했다. 그리고 지금은 너무 다행이고 감사한 마음이라고 얘기를 했을지도 몰랐다. 하지만 선생님 앞에서 아들 얘기는 하고 싶지 않았다. 그건 예의가 아니었다.

선생님이 마지막 가시는 길, 구리시 토평동성당에서 장례미사를 볼 때, 내가 기도했던 것은 아드님 곁에서 평안하고 행복하시라는 것이었다. 아드님 곁에서 이승에서 못다 한 사랑을 듬뿍 주시면서 행복한 미소를 지으시기를 빌었다.

가끔 아들의 잠든 얼굴을 보면서 나도 모르게 머리카락을 쓰다듬고 볼을 만질 때가 있었다. 눈에 넣어도 아프지 않다는 말처럼 평화롭게 잠든 아들의 얼굴을 보면 나도 모르게 사랑이 끓어올랐다. 그리고 아들의 철딱서니 없음과 그동안 속상하게 했던 일들을 다 잊게 되었다. 이대로도 감사합니다. 더 이상 욕심 부리지 않겠습니다, 하는 감사의 기도가 저절로 나왔다.

병원에서 힘든 시간을 보낼 때, 나는 가족 이외에는 아들의 상태가 나쁘다는 말을 하지 않았다. 마치 나에게 주문을 걸듯이 괜찮다고, 밝은 목소리로 말했다. 거기에는 이기심도 있었다. 부상 때문에 대학진학에 나쁜 영향을 미칠까봐 감독님께도 사실대로 말하지 않았다. 무조건 괜찮다고 했고, 어느 정도 정상이 되기 전까지 아무에게도 보여주지 않았다.

아들이 축구를 하는 동안 나도 열성적인 엄마로 거의 매일 운동장을 따라다녔다. 동계훈련을 할 때는 두 달 정도 지방에 가 있기도 했다. 공교롭게도 내가 『여성동아』 장편소설 공모에 당선되던 2003년부터 아들이 축구를 시작했다. 그리고 그때부터 난 축구에 중독되었고, 글 쓰기와 문단과 멀어져갔다. 『문학사상』으로 등단하고, 열심히 글을 썼지만 내 뜻대로 되지 않았다. 다시 장편소설로 주목받고 싶었다. 그래서 몇 편의 장편소설을 썼지만 번번이

실패하다가 『여성동아』 장편소설 공모에 당선되었다. 그러나 상황은 바뀌지 않았고, 나는 공허해졌다. 운동장에서 펄펄 뛰어다니며 골을 넣는 아들을 보는 것은 감동이었다. 유럽의 어떤 빅리그보다도, 한일전보다도, 더 흥분됐다.

그로부터 오랜 시간이 지났고, 이제는 다시 돌아와서 겸허히 책상 앞에 앉게 되었다. 한 유명작가가 인사동 어느 술자리에서 문학상금을 타면 꼭 좋은 책상을 사라고 했다. 나중에 남는 건 그것뿐이라고 했다. 그래서 상금으로 받은 이천만 원 중에서 일부로 나무로 된 책상과 등받이가 깊은 가죽의자를 샀다. 덩치가 큰 책상은 안방에도 아이들 방에도 들어갈 자리가 없어서 언제나 거실 한쪽에 어울리지 않게 버티고 있었다. 그 큰 존재감으로 항상 내가 해야 할 일은 거기에 앉는 것이라고 묵묵히 보여주었다. 또 책 읽을 때나 컴퓨터 앞에 앉을 때도 꼭 책상과 함께 산 검정 가죽의자에 앉았다. 그 의자에서는 몇 시간이고 양반다리로 편하게 앉아 일을 할 수도 있고 잠깐 눈을 감고 졸기에도 딱 좋았다. 지금도 그 의자에 앉아서 자판을 두드리고 있다. 마당으로 큰 창문이 난 선생님의 소박하고 정갈한 서재 같은 공간이 내게도 생기면 그 책상에서 언제까지나 글을 쓰고 싶다.

오늘은 일요일이다. 벌써 봄이 왔는지 햇살이 밝고 따뜻하다. 성당에서 미사를 보고 교리공부를 하고 집으로 돌아와 늦은 점심을 먹고, 이 글을 쓰고 있다. 선생님을 추모하기엔 나의 사랑이 너무 부족하다. 그리고 고백하건대 내가 성당에 다니게 된 것도 선생님의 영향이기도 했다.

　미사를 볼 때면 죽은 이들을 위한 기도가 있다. 가끔은 잊어버리 수도 있지만 그때마다 선생님을 위해서 기도드리겠다. 그리고 선생님처럼 뜨겁게 글을 쓰고 평안하게 살았으면 좋겠다. 이제 나도 돌아오는 여름이 되면 세례를 받게 된다. 그날도 선생님을 잊지 않고 기억해야겠다.

김경해　　　　　　　　　　　　　　　　　　　　　•••
인천에서 태어나 동덕여자대학교 국사교육과를 졸업했다. 단편소설 「보물선을 찾아서」로 『문학사상』 신인상에 당선되어 등단했다. 이후 단편소설 여러 편을 발표했고, 새로운 전환을 위해 장편소설 「내 마음의 집」을 써서 『여성동아』 장편소설 공모에 당선되었다. 청소년 장편소설을 출간 준비중이며, 몇 년째 구상해온 장편소설을 드디어 쓰기 시작했다.

쌀바늘 세 개

● 박재희

첫번째 쌀바늘

　기억은 가혹하다. 어릴 때의 기억은 마모되지도 않고 상상의
힘으로 더 생생하다. 특히 쌀바늘은 이름만 들어도 섬뜩하다. 쌀
바늘은 실에 꿰지 않은 바늘을 뜻한다. 본디 알바늘이라고 하는
데, 내가 외할머니에게서 물려받은 이름은 쌀바늘이다. 바늘은 작
아서 눈에 잘 띄지 않는다. 이불이나 옷을 꿰매다가 잃어버리면
누군가 찔려야만 찾아지는 게 쌀바늘이다. 그러니 늘 실을 꿰어
바늘방석에 꽂아서 반짇고리에다가 잘 정리해놓아야 한다.
　반짇고리에 대한 어머니의 사랑은 집착에 가깝다. 두 개를 가

지고 계셨는데, 크면서도 가벼운 종이 반짇고리와 무겁고 작은 화각 반짇고리였다. 화각 반짇고리는 종이처럼 얇게 깎은 쇠뿔에 오색 물을 들여서 나무 바탕에 십장생 무늬를 놓은 것이다. 쇠뿔 표면의 채색이 밝고 고와서 한낱 바느질함에 들인 정성으로는 문화재급이다. 뚜껑을 젖히면 바늘방석, 골무, 쪽가위, 자수용 색실꾸러미가 보이고, 네모 상자를 들어내면 어머니의 보물 일 호인 패물함이 나타난다.

패물함에는 변색된 금가락지들과 브로치, 목걸이와 함께 바늘집이 들어 있다. 바늘방석과 달리 바늘집에는 쌈바늘만 넣는다. 백통에 칠보를 덧입히고 명주로 길게 술을 단 바늘집은 외할머니의 유품이다. 투호, 향집과 함께 삼작으로 외할머니의 허리에서 찰랑댔다. 내가 명절음식에 체해서 토하지도 싸지도 못할 때 외할머니가 바늘집에서 꺼낸 바늘로 내 열손가락을 사정없이 찌른 적이 있다. 핏방울이 폭 솟아날 때까지 찔러댔으므로, 나는 기절할 듯 울었다. 덕분에 체기는 멎었지만, 마귀할멈 같은 외할머니의 표정과 금빛 쌈바늘은 기억에 오래 남아 있다.

삼선교의 양철집에서 미아리의 기와집으로 이사할 때 부모님 두 분이 몹시 다투셨다. 재봉틀을 팔라는 아버지와 못 팔겠다는 어머니의 승강이였다. 재봉틀은 안 팔았지만 화각 반짇고리는 사라졌다. 늘 끼닛거리가 간당거려서 수제비와 옥수수가루로 연명하는 집에 가당찮은 호사품이긴 했다. 방 두 개는 세를 놓고, 안방과 건넌방과 마루와 다락에서 객식구까지 열 명이 복작댔다. 다행히 다락은 내 차지였는데, 한번은 다락에서 뛰어내리다가 외마디 비명을 지른 적이 있다. 아랫목에 깔아놓은 이불 속에 쌀바늘이 있었던 것이다. 쌀바늘의 끝이 부러져서 살 속에 박힌 바람에 무척 고생했다. 족집게로 살을 후비고, 입으로 빨아도 소용없었다. 부추를 짓찧어 바르고, 고약을 발라도 엉덩이는 종기처럼 부풀었다. 병원에 가면 큰돈 드는 줄 알고 차일피일 미루다가 결국 수술로 빼냈다. 잘 보이지도 않는 이 밀리미터의 바늘 끝을 찾느라 엉덩이가 한 주먹은 함몰되었다.

1925년생인 어머니는 충북 제천의 부잣집 맏딸이었다. 공주패션에 가죽구두를 신고, 외할아버지와 겸상한 것을 수도 없이 자랑하셨다. 태평양전쟁이 한창일 무렵, 외할아버지는 딸을 이웃 마을의 총각과 허겁지겁 맺어주었다. 종군위안부로 끌려가기는 면했지만, 어머니는 빈민굴에 떨어진 공주처럼 힘들어하셨다. 딸이 정성껏 만든 음식도 어릴 때 먹던 기준으로는 허접스러웠다. 딸은 두 아이를 낳고 사십 줄에 들어서야 어머니에게 마음을 열었다.

두번째 쌀바늘

"예제로 내 앞에서 팔 벌릴 년 있간디?" "청 돋울 년 있간디? 줄고를 년 있간디?" 이죽사는 일단 과거의 영화를 주워섬기기 시작하면 얼굴에 발그레 희색을 띠고서 자신의 말솜씨에 무릎장단까지 쳐가며 열을 올렸다. 내용이란 늘 달걀 같은 낯짝 믿고 〈수심가〉 뽑다가 보따리 싼 평양기생 얘기와, 게이샤들만 들어가는 총독의 연회에 불려 다닌 얘기와, 왕손 곁에서 잡가기생의 절을 받던 얘기와, 근세 거물 정객들과 풍류를 나누던 얘기 등이었다. 결론은 언제나 '요즘의 내로라하는 문화재들도 모두 옛날에는 이죽사 앞에 함자 운도 못 떼던 예인들'이라는 데에 있었다.(『춤추는 가얏고』)

무형문화재 23호 가야금산조 및 병창 보유자인 함동정월 님을 처음 만난 곳은 서울 면목동 개천가였다. 손으로 밀면 개천가로 발랑 젖혀질 것 같은 판잣집, 문을 열면 부엌이고 양쪽으로 방 두 개, 자개장롱과 살림살이 한가운데에 가야금 두 대가 앉으면 꽉 차는 곳에서 공부를 시작했다.

'우리나라에서 가야금을 제일 잘 타는 분이, 아니 세계 제일의 가야금 연주자가 이렇게 살다니!'

길길이 뻗치는 순진한 분노의 힘으로 육 개월 만에 이천 매의 장편소설을 탈고했다. 그동안 탐독한 책들, 중학교 때부터 쓴 일기, 예술학교에서 익힌 음률, 벌건 석쇠에 얹혀 뒤척이던 열등감이 빚은 작품이었다.

1917년 전남 강진에서 태어난 함동정월 님은 외가로 친가로 무속인과 예인이 수두룩했다. 예인 기질을 타고난 데다 배울 기회도 많았다. 가야금 명인 최옥삼을 독선생으로 배우고, 권번에서는 춤과 양금을 익히고, 열아홉에 판소리 음반을 취입했다. 그러므로 당신 앞에서 춤추고 노래하고 가야금 탈 사람 없다는 말은 허언이 아니었다. 같은 시대의 명인들도 함동정월 님과 같은 무대에 서는 걸 피하고 싶어했다. 그 예민한 귀와 타고난 예술성과 뾰족한 성격을 꺼려했다. 누구도 님 앞에서는 마음 놓고 실력을 발휘하지 못했고, 십여 년 모시는 동안 한 번도 누구 가야금 곧잘 타더라, 말씀하시는 걸 들은 적이 없다.

함동정월 님은 공부에 대한 개념이 다르셨다. 예전 선생님들은 한 시간 동안 같이 가야금을 타면서 공부시키셨다. 그런데 님은 시간 맞춰 찾아가면 어떤 일을 하고 계셨다. 내가 혼자 가야금을 타고 있어도 당신이 하던 일―설거지, 콜드 마사지, 맥주 마시기―을 계속하셨다. 그러다가 가야금 소리가 마음에 들지 않으면 화를 내셨다.

"그걸 가야금이라고 타냐. 에구, 열불 나!"

달리듯이 앞으로 오셔서 가야금을 타기 시작하셨다. 그러면 나는 슬그머니 내 소리를 멈추고 님의 소리에 귀 기울였다.

'어디에 이런 소리가 있을까!'

손가락 두 개를 줄 위에 물구나무 세우고 온몸을 휘어 흔들어 미세한 음의 곡선 하나를 얻어내는 연주법이었다. '지이잉……' 음 하나에 님의 일생이, 한국인의 높은 예술혼이 들어 있었다. 과연 음의 오만한 제왕다웠다. 그러므로 『춤추는 가얏고』의 주인공은 허구지만 그 속의 음악은 온전히 님의 것이다.

가야금 연주자들은 여러 가지 현실적인 이유로 학자들이 논문을 발표하듯 가야금 발표를 해야 했다. 그런데 님은 제자들이 발표회를 한다면 펄쩍 뛰셨다.

"예술이란 평생 허는 건데 뭣 때문에 쥐대기 솜씨를 내놓지 못해 안달이여? 돈 처들여서 사람 잔뜩 모아놓고 나한테 배웠다구 떠벌릴겨? 아서라, 알아듣는 사람 없다고 사람 귀 속일 염일랑은 아예 마라. 오늘 막힌 돌귀 내일 뚫릴 수도 있응게."

제자들이 연주회 전단지를 놓고 간 뒤에는 맥주를 벌컥벌컥 마시며 가슴을 치셨다. 나도 쥐대기 솜씨를 두 번이나 떠벌렸으니, 못된 제자가 분명하다.

세번째 쌀바늘

1989년 봄. 그 첫 만남을 잊을 수 없다. 『여성동아』 문우회 회원들과의 만남이자 박완서 선생님과의 만남이다. 국악인이 작가가 되었다 하여, 동면에서 깬 개구리처럼 자발없이 매스컴에 불려다닐 때다. 국악계는 좀 알아도 문학계는 맹문이니 작가 선생님들에 대한 선망이 컸다. 서울 인사동의 한 음식점에 모인 작가들은 거의 모르는 분들이었다. 기대만큼 떠들썩하게 당선을 축하해주고, 신입회원에 대해 궁금해하는 분위기가 아니었다. 네 시간 동안 문학 이야기는 거의 없고 그냥 평범한 아줌마들의 수다였다. 처음 뵌 박완서 선생님도 별말씀이 없으셨다. 이 무거움은 아주 오랜 뒤에 납득할 수 있었다. 당시 박선생님은 가족의 불행을 당하신 뒤였고, 때문에 장편소설 작품심사를 못 하셨으며, 나 역시 따로 인사를 차리지 않았으니, 태생부터가 의붓자식 모양새였다. 서대문의 아파트에도 오셨고, 충주 시골집에도 오셨고, 나도 여러 번 아치울에 가 뵈었지만 이십여 년의 세월에도 거리감은 좁혀지지 않았다.

"소설을 취미로 쓰나."

내 뒤를 이어 미술 전공자와 피아노 전공자가 당선되었을 때 나온 말이다. 소설만 써도 어려운데 겸업이라니. 비로소 나는 회원들 사이에서 겉돈 이유, 박선생님께 다가가기 어려운 이유를 알게 되었다. 두번째 가야금 발표회 때 나는 박선생님께 축사 원고를 부탁했고, 기다리다 지칠 때쯤 메일이 왔다.

　　동료나 후배가 책을 낼 때 축하의 말을 써준 적은 더러 있지만 음악회에 격려사를 써보기는 처음인 것 같다. 음악에는 문외한인데다 국악에 대해서는 더욱 아는 게 없어 주제넘은 짓이 될 것 같은데, 박재희는 나와 같은 『여성동아』 출신 문인이고, 나는 그의 데뷔작인 장편소설 『춤추는 가얏고』를 아주 좋게 읽은 생각이 나서 거절하지 못했다. 최근에 국악 연주를 들을 기회가 종종 생기게 되면서 듣는 귀도 조금씩 열리는 것 같은 기쁨을 맛보고 있다. (…) 나는 그에게 가야금이 더 중요할까, 소설이 더 중요할까 물어보고 싶었는데, 그런 물음이야말로 아이에게 엄마가 더 좋으냐, 아빠가 더 좋으냐, 하고 묻는 것과 다름없을 것 같아 묻지 못했다. 그에게 가야금과 글 쓰기는 분리할 수 없는 한몸이나 마찬가지일 듯싶다. 그의 가야금 스승 함동정월에 대한 존경과 추모의 정은 샘이 날 정도로 부러웠다. 그리고 함동정월에 대한 그의 글들을 읽으면서 마치 그가 나의 스승이 된 듯 그분을 존경하게 되었으니, 박재희는 제자로서도 참으로 으뜸제자가 아닌가 싶다.

"이곳은 건들거리며 타되 농현을 가급적 하지 마라. 저곳은 원앙이 물 위에서 노는 아름다운 자태를 상상하면서 타라. 그리고 이 부분은 말 뛰는 대목이니 말발굽 소리가 잘 나도록 해야 한다……"

이 힘차고 시적인 스승의 목소리를 쟁쟁하게 기억하는 제자의 연주를 들을 생각을 하니 벌써부터 가슴이 울렁거린다.

2005. 2. 16. 작가 박완서

내 인생에 가장 큰 도움을 준 세 분께 나는 늘 기다렸다.

'먹을 만하구나. 제법 잘 타네. 꽤 쓰는 편이지……'

세 살배기 아이처럼 늘 박수를 기대했고, 반응이 없으면 크게 상심했다. 이제는 칭찬이 독임을 알지만 예전에는 왜 그리 칭찬에 갈급했는지 모르겠다. 사실 이 글을 시작할 때만 해도 내 인생에 박힌 세 개의 쌀바늘 이야기를 하려고 했다. 그런데 써나가면서 깨달았다. 나야말로 세 분을 쥐대기 솜씨로 괴롭힌 쌀바늘이었던 것이다. 손님들이 들이닥치면 금방 칠첩반상을 차려내는 어머니에게 한참 미숙한 딸이었다. 한 시간 동안 사람들을 몰입시키는 함동정월 님에게 나는 음정도 서툰 제자였다. 짧은 수필도 금강석으로 빚는 박선생님에 이르러서랴! 박선생님은 육십에도 촌철살인의 언어를 꿈꾸셨는데, 나는 언어로도, 가야금으로도 박선생님의 가슴을 울렁거리게 한 일이 없으니……

　병원에 입원하시기 전, 선생님께서는 팔순의 번잡함을 피해 외국으로 나가셨다. 『여성동아』 문우회원들끼리 주인공 없는 축하 케이크를 잘랐고, 나는 휴대폰 사진을 찍어 박선생님께 보내드렸다. 며칠 뒤 박선생님께 전화가 왔다. 메일은 몇 번 주고받았지만 전화는 처음인지라, 잘못 거신 거 아닌가 했다. 평소에는 말 한마디 건네지 못했고, 말대답하기는 더더욱 어려웠던 분의 목소리가 밝고 쾌활해서 내가 아는 박완서 선생님 같지가 않았다. 사진 속의 사람들에 대하여, 가족이 마련한 팔순잔치에 대하여, 그리고 여름에 보내드린 복숭아즙이 달지 않아서 당뇨에 좋더라는 말씀까지, 웃음을 함박 머금은 듯 전에 없이 상냥한 목소리여서 나는 감격했다. 하여 쌀바늘은 녹아서 사라졌다. 나머지 두 개까지!

박재희

손으로 가야금을 연주하면서 귀로 사람들의 이야기를 듣는 작가다. 『여성동아』 장편소설 공모에 「춤추는 가얏고」가 당선되었다. 글동네에 들어온 뒤 장편소설 『더러운 사랑』 『양구』, 중단편소설 「홍타령」 「섬 속의 섬」 「선물」 등을 발표했다. 어린이정보책 『우리 악기에는 어떤 이야기가 담겨 있을까?』 『흥과 멋이 묻어나는 전통음악』 『대나무와 오동나무』를 집필했다. 2006년 문화예술위원회 창작지원금을 탔다. 글이 안 풀릴 때는 가야금을 타고, 잘 풀릴 때는 저절로 글이 장단 맞추어 춤춘다. 읽으면 음악소리가 들리는 동화와 청소년소설을 쓰려고 한다.

새벽처럼 조용히 오셨다

• 김비

영락없이 그건 꿈속 같았다.

"무슨 좋은 일 있으세요?"

거울 속에 앉은 나를 들여다보며 그녀는 말을 건넸다. 사람을 상대하는 직업과 어울리지 않게 평소에는 말이 없더니, 오늘따라 여자의 목소리는 노래라도 하듯 경쾌했다.

"뭐…… 비슷하네요. 좋은 일. 그런 것 같네요."

질문에 대한 대답도 아니고, 그렇다고 또렷한 끄덕임도 아닌 내 고갯짓은 거울 속에 서 있는 그녀를 무안하게 했을지도 모른다. 그런데도 그녀는 내 얼굴에서 무슨 꽃을 보았는지, 살짝 공중에 뜬 높은 음으로 말을 이었다.

"아유, 좋으시겠다. 무슨 일인데요?"

얼마나 신산한 일들로 둘러싸인 삶이었는지, '좋은 일'을 찾는 여자의 목소리는 끈질겼다.

"글쎄…… 있어요, 그런 일."

그러나 내 대답은 그게 다였다. 사연 많은 말 한마디처럼 그건 모호했지만, 내가 할 수 있는 이야기는 그뿐이었다. 그녀에게 엿듣는 즐거움을 주지 못한 것은 미안했지만, 꿈이란 원래 그런 것이다. 간단한 말 한마디로는 도무지 설명할 수 없는 것이 바로 그런 꿈속.

"어떻게 해드릴까요?"

푸석한 머리를 들썩이며 그녀는 물었다.

"그냥 평상시하고 똑같이 해주세요. 끄트머리나 좀 다듬어주시고."

"아유, 좋은 일 있으신데 평상시하고 똑같으면 안 되죠. 이런 날 좀 다르게 해보지 않으면 언제 해보겠어요? 제가 알아서 해드릴 테니까 걱정 마세요."

흰머리가 가득한 정수리 위에 어떤 그림을 그리는지 여자는 이미 알겠다는 듯 고개를 끄덕였다.

"그래도 너무 다르면 어색하니까 과하지 않게……"

"이런 날에는 다들 그렇게 해요. 걱정 마세요, 알아서 잘 해드릴 테니까."

그녀는 쓸모없는 내 대답 같은 것은 들을 생각도 않고, 곁에 서 있는 검은 옷을 입은 여자들에게 귓속말로 속삭였다. 입이 있어도 말을 할 수 없는 거울 속의 나는 그저 물끄러미 머리 위를 오가는 손놀림을 지켜보는 수밖에 달리 도리가 없었다. 그래, 오늘 같은 날은 다들 그렇게 하는 거란다. 공연히 걱정스러운 마음을 진정시키며 스스로에게 타일렀지만, 다른 사람이 되어가는 거울 속의 나는 왠지 보기 민망했다. 아이고, 모르겠다. 눈을 감았는데, 소르르 잠이 쏟아졌다. 꿈과 현실을 오가는 간밤의 뒤척거림이 얼마나 혼곤했는지, 새소리라도 들은 것처럼 나는 조금씩 잠에 빠져들고 있었다. 아니, 어쩌면 잠에서 깨고 있었던 것인지도 모른다.

거기는 꿈인지 현실인지 분간이 되지 않는 그런 시간 속. 정말 그건 내게 꿈 같은 일이었다.

신발은 하얀 것으로 골랐다. 워낙 큰 몸뚱이로 태어나, 타고난 것들을 눈속임으로라도 줄여보자 하는 생각에, 입는 것이며, 신는 것이며 내 옷장 속에는 검고 칙칙한 것들뿐이었다. 그런데 오늘은 미용사의 말처럼 좀 다르게 보여도 괜찮겠다, 싶었다. 그래서 신발장 안에서 제일 하얗고 반짝거리는 것을 골라 현관 앞에 내려놓았는데, 내려놓고 보니 그건 흰 고무신 두 짝 같았다.

현관 앞에 주저앉아 그것들을 닦으며 괜히 생각에 잠겼다. 나를 여기까지 끌고 와준 첫걸음, 흔들리며 불안하게 나를 지탱했던 느린 걸음들, 그리고 가끔은 쓸데없는 감정에 휩쓸려 구렁텅이 속에 스스로 처박히고 마는 어리석은 발걸음까지, 내가 걸었을 무수히 많은 걸음들을 이 신발 두 짝은 함께했으리라. 처음에는 눈처럼 새하얗던 것이 어쩜 이렇게 누렇게 바랬는지, 어떤 얼룩이 만든 그림이기에 이건 흉터처럼 지워지지도 않는지. 괜히 지나온 시간들이 떠올라 걸레를 들고 신발장 앞에 쪼그려 앉아 훌쩍거렸다. 좋은 날에 무슨 청승맞은 꼴인지 허공을 보며 허허 웃었다. 눈물이 나는데 자꾸 웃음이 나는 건, 웃고 있는데 자꾸 눈물이 나는 건 시간의 장난 때문일 것이다.

신발을 하얀 것으로 고르고 나니, 자연스레 하얀 옷이 먼저 눈에 들어왔다. 아직 찬 기운이 남은 날이지만, 오늘만큼은 칙칙한 것들은 거두어내고 하얗게 보이고 싶었다. 수수해 보이는 파란 니트 조끼 하나를 걸쳐 입은 것은 '저 이상한 사람 아니에요' 하는 애들 같은 몸짓이었다. 가뜩이나 나를 떠올리며 모두들 새빨갛고 번쩍거리는 것들을 생각하고 계실 텐데, 조금이라도 불편하고 신경 쓰이게 하는 일만큼은 하고 싶지 않았다. 그냥 조용히 갔다가 조용히 돌아오고 싶었다. 아무 데나 스며드는 물처럼 조용히, 소리 없이.

서재랄 것도 없는 책방에 들어가 선생님의 책들을 끄집어냈다. 연예인이라도 만난 애들처럼 '사인해주세요!' 하는 이야기는 너무 무례할까. 글이라는 것을 처음 읽게 하고, 처음 느끼게 했던 것이 선생님의 책들이었으니, 내 머릿속 곳곳에 선생님의 자취가 새겨진 것으로 만족해야 하는 것일까. 쏟아진 책무더기 앞에서 잠시 망설였다. 겨우 몇 권의 책들만 품어들고 집을 나섰던 것은 걱정 때문이었다. 다른 모습으로 태어나, 다른 삶을 살다가 선생님과 같은 이름을 갖게 되는 일은 죄라도 지은 것 같은 부끄러움이었다. 야단을 맞으면 어쩌지, 눈길 한번 주지 않으시면 어쩌지, 하는 걱정이기도 했고, 괜찮다, 괜찮다, 하는 이야기를 듣고 싶은 바람이기도 했다. 아무리 부끄럽고 보잘것없는 삶이라 하더라도 선생님의 글 앞에서는 괜찮다, 괜찮다, 하는 위로를 받는 것처럼.

　"꼭 결혼식 같네."
　"뭐?"
　"맞잖아요, 나 때문에 사람들 주욱 모인 게…… 나도 꽃 달고 있고, 엄마도 꽃 달고 있고. 영락없이 결혼식 같은데, 뭘…… 혼자 하는 결혼."
　"쓸데없는 소리 하고 앉았네."
　나보다 더 긴장한 표정의 엄마는 조회를 서는 신입생처럼 굳은 얼굴이었다. 이십오 년 만에 만난 아들인 큰오빠와는 제대로 말 한마디 건네지 못한 채였다. 그토록 긴 시간들을 뛰어넘어 만난 해후는 감격적이지도, 울컥거리지도 않았다. 엄마는 감정을 드러낼 줄 모르는 딱딱한 표정이었고, 어디서 술병을 홀짝였는지 큰오빠는 이미 불쾌한 낯빛으로 술냄새를 풍겼다. 이래도 되는 건가, 싶을 정도로 모두들 말이 없었다. 이런 날이 되면 모두들 그렇게 말이 없어지는 건지. 침묵이 가장 고마운 부조라고 생각하는 건지.

"상 받는 사람은 난데, 다들 되게 웃겨요. 긴장들 하지 마시고, 그만 얼굴들 펴세요."

부러 아무렇지 않은 듯 그렇게 말했지만, 실은 내 안에서도 중국 화약처럼 타닥타닥 무언가 터져 내리고 있었다. 조용히 흘러가는 물을 떠올리고 있었는데, 그 위로 마구 불길이 튀었다. 아니지, 오늘은 선생님처럼 고요하게 흘러가야 하는 날이지. 통통 튀는 가슴을 애써 어루만지며 연신 시상식장을 둘러보았다. 혹시 나 같은 사람의 시상식에는 발걸음조차 하지 않으시는 건 아닌지, 무슨 이런 사람에게 상을 주느냐, 타박이라도 하고 등을 돌리고 계신 건 아닌지. 철없는 자괴감이 푹푹 부풀었다. 살면서 단 한 번도 보통 사람들과 다르게 태어난 처지가 부끄럽지 않았는데, 어쩌자고 오늘은 이렇게 무작정 새빨개지고 있는 건지.

들고 간, 종이 두 장짜리 답사를 읽는 내 목소리는 아무렇게나 흔들렸다. '문학을 잘 모릅니다' 하는 이야기로 시작하며 부끄러움 때문에 자꾸 숨이 막혔는데, 그때 시상식장의 뒷문이 조용히 열렸다. 그리고 한껏 몸을 낮춘 선생님께서 들어오셨다. 동시에 마술처럼 내 입가가 스윽 벌어졌다. 어떤 토닥거림을 받은 것도 아닌데, 어떤 위로의 말을 들은 것도 아닌데, 나는 이미 헤 입을 벌린 채였다. 나도 모르는 부끄러운 말들을 읽어 내려가며 선생님에게서 눈을 떼지 않았다. 다행히 선생님은 조용히 나를 바라보며 미소를 짓고 계셨다. 거짓말쟁이 같은 내 말들을, 남자의 것도, 여자의 것도 아닌 내 목소리를 선생님은 하나하나 세심하게 들으시며 고개를 끄덕이시기도 했다. 엄마에 관한 이야기를 하려고 입을 벌렸는데, 갑자기 내 안에서 물줄기가 터졌다. 콸콸콸 쏟아져 나온 그것은 내 안에서 타고 있던 불꽃과 한꺼번에 뒤엉켰다. 물에 휩쓸린 불도, 불길에 타고 있는 물줄기도, 서로 뒤엉키며 신기하게도 꺼지지 않고 함께 타올라 흘렀다.

무슨 말을 했는지, 어떤 이야기들을 쏟아냈는지 기억이 나지 않았다. 이십오 년 만에 우리 가족을 함께하게 해주셨다, 하는 감사의 말을 드렸던 것 같기도 했고, 광장에 혼자 서 있는 느낌이었다, 하는 치기 어린 고백을 덧붙였던 것 같기도 했다. 그저 오롯이 기억하는 것은 사람들 사이에서 잔뜩 몸을 낮추시고 조용히 나를 응시하시던 선생님의 눈빛이었다. 물바가지를 뒤집어쓴 것 같은 볼썽사나운 모습으로 나는 그저, 그런 선생님의 눈빛을 부끄럽게 바라보았을 뿐이다.

"나 정말 감동 먹었어요."

선생님은 두 손을 내민 채 내게 다가오셨다. 그리고 내 커다란 두 손을 꼬옥 잡고 쓰다듬어주셨다. 내 커다란 몸을 접었는데도, 선생님께서는 나보다 더 몸을 낮춰 내 손을 어루만져주셨다. 든 것 없이 커다랗게만 태어난 꼴이 어쩌면 그렇게 부끄럽고 속상하던지, 나를 끌어안은 선생님의 손길이 얼마나 따스하던지, 나는 무작정 고개를 숙이고 또 숙였다.

얼마나 기쁘시냐, 얼마나 자랑스러우시냐, 선생님께서 덕담을 건네시는데도 엄마는 꿀 먹은 사람처럼 입을 꽉 다문 채, 어색하게 웃고만 있었다. 지금 당신이 만나고 계신 분이 어떤 분인 줄 아시느냐, 엄마의 옆구리라도 꼬집고 싶었을 만큼, 엄마는 데면데면하게 선생님께 고개를 숙이고는 그만이었다. 사인을 받아야 하는데, 들고 온 책들은 어디다 놓았지? 저 같은 사람의 손을 잡아주시니 얼마나 감사한지 모르겠다, 말씀을 드려야 하는데, 내 감격의 말들은 다 어디로 떠내려가버렸지? 이러지도 저러지도 못하는 내 몸은 그저 선생님을 향해 연신 고개를 숙일 뿐이었다. 너무 빤한 '감사합니다, 감사합니다' 하는 말들이 그때 내가 가지고 있던 언어의 전부였다.

결국 나는 사인을 받지 못한 채, 선생님의 책들을 품에 안고 집에 돌아왔지만, 섭섭하거나 속상하지 않았다. 선생님은 아마 모르셨을 것이다. 내 손을 잡아주신 선생님의 손길이 내게 어떤 의미였는지. 인간에 대한 환멸을 흉기처럼 지니고 다녀야 하는 우리 같은 사람들에게 그것이 얼마나 커다란 위로였는지, 온전한 하나의 인간으로 살지 못하는 자괴감 때문에 축축하게 젖어 사는 시간들 속에서 그것이 어떤 온기였는지. 아마도 선생님은 짐작하지 못하셨을 것이다. 그후로도 계속해서 모임에서 선생님을 뵈었지만, 부러 다가가지 않았다. 인사만 드리고 물러서는 것으로, 멀리 선생님이라는 풍경을 감상하는 것만으로도, 이미 내 삶은 충분히 선생님에 의해서 뽀송뽀송 말라가고 있었기 때문이다.

이른 새벽, 갑자기 잠이 깼다. 꿈을 꾸고 있었던 건지는 모르겠는데, 새벽녘의 고요가 이불처럼 나를 덮었다. 지나간 시간들이란 어쩌면 그렇게 꿈속 같은지. 분명 거기 존재하던 시간이었는데, 어쩜 그렇게 예쁜 그림 속 같은지.

선생님 때문이었을 것이다. 물처럼 흘러가며 사는 일이 어떤 것인지 보여주시던 선생님 때문이었을 것이다. 괜찮다, 괜찮다, 너희도 즐거워하며 살아도 괜찮다, 하는 토닥거림 때문이었을 것이다. 돌덩이를 끌어안고 살던 시간들은 부끄럽지만, 아무리 힘들어도 예쁘게 살아야 한다, 말하던 선생님의 미소 때문이었을 것이다.

창밖을 보았다. 그 어떤 것에도 오염되지 않은 어스름 푸른빛이 조용히 방 안으로 스몄다. 저렇게 은은한 푸른빛이 아름다워 새벽 속에 머물고자 하는 것은 처음부터 부질없는 일이다. 그토록 푸른빛을 잡기 위해 맨발로 쫓는 일도 쓸모없는 몸짓에 다름 아니다. 아무리 몸부림치며 달려도, 거긴 새벽이 아니라 아침일 것이다.

그래도 부끄러운 말 몇 마디 선생님과 주고받아볼 것을…… 참으로 고맙습니다, 그 손길 정말 따스했습니다. 어찌해서 고마운지, 그 손길이 얼마나 따스한 것이었는지, 서툰 언어로 어떻게든 끼워 넣어볼 것을.

답답하고 안타까운 마음이 돌처럼 가슴 위에 얹혔다. 쏟아내지 못한 말들이 한숨으로 입 안 가득 엉겼다. 아무것도 하지 못한 내 두 손바닥을 내려다보는데, 창밖에서 그 위로 환한 빛이 쏟아졌다. 새벽이 주고 간 선물처럼 부끄러운 내 두 손 위에도 어느새 아침이 와 있었다.

김비

1971년 휴전선 접경 지역에서 태어났다. 2000년 서른 살의 나이에 '여자'라는 이름으로 다시 태어났고, 2007년 『여성동아』 장편소설 공모에 「플라스틱 여인」이 당선되어 '소설가'라는 이름으로 또다시 태어났다. 장편소설 『플라스틱 여인』, 소설집 『다이어트 홀릭』 『나나누나나』, 수필집 『못생긴 트랜스젠더 김비 이야기』가 있다. 현재 일주일에 삼 일은 영어선생님으로, 삼 일은 가난한 소설가로 살고 있다.

나의 선생님, 혹은 나의 슈퍼에고

• 이남희

박완서라는 이름을 처음 본 것은 70년대 초반, 중학생 때였다. 당시 큰언니는 『여성동아』를 구독하고 있었는데, 『여성동아』에선 여성을 대상으로 오십만 원의 상금을 걸고 장편소설을 공모하였다. 2회 당선작은 '옥합을 깨뜨릴 때'라는 제목의 소설이었는데, 작가가 남자라는 사실이 밝혀져 당선 취소되었고, 선생님의 「나목」은 3회 당선작으로 기억한다. 나이 마흔에, 일남 사녀를 키우는 주부라는 사실로 크게 주목을 받았다고 했다. 「나목」은 『여성동아』 별책부록 단행본으로 나왔고, 나는 그 책을 밤새워 단숨에 읽었다. 그 정도로 재미가 있었다. 한국전쟁통의 서울, 피엑스에 근무하는 여주인공, 그 시절의 피폐한 정서가 잘 그려져 있었다. 나는 그 소설에서 처음으로 가을 하늘을 코발트빛이라고 부르는 걸 보았는데, 그후로 코발트빛이라는 단어를 쓰면 왠지 격이 높아지는 느낌이어서 아무 데나 그 단어를 써먹곤 했었다.

나의 큰언니는 내게 단순히 여자로서만 살아선 안 된다고 역설하며 박완서라는 이름을 현모양처이면서 동시에 성공적인 예술가의 인생을 사는 모범으로 들곤 했었다. 그런 이야기를 들으면 까닭 모르게 마음이 불편했다. 물론 당시엔 작가가 될 계획은 없었으나 '가정과 직업 둘 다 아주 잘하는' 사람이란 말에 요즘의 엄친딸이란 단어처럼 비교를 강요당하는 느낌이 들었던 걸까?

아무튼 큰언니의 말을 반박할 수 없었던 것이, 당시 내가 잡지나 신문을 통해 읽은 선생님의 수필 내용도 그랬다. 자식들이 공부를 할 때 하도 라디오를 끼고 살아서 그 흉내를 내다못해 라디오 디제이에게 엽서까지 보내려다 딸에게 핀잔을 들었다든지, 간식으로 빵을 굽는 데는 알라딘 석유난로가 편리하다든지, 자식들이 모두 바캉스를 떠난 서울이 한가해서 좋았다든지 하여, 읽다보면 선생님은 살림을 완벽하게 해내는 주부라는 인상을 받게 마련이었다.

대학 시절부터 박완서라는 이름이 붙은 소설을 챙겨 읽기 시작했다. 당시엔 문학지망생이 아니더라도 대학생이라면 당연히 문학을 알아야 대화에 낄 수 있었다. 『문학사상』에 연재했던 「도시의 흉년」, 동아일보에 연재했던 「휘청거리는 오후」 같은 소설들은 흥미진진해서 웬만한 큰일이 아니고서는 연재를 빼놓지 않으려고 기를 썼다. 그리고 수필집 『꼴찌에게 보내는 갈채』는 베스트셀러로서 친구들 사이에서 순번까지 정해 돌려 읽으며 두고두고 그 내용을 화제로 삼을 정도였다.

박완서 선생님의 소설은 예리한 감수성, 대한민국 속물사회의 허위의식에 대한 날카로운 비판, 감칠맛 나는 말솜씨, 흥미로운 스토리텔링으로 우리를 매료시켰지만, 또하나 소설을 통해 서울 중산층 주부의 일상을 엿볼 수 있는 재미 또한 대단했다. 당시는 막 강남공화국이 지어지던 때였고, 아파트 투기로 일확천금을 모은 사람들의 이야기가 넘쳐났으며, 서울의 중산층은 누구보다 먼저 그에 눈떠 인생을 일확천금에다 전부 걸기 시작했었다. 그런 서울 중산층의 속내를 알고 싶다면, 그리고 점점 속물화되어가는 부끄러움조차 잃어버린 우리 삶의 행태를 비판하고 싶다면 박완서 선생님의 소설이 제격이었다. 읽으면 당시에 회자되고 있는 사회문제를 알 수 있었고, 그에 대응하는 서울 중산층의 속내를 들여다볼 수 있었던 것이다.

그렇게 박완서 선생님의 소설을 읽으며 성장했으나 같은 작가로서 만나는 건 상상해보지 않았다. 하지만 내 첫 소설이 『여성동아』 장편공모에 당선되었다. 선생님은 상금 오십만 원, 나는 칠백만 원, 그사이에 십칠 년이란 세월이 놓여 있다.

언젠가 선생님은 그 상금을 두고, 당신이 받은 오십만 원이면 당시에는 집을 살 수도 있었는데, 요즘 상금으로는 셋집도 얻을 수 없으니까 작가들의 생활은 더 나빠진 것이라고 말씀하신 적이 있다.

아무튼 당선된 그해 겨울쯤 선생님을 처음 뵈었다. 서울올림픽이 열리기 전전해였다.

군사독재정권이 마지막 핏대를 세우고 있어서 시국은 얼어붙어 있었고, 고작 갑신정변을 다룬 정도인 내 소설을 두고도 내가 근무하던 학교 교장은 불온하니 아니니 잔소리할 정도로 고루하고 갑갑했다. 거리 곳곳 어디나 전경들이 지키고 있다가 청년이라면 무조건 불심검문을 했고, 시민들의 표정은 딱딱하게 굳어 조금만 건드려도 싸움이라도 걸 분위기였다. 나는 교사 모임을 만든다고 정신없이 뛰어다녔다. 그리고 그때는 서울 중산층이니 하는 문제는 더 이상 흥미를 기울일 대상이 못 되었다. 부르주아적 가족이기주의에서 벗어나서 오직 민중만을 신앙해야 했다.

선생님께서 나를 보고 싶어하신다는 말씀을 전해 들었다. 누가 전했는지 기억나지 않는다. 집으로 찾아가라고 했다. 그때 선생님은 잠실 장미아파트에서 방이동 대림아파트로 이사하셨다. 방이동이란 동네를 비판한 내용이 선생님의 소설에 나왔기 때문에 잘 알고 있었다.

당시 선생님은 지금의 내 나이쯤이었을까? 중학 시절 이후 선생님은 수더분한 외모를 가진 현모양처로 나의 뇌리에 각인되어 있었는데, 아니었다. 서늘했다. 인사를 드린 뒤 자리에 앉았을 때의 감상은 철의 여인이라는 갑갑함이었다. 물론 얼굴에 웃음을 머금고 계셨고 친절했으며 잘 대접해주셨는데도 그랬다. 엉덩이가 근질거려 어서 일어나서 나오고만 싶었다. 유명작가, 중학생 때부터 죽 탐독해온 소설의 작가를 직접 만났다는 감격보다 너무 불편해서 어서 일어나 나왔으면…… 하는, 몸 둘 바 모르겠다는 느낌이 컸다. 분명 오후에 찾아뵈었을 텐데도 아파트 안이 어두컴컴한 밤이었던 것만 같은 기억이다. 삼십 분 정도 있다가 나왔던 것 같다. 그때 선생님은 『미망』이라는 장편소설을 준비중이셨고, 그래서인지 역사소설을 데뷔작으로 쓴 내게 관심을 보이셨던 모양이었다.

그 뒤 한 달에 한 번쯤 선생님을 뵙게 되었다. 『여성동아』 장편소설 공모로 데뷔한 사람들이 『여성동아』 문우회라는 이름으로 매월 규칙적으로 만났기 때문이었다. 우리는 평일 점심시간 서울시청 부근에서 식사를 하곤 했다. 문우회는 동아일보 광고사태 때 선생님의 제안으로 시작되어 초기에는 회원의 집마다 돌아가면서 모였다고 했다. 그러다 회원수가 늘고 작고한 안혜성 선배와 내가 직장인이어서 시청 앞에서 모이게 된 것이었다. 당시 안혜성 선배는 미문화원, 나는 청파동의 학교에 근무하고 있었다. 가끔 선배들은 박완서 선생님과 동아일보 광고사태 시절, 돈을 모아 격려광고를 낸 추억담을 이야기했는데, 내겐 퍽이나 멀게 느껴졌다.

여럿이 어울린 자리에서의 선생님은 엄하면서도 인자한 엄마 같았다. 그래도 난 여전히 불편했다. 중학 시절 이후로 뇌리에 박힌 현모양처이자 동시에 성공한 예술가라는 슈퍼우먼의 이미지 때문이기도 하지만, 노동해방문학을 부르짖고 부르주아적 가족이기주의에서 벗어날 것을 강요받는 시대 분위기 탓도 컸을 것이고, 또 하나 선생님이 얼굴에서 웃음기를 거두기만 하면 싸느랗게 되살아나곤 하던 개성깍쟁이 같은 인상도, 선생님께 쉽게 다가가기 어렵게 만든 요인이었다.

토요일 점심 중앙일보와의 인터뷰 때문에 문우회 분들과 함께 식사를 했다. 선생님은 문득 나를 보더니 인터뷰가 끝나면 데이트를 하러 갈 거냐고 물으셨다.

"어떻게 아세요?"

나는 깜짝 놀라고 말았다. 지금이나 그때나 나는 데이트가 있다고 해서 차림새나 외모가 달라지지 않기 때문이었다. 선생님은 코를 찡긋거리는 시늉을 하시며 대답하셨다.

"어쩐지, 냄새가 나요."

지금도 가끔씩 양치질할 때면 코를 살짝 찡그린 선생님의 그 표정이 떠올라 힘껏 칫솔질을 하게 된다. 퍽 귀여우셨다.

그 뒤로, 이렇게 예민하시니, 혹시 내가 바람직하지 않은 상대에게 열정을 느껴 휩쓸리기라도 했다간 금방 눈치 채실 거라고 여겨져 조마조마해지기도 했다.

어쩌면 선생님은 내가 도저히 도달할 수 없는 슈퍼우먼이자, 나의 내면에서 잔소리하고 꾸짖는 슈퍼에고와 같은 존재로 계셨는지도 모르겠다.

그와 달리 선생님의 존재가 다른 사람에게는 억압이 아니라 용기의 상징이라는 것을 알게 된 것은 얼마 되지 않는다. 주부독자들과의 만남에서 나는 다른 여성들은 선생님의 삶을 통해, 여자 나이 마흔이 무엇을 시작하기에 너무 늦어버린 나이가 아니라는 것, 마음이 있다면 어느 나이든 하고 싶은 일을 시작하는 데 적당한 나이라는 용기를 얻는다는 사실을 알게 되었다. 선생님 앞에만 서면 공연히 당황하고 중압감을 느끼는 것은 어쭙잖은 내 자의식에 불과했던 것이다.

그 문제를 두고 선생님이 지나가는 말처럼 고백을 하셨을 때 나는 녹아내리지 않을 수 없었다.

"여태껏 나는 집안일 도와주는 사람 안 두고 산 적이 없었어요. 그런데도 매스컴에선 마치 내가 살림도 완벽하게 잘 하면서 작가 생활을 하는 그런 사람인 것처럼 선전하는데, 잘못된 거예요. 난 세상에 슈퍼우먼은 없다고 생각해요."

또, 선생님이 눈물을 흘리며 신세한탄을 하셨을 때도 나는 놀랐었다.

부군께서 돌아가셨을 때, "이제, 난 어떻게 살아요?" 하면서 우셨는데, 의외라는 느낌이었다. 남편을 잃은 부인이라면 당연한 모습인데도, 도드라지게 그 장면을 기억할 정도로 나는 선생님을 철의 여인으로만 여겼던 것일까?

부군이 돌아가시고, 아드님 죽고, 그렇게 잇달아 상을 당하면서 선생님은 달라지셨다. 그 무렵부터는 입을 다물고 계셔도 전처럼 차가운 분위기는 아니었다. 사람을 대할 때도 더 이상 분명한 선을 긋고서 말하고 행동하거나 하시진 않았다. 여느 어머니들처럼, 때때로 오버하는 이웃 아줌마들처럼, 주책 맞다 싶을 정도로 남의 일에 참견도 하시고 잔소리도 하시고 충고도 하셨다. 큰 변화였다.

내 연애문제를 두고 이런저런 충고를 하시던 일이 떠오른다.

한번은 종로에 있던 내 작업실에 놀러오셨다. 꼭 엄마처럼 석유난로는 치우고 전기로 난방을 하는 게 낫겠다는 잔소리며, 이웃한 절의 종소리가 좋다는 등 잡담을 하시더니 문득 연애만 하고 그만두어야 할 남자가 따로 있다는 말씀을 꺼내셨다. 그리고 당신의 처녀시절, 두 남자를 사귄 이야기를 해주셨다. 두 남자 사이에서 망설였으나 열정을 느꼈던 상대보다는 결혼해서 가정을 잘 꾸려 나갈 수 있을 것 같은 상대를 선택하셨다고 했다.

그리고 농담 비슷하게 만약 당신의 딸을 실연으로 아파하게 만드는 남자가 있으면 총으로 쏴 죽여버리겠다고 공언하셨다. 그때 우리는 한참을 웃었다.

한편으로 귀를 의심했다. 전이었다면 내 연애문제를 아는 체조차 하시지 않았을 것이다. 게다가 당신의 사적인 사연까지 털어놓는다는 것은 상상을 뛰어넘는 일이었다.

나중에 『그 많던 싱아는 누가 다 먹었을까』에 그 내용이 나와 나 혼자만 아는 비밀은 아니게 되어서 조금은 아쉽기도 했다. 나만의 비밀로 간직하고 있었는데……

그후로도 나는 선생님께 냄새를 들키는 일이 종종 있었고 그럴 때마다 엄마에게 꾸지람 맞는 아이처럼 억지 부리며 뻗대기도 하고 쩔쩔매기도 하고 그랬었다. 그러면서 아마 나는 아이에게 엄마가 그렇듯, 선생님도 언제나 그 자리에 있는 존재라고 여겨왔던 것 같다.

이제 봄이 와도 팝콘처럼 하얗게 만개한 벚꽃으로 둘러싸인 아치울의 노란 집에는 갈 일이 없다는 게 실감이 가지 않는다.

아마 나는 선생님이 영원히 사실 거라고 생각했던 모양이다.

이남희   ● ●

1958년 부산에서 태어나 1980년 서울로 무작정 상경했다. 1986년 『여성동아』 장편소설 공모에 갑신정변을 소재로 한 첫 소설 「저 석양빛」이 당선되었다. 장편소설 『황홀』 『그 남자의 아들, 청년 우장춘』 『세상의 친절』, 소설집 『사십세』 『플라스틱 섹스』 등을 출간하였으며, 글 쓰기와 심리학을 접목한 『자서전 쓰기 특강』 『마음 알기 자기 알기』 등을 펴냈다. 이런저런 소설 창작, 치유글 쓰기 등의 강사를 하면서 살고 있다.

3장

그
가을 동안

새벽빛 밝아오면 호미를 들고 마당으로 가는 당신 — 김향숙

떠나간 님을 그리워함 — 유덕희

내겐 너무도 특별한 인연 — 신현수

희망과 환상, 현실로 나를 깨우신 분 — 이순미

암, 헛살지 않았고말고 — 김설원

유쾌한 상상, 혹은 반란 — 권혜수

새벽빛 밝아오면 호미를 들고
마당으로 가는 당신

• 김향숙

당신께 마지막 인사를 하고 돌아오던 그날 밤.

전날 내린 눈 때문이었을까요. 그날 밤은 밤인데도 어쩐지 밤 같지 않았고 날씨는 무척이나 차갑고 싸늘해서 정신을 얼음물에 담근 듯했습니다. 차에서 내린 뒤 집으로 바로 들어가지 못하고 집 주위의 골목길을 한참 동안 걸었습니다. 그날 이후 심한 감기로 누워 지냈습니다.

당신이 사시던 동네의 성당에 가야 했지만 그러지 못했습니다. 당신을 추모하는 이들의 글을 읽을 때나 이 글을 쓰고 있는 지금도 당신을 뵐 수 없다는 게 믿어지지 않습니다. 머지않아 있을 우리들 동인 모임에 여느 때처럼 당신이 오실 것만 같습니다.

당신이 떠나신 후에야 당신이 여기 이곳에 계실 때 좀더 가까이 다가갔더라면, 하는 후회를 하는 자신이 미욱하게 여겨질 뿐입니다. 당신은 모르시겠지만 마지막으로 답을 구해야 하는 일이 생길 때마다 항상 당신이라면 어떤 말씀을 해주실까, 하고 스스로에게 물어보곤 했습니다. 앞으로도 그렇게 하겠지만 당신 집 노란색 대문을 두드리는 일은 이제 할 수 없겠지요.

작년 11월.
팔순을 맞은 당신과 식사를 하고 싶어 전화를 드렸을 때 당신은 흔쾌히 그러자고 하셨지요. 식사는 하지 못하고 차만 마셨던 그날의 만남이 마지막 만남이었습니다. 약속 날짜를 헷갈린 걸 미안해하시던 당신은 그날 여느 때처럼 온화하고 좋아 보이셨어요. 머지않아 당신을 삼킬 병의 기미 같은 건 조금도 느껴지지 않았지요. 입원 소식을 들었을 때도 그토록 빨리 병이 깊어질 거라곤 생각하지 못한 게 그래서였지요.

이사를 하셨다고, 봄날에 활짝 피어난 살구꽃을 보라고 당신은 우리 동인들을 당신 자택으로 초대해주곤 하셨습니다. 주위를 아련한 분홍빛으로 물들이던 살구꽃의 아름다움도 잊히지 않지만 잡풀이 보이지 않던 당신 집 마당은 지금껏 놀라움으로 남아 있습니다.
아주 작은 마당이라도 가져본 이들은 알게 되지요. 마당의 크기에 관계없이 잔디를 심은 마당을 가꾼다는 게 얼마나 많은 수고를 필요로 하는지를. 마당이라고 하기도 뭣한 작은 뜰의 잡풀들과 씨름하다 결국 항복하고 만 내게 당신 집 마당은 경이롭기까지 했는걸요.

재작년 봄.

당신 집 마당에서 동인들이 모여 피크닉 기분을 내던 중에 어떻게 잡풀들이 보이지 않을 수 있느냐는 말을 몇 번이나 한 게 기억납니다. 잡풀들과 씨름해보지 않은 이에겐 호들갑을 떤다고 여겨졌을 것만 같게 큰 목소리로 그랬습니다.

그때 당신은 심상한 투로 푸른 새벽빛이 밝아오는 아침이면 호미를 들고 마당에 간다고 하셨지요. 어느 날은 호미로 잡풀들을 다 솎아낸 뒤 지친 나머지 마당에 누운 적도 있었다고요. 다리를 다치신 뒤엔 따님에게 그 일을 부탁하시기도 했죠. 반복되는 노동을 하게 만드는 잡풀에게 '나도야 잔디'라고 이름 붙여주었던 당신. 흙 묻은 당신의 손톱 사이로 초록 이파리가 돋아나는 모습을 떠올린 당신. 당신의 영혼만 나이를 먹지 않는 게 아니라 상상력도 그랬습니다. 당신이 얼마나 부러웠는지요.

작년 10월.

강원도에서 얼마간 지냈습니다. 제가 머물던 숙소에서 마을로 가려면 한참을 걸어야 했지요. 능선이 부드럽게 이어졌던 너무 높지도 너무 낮지도 않은 산을 따라 걷는 일이 좋아 그곳에서 지낸 시간이 더 길어졌는지도 모릅니다. 걷다가 걸음을 멈추고 산을 보다 다시 걷다가 걸음을 멈추곤 했습니다.

단풍이 물들기 시작한 그 산을 오가던 어느 날 '아' 하고 탄성을 지르기도 했습니다. 꽃불이 번지듯 황홀했던 그 산의 단풍이 지금도 눈에 선합니다. 산은 작년 한 해 자신이 본 모든 아름다움에 대한 기억을 자신의 몸에 새기려는 듯 그렇게 아름다운 단풍을 보여주었습니다. 겨울이 오기 전에 나의 한 해는 이렇게 풍요로웠어, 라고 말하고 싶어진 것인지도 모릅니다.

마음이 추워질 때 그 산의 단풍을 떠올리곤 합니다. 당신도 제가 작년에 본 그 산 같은 모습이 아니었나, 그런 생각을 해보기도 합니다.

더우면 밀쳐내고 추우면 끌어다 덮는 이불 같은 게 부모 사랑이라고 당신이 말씀하셨다지요.

당신은 우리 동인 모임에서 왜 그리 말씀을 아끼셨을까요? 당신의 왼손이 하신 그 많은 일들을 우리는 알지 못했지요. 한 번쯤은 자랑하셔도 좋았을 텐데요. 너희도 같이 해보지 않겠느냐고 말씀하셨어도 좋았을 텐데요.

누군가는 당신이 송곳 같은 예리함으로 우리가 가진 누추함을 보게 한다고 했지요. 어느 지인은 당신이 일상에서도 그렇게 날카롭게 말하는지 묻기도 했습니다. 날카롭다니요. 나는 그 지인에게 잘생긴 손자 자랑을 할 때 당신 얼굴에 떠오르던 미소를 보여주고 싶었답니다. 당신의 날카로움은 세상의 더러움을 향할 때뿐이었어요. 부끄러움을 모르는 이들에게 부끄러움을 알게 해주고 싶어하신 당신의 그 따뜻하고 깊이 있는 목소리엔 한번 들으면 기억하게 되는 특별함이 깃들어 있었지요. 당신의 이름처럼 말이지요.

사람이 사람답기를 뜨겁게 열망하신 당신.
당신의 작품들은 당신이 올곧은 자세로 재현한 우리 시대의 세밀한 벽화였습니다. '박완서표'라고밖에 할 수 없는 촌철살인의 그 놀라운 표현력으로 그려낸 당신의 작품들은 시대와 마음을 비추는 거울이기도 했지요. 그 거울 앞에 서면 자신도 몰랐던 제 마음의 갈피들을, 숨기고 살아온 상처들을 알게 되었습니다. 나는 당신이 나이 마흔에 첫 작품인 「나목」을 세상에 내어놓기까지 어떻게 아내로 엄마로만 살아왔는지 궁금했습니다. 당신 안의 그 놀라운 열정을 어떻게 누를 수 있었는지도 궁금했지요.
말의 낭비를 싫어하신 것처럼 언어의 낭비도 싫어하신 당신. 가장 적은 언어로 마음속 남루함과 위선의 초라함을 그리는 데, 당신 옆에 설 이가 또 있을까요?
누군가는 당신이 떠나신 뒤 도서관 하나가 무너진 것 같은 상실감에 빠졌다고 합니다. 그래요. 당신은 하나의 도서관과 같았지요. 남은 우리들은 그 도서관에서 부끄러움이 무언지를 새롭게 깨우칠 거고 사람 비슷하게 살려고 애쓰는 힘을 얻기도 하겠지요. 당신의 그 도서관은 그러니까 조금이라도 사람 비슷하게 살고 싶어하는 이들로 북적이겠지요. 그렇다면 당신의 몸은 떠났지만 당신은 떠난 것이 아닌 거지요.

언젠가 당신이 가 계신 곳에 간다면 그때엔 당신께 한 걸음 더 다가가고 싶습니다. 꼭 그러고 싶습니다. 부디 그곳에서 당신이 만나고 싶어했을 소중한 이들과 행복한 해후를 하셨기를. 잘생긴 손자 자랑 하실 때 당신 얼굴에 떠오르던 그 미소가 당신 얼굴에 가득하시길.

김향숙   • •
부산에서 태어나 이화여자대학교 화학과를 졸업했다. 1977년 『여성동아』 장편소설 공모에 「기구야 어디로 가니」가 당선되었다. 장편소설 『문 없는 나라』『떠나가는 노래』『스무 살이 되기 전의 날들』『서서 잠드는 아이들』『벚꽃나무 아래』, 소설집 『겨울의 빛』『수레바퀴 속에서』『종이로 만든 집』『그림자 도시』『물의 여자들』 등이 있다. 연암문학상(1989)과 동인문학상(1990)을 수상했다.

떠나간 님을 그리워함

• 유덕희

책을 펼치자 백일홍 씨앗봉지가 오래오래 책갈피에 숨어 기다렸다는 듯 모습을 드러냈다. 반투명 비닐봉지에 백일홍 까만 씨앗이 은은하게 내비치는데, 선생님은 예의 그 환하면서도 순박한 미소를 지으시며 살짝 시선을 내리깔고 계셨다. 생전의 그 소박하고 소탈하신 모습이었다. 산문집 『호미』 속에는 박선생님께서 직접 호미를 들고 뜰을 가꾸시며 씨를 받는 이야기가 실려 있었고, 아마도 출판사에서 마케팅 방법의 하나로 책갈피에 씨앗봉지 하나씩을 넣은 것이리라. 2007년도에 발간한 책이니 햇수로 따져도 사년 전 일인데, 나는 이제야 그 씨앗봉지를 발견하고는 가슴이 철렁하였다. 그 씨앗은 출판사에서 상술로 넣은 게 아니라, 선생님이 직접 씨를 받아서 내게 준 특별한 선물이라고 느낀 탓이다. 선생님은 고운 꽃씨를 정성껏 받아주셨는데, 나는 사 년이 넘도록 까맣게 잊고 지내다가 이제야 발견한 것이었다.

씨앗봉지 앞면에는 이렇게 적혀 있었다.

'백일홍. 과명은 국화과, 원산지는 멕시코. 꽃말은 결백, 떠나간 님을 그리워함.'

나는 지금의 나를 표현하는 데 그 꽃말이 딱 적합하다고 생각했다. '떠나간 님을 그리워함.' 그리고 봉지 뒷면에는 선생님의 산문 한 대목도 적혀 있었다.

작년 가을에 받아놓은 일년초 씨를 갈무리해놓은 봉지를 꺼내본다. 작년에 이 씨를 받을 때는 씨가 생명의 종말이더니, 금년에 이것들을 뿌릴 때가 되니 종말이 시작이 되었다. 이 작고 가벼운 것들 속에 시작과 종말이 함께 있다는 그 완전성과 영원성이 가슴 짠하게 경이롭다.

선생님은 우리 집을 딱 한 번 방문하셨다. 오래전 일이지만, 내게는 마치 어제 일 같아서 굳이 그 햇수를 따지고 싶지 않다. 그만큼 선생님이 우리 집을 방문하신 일은 내 가난하고 헛헛한 가슴 한 켠에 은은한 등불 같은 것으로 온전히 살아 있기 때문이다. 그 시절은, 그러니까 『여성동아』 문우회 회원들의 숫자가 그리 많지 않아서, 한두 달에 한 번씩 돌아가면서 문우들의 집을 방문하는 게 상례였다. 지금은 문우회 회원도 많고, 남의 집을 방문한다는 것 자체가 서로서로 번거롭게 여겨져서, 교통이 편한 음식점에 모여 서너 시간 한담하다 헤어지곤 한다. 하지만 초창기 멤버들은 서로의 집을 직접 방문하면서 문우들 간의 이해와 우정과 친목을 드높이는 계기로 삼았었다. 세상이 갈수록 복잡해지면서 우정도 편리함을 내세워 음식점에서 만나고 찻집에서 헤어지는 풍토로 변하고 말았지만, 깊고 돈독한 정이라면 서로의 집을 무람없이 방문하는 그 시절만 못하지 않나 싶다.

아무튼 마침내 선생님께서 우리 집으로 오시게 되었다. 설레고 가슴이 벅찼다. 그런데 하필 그 무렵 나는 서울 시내가 아니라 안양 외곽의 서민아파트에서 살고 있었다. 그곳으로 가게 된 데에는 나만의 아픈 속내가 있다. 그 직전까지 잠실의 시영아파트에서 살았는데, 사촌이 그 동네의 좋은 아파트로 이사 온다는 바람에, 부랴사랴 떠나왔던 것이다. 어린 시절 함께 자라다시피 한 사촌지간에, 잘살고 못사는 그 미묘한 감정의 부대낌이 싫어서, 도망치듯 떠나온 이사였다. 그런데 그 바람에 안양시 호계동 변두리까지 선생님을 모시게 된 것이다. 나는 그것이 미안하고 송구스러웠다. 이미 선생님은 이름난 훌륭한 작가셨다. 못난 후배의 집을 방문하기 위해 먼 걸음을 하시게 만든 것이 내게는 여간 미안하고 부끄러운 일이 아닐 수 없었다. 물론 선생님은 아무것도 드러내 내세우지 않으셨으며, 속 깊고 너그러운 어른이셨던 까닭으로, 먼 거리 따위의 불편은 조금도 내색하실 분이 아니었지만, 그래서 더 몸 둘 바를 모르겠는 심정이었다. 나는 안절부절못했다. 이렇듯 선생님은 나를 비롯해서 한결같이 문우들의 집을 예사롭게 방문하셨던 것이다.

귀한 분을 대접하기 위한 첫번째 단계로 나는 제일 먼저 남대문시장으로 달려갔다. 새 그릇을 사기 위해서였다. 당시 내겐 손님을 맞을 만한 좋은 그릇이 없었다. 그래서 흥분된 마음으로, 꽃무늬가 선명하면서도 고상한 한국도자기 본차이나 한 세트를, 거금을 들여 샀다. 그후에도 그릇호사를 누려본 적이 별로 없는 나에겐, 그때 샀던 그릇이 지금까지도 우리 집에서 제일 좋은 그릇 대접을 받고 있다. 그 그릇은 언제나 손님대접용이며, 선생님과의 추억이 어려 있어서 그런지 쓸 때마다 마음을 새롭게 다잡게 된다. 이상하게도 나는 손님이 오실 때면 그릇부터 신경을 쓰는 편인데, 아마도 좋은 그릇으로 귀한 손님을 대접하고 싶은 게 주부의 본성이기 때문이리라. 우리 어머니 시절만 해도 찬장에 좋은 그릇을 쟁여놓는 게 큰 자랑거리였고, 금식기나 은식기, 크리스탈의 호사가 그래서 생겨난 게 아닐까 싶다. 이야기가 옆길로 새고 말았다.

어느덧 약속한 날짜가 되어서 박선생님과 문우들이 속속 집으로 들어오고, 새로 산 그릇에 밥과 음식을 담아 먹고, 문우들끼리 화기애애하게 이야기꽃을 피우고, 시간이 흘러서 선생님이 제일 먼저 일어나셨다. 그때만 해도 선생님이 젊으셨던가보다. 아무도 선생님을 서울까지 모시고 나갈 생각을 못 했다. 문우들은 집에 고스란히 남고, 나만 버스정류장까지 선생님을 배웅하게 되었다. 비로소 선생님을 독차지할 절호의 기회를 얻은 것이다. 이럴 때 이쁜 말도 많이 하고 재롱도 떨어서 선생님의 마음을 사로잡을 수 있으면 좋으련만, 그 시절의 나는 워낙 숫기가 없고 애교도 부족해서 그 좋은 기회를 물처럼 속절없이 흘려보냈고, 지금에 와서야 뉘우치고 후회한다. 선생님을 무척 사랑하며 또한 듬뿍 사랑을 받고 싶다고 고백하였으면 오죽 좋았으랴! 그렇게 못 한 이유는, 선생님은 수많은 사람들에게 넘치는 사랑과 존경을 받고 있을 테니, 나 같은 것은 아무것도 아니라는 깊은 자괴감 탓이었다. 옹졸하며 못난, 형편없는 자기 비하의 결과였다. 게다가 당시는 훌륭한 작품을 쓰지 못하고 있는 나 자신에 관해서 늘 부끄럽게 생각하며 전전긍긍하고 있었다.

아파트에서 버스정류장까지는 그리 먼 길이 아니었다. 아파트를 나와 건널목을 지나면 바로 버스정류장이었다. 그 길이 멀고 멀기를 기대하면서, 선생님과 나는 천천히 걸었다. 별다른 말씀이 없으셨기에 나 역시 마음속으로만 할 말을 궁굴리고 있었다.

'선생님, 저 시영아파트에 살 때요, 선생님은 장미아파트에 살고 계시지 않으셨어요? 성내역 앞에 있는 그 아파트 말이에요. 언젠가 무슨 일로 제가 선생님댁에 갈 일이 있었는데요. 그때 선생님 드리려고 꽃다발을 사가지고 갔었어요. 초인종을 누르자 큰따님이 나오셔서 제가 그 꽃다발 전해달라 하고는 꽃다발만 드리고 곧장 나왔답니다. 모르셨지요? 그 꽃다발, 제가 가져간 거예요' 하지만 나는 꿀 먹은 벙어리처럼 아무 말도 못 하고, "동네가 한적하네. 집도 별로 없고?" 하시는 선생님의 말씀에 고개만 끄덕이다가, 그만 버스가 오고 말았다. 나는 고작, "서울까지 너무 멀어요. 조심해서 가셔요" 하였고, 선생님은 웃으면서 "그래요. 어서 들어가봐요" 하고는 손을 흔드셨다.

선생님을 태운 버스는 눈앞에서 금방 사라졌다. 그럼에도 나는 선생님이 우리 집에 왔다 가셨다는 것만으로 가슴이 그득해지고 발걸음이 가벼워졌다. 집으로 돌아가니 문우들은 그대로 있었고, "뭐야, 요리는 맛도 없는데 홍당무니 강낭콩이니 넣어서 밥만 색색으로 만들어놓고"라고 놀려대어도 부끄러운 줄 모르고 그저 즐겁기만 했다.

그후 다시는 선생님을 모시지 못할 것을 예견이라도 하였던 듯싶다. 내 주변머리로는 선생님을 청할 수가 없었던 것이다. 그럼에도 그후 선생님께 전화할 일은 여러 번 있었다. 문우회 총무를 번차례로 돌아가면서 하는 관계로, 모임이나 행사에 관한 전화를 드려야 했다. 그럴 때마다 선생님께 격의 없는 애교를 부려볼 수도 있었으련만, 끝내 못 했다. 어머니같이 너그러운 분이셨지만, 내 마음이 그분을 한없이 우러르고 있어서, 감히 교태 따위를 부리리라 생각할 수 없었던 것이다. 하지만 다시 기회가 온다면 내 사랑을 마음껏 표현해보리라 다짐한다. 바위에 새기는 사랑이 한갓 무슨 소용이 있을 것이며 물에 흘려보내는 사랑도 어찌 사랑이란 말인가. 그분 가슴에, 마음에 새겨야, 진짜 사랑이 아닐까. 엉기고 치대지 못하고 담담히 멀리서 그윽하게 바라보기만 하는 것도 사랑이라고 한다면, 나는 이제 그런 사랑은 정말 싫다고 말하고 싶다. 역시 사랑은 표현해야 제맛이다.

나 같은 건 주목을 받을 리 없고 선생님이 아실 리도 없어, 하고 생각했던 내 지레짐작과 달리 한번은 선생님께 따끔하게 혼이 난 적이 있다. 동아일보에 칼럼 비슷한 것을 쓴 적이 있었는데, 그것을 선생님이 읽으신 모양이다. 그 내용조차 지금은 희미하지만 아마도 어머니에 대한 표현이 문제가 되었던 것 같다. 우리 어머니는 박선생님과 반대되는 성격이라고 할 수 있었다. 직선적이고 감정적이며 매사 거침이 없으셨다. 이미 장성한 자식들이건만, 자식을 야단칠 때 상대를 배려한다거나 그 속을 헤아린다거나 하는 법이 없이 당신의 분노만을 토해내셨다. 더군다나 그 야단치는 방식이 적군을 무찌르듯 용감무쌍, 용맹 그 자체여서, 나는 늘 속으로 불만이었다. 조금이라도 틈을 주면 다 큰 자식들이 대들 것을 염려하신 까닭일까. 비유를 하자면, 닭 잡을 때 쓰는 작은 칼로 혼을 내도 충분할 일을, 황소 잡을 때 휘두르는 커다란 칼로 불벼락을 내리치는 식이었다. 어머니의 평생 지론이 '야단을 칠 때는 눈물콧물이 쏙 빠지게!' 였는데, 우아하고 고상한 어머니를 소망하던 나로서는 그게 못마땅해서 투덜거린 것이다. 그런데 그런 마음이 내가 쓴 글에 고스란히 드러난 모양이었다.

박선생님이, "어머니를 그런 식으로 나쁘게 표현하다니!" 하셨다. 단 한마디에 불과한 질책이었지만, 그 억양이나 말투는 평소와 다르게 사뭇 준엄하였다. 나는 즉시 알아들었다. 그리고 박선생님이 우리 어머니와 똑같이 세상의 어머니 편에 서 계시다는 것을 알아차렸다. 그러니까 어머니와 박선생님이 한편이셨고, 딸이며 자식인 나는 그 반대편에 서 있었다. 언제나 내 편이었던 어머니와 내 스승이셨던 선생님도, 편을 가를 때는 저편이었다.

나는 나를 낳아주신 어머니를 생모로서 사랑하지만, 정신적인 어머니로서 박선생님은 한없이 존경한다. 박선생님같이 반듯하고 단정하고 성실하고 영민하시며, 자애롭고 너그러운 분이 세상에 또 있으랴. 존경하는 마음속에 두려워하는 마음이 숨어 있음을 고백하지 않을 수 없다. 문학으로서 소설가로서 발 벗고 따라갈 수 없는 그 재능에 관해서는 그 아득함에 절망하지 않을 수 없으며, 생활로서도 조금의 흐트러짐 없는 반듯함과 철저함에 경탄을 금치 못하는 것이다. 실수투성이인 내 생활은 때로 허방을 짚고 넘어지며 실패하기를 반복하는데, 선생님은 자로 잰 듯 반듯하고 정의롭고 깔끔하신 태도를 일관하시는 것을 오랜 세월에 걸쳐 보아왔기 때문이다. 어른으로서 완벽하고 한결같으시니, 나의 롤모델로서는 매우 벅찬 분이 아닐 수 없다. 문학으로 어찌 감히 비교할 엄두라도 낼 수 있으랴. 그럼에도 지금껏 선생님은 모자라는 후배들에게 기꺼이 큰 그늘이 되어주시고 우산 역할을 감당해주셨다. 이제 선생님이 떠나신 뒤에야 비로소 그 품이 얼마나 따뜻했는지 그 그늘이 얼마나 넓었는지, 비바람 치는 바깥으로 나가야

하는 것에 떨며 슬퍼하고 있는 것이다.

선생님은 산문집 『두부』에서 백일홍에 관해 이렇게 쓰셨다.

"길고긴 장마를 어찌어찌 견디고 나서 다시 생기를 회복한 씩씩한 꽃으로는 채송화와 백일홍이 있다. 채송화는 매일매일 새로 피지만 백일홍은 한번 핀 꽃이 정말 석 달 열흘을 가는지 오래 가서 기특하고, 꽃치고는 너무도 요염하지 않아서 슬프다. 봄에 꽃 가게에서 파는 백일홍은 키가 작고 꽃잎도 여러 겹으로 탐스러워 달리아를 닮았고 빛깔도 빨강과 노랑 두 가지 원색밖에 없고 벌레가 잘 꼬인다. 우리 마당에 있는 백일홍은 그런 개량종이 아니라 키가 훤칠하고 색깔이 다양하지만 요염하지 않은 토종이다."

선생님이 내게 남겨주신 백일홍 씨앗봉지를 들고 나는 다시 한번 백일홍 같은 여자, 백일홍 같은 작가가 되어볼 것이라고 결심한다. 아니, 맹세한다. 오래 견디고 오래가고, 요염하지 않은 토종 같은, 선생님을 닮은 반듯한 작가가 되겠노라고……

유덕희   ‥

부산에서 태어나 중앙대학교 문예창작과를 졸업했다. 1975년 중앙대학교 4학년 재학 중에 『여성동아』 장편소설 공모에 「하얀 환상」이 당선되어 등단했다. 같은 해에 KBS TV드라마 극본도 당선되어, 이후 소설과 방송 쪽 일을 넘나들게 되었다. 장편소설 『하얀 환상』 『사랑 또 한잔』 『불타는 미루나무』 『그대 꿈속의 나의 잠』 등이 있다. 박완서 선생처럼 팔순까지 현역이며 조금도 필력이 줄지 않기를 가장 큰 소망으로 품고 있다. 현대인의 불안을 다룬 단편소설과 일제시대 한 가족이 겪은 수난사를 장편소설로 집필중이다.

내겐 너무도 특별한 인연

• 신현수

내가 여고생이던 시절, 그러니까 1970년대 중후반의 일이었을 것이다. 그즈음 한 여자 중학교에서 교사로 근무하던 언니가 어느 날 퇴근 후 집에 오자마자 들뜬 목소리로 말했다.

"엄마, 소설가 박완서 선생님 알죠? 우리 학교 교사 중에 그분 따님이 있더라고요."

그러자 어머니는 단박에 낯빛을 환히 밝히시며 이렇게 되물으셨다.

"뭐? 그게 정말이니?"

마치 무척이나 대단한 일이라도 생긴 양 말이다. 왜냐하면 내 어머니는 바로 박완서 선생님의 팬이자 '문학소녀', 아니 '문학아줌마'에 가까운 분이셨기 때문이다.

언니의 말을 듣고서 나도 어머니만큼이나 놀라고 신기해했던 것 같다. 그때껏 박완서 선생님의 작품을 읽어보지는 못했지만, 어머니를 통해 선생님의 존재를 이미 알고 있었기 때문이다. 박선생님의 작품을 읽거나 신문 잡지 같은 데에 실린 인터뷰 기사라도 볼라치면, 어머니는 곧잘 이런 말씀을 하셨으니까 말이다.

"이이는 얼마나 좋을까. 내내 평범한 주부로 살다가 나이 마흔에 소설가가 되어 가슴속 품은 얘기를 맘껏 쓸 수 있으니 말이다. 공부도 많이 하긴 했더라만, 그렇다고 여자 나이 마흔에 뭘 새롭게 이룬다는 게 어디 쉬운 일이니?"

그런 말씀을 하실 때면 어머니의 눈동자와 목소리에는 선망의 빛이 담뿍 담기곤 했다. 박완서 선생님이 연장자이거나 동년배도 아니고, 오히려 당신보다 예닐곱 살은 어리셨는데도 말이다. 그러니까 어머니는 한낱 열혈독자이거나 팬의 차원을 넘어, 이 땅의 '아줌마', 그것도 문학을 짝사랑하는 문학아줌마로서 평소 박완서 선생님을 무척이나 부러워하셨던 것이다.

그럴 만도 한 게, 내 어머니는 일제강점기에 소학교까지밖에 마치지 못해 공부를 많이 하진 못했지만, 가슴속에 늘 문학에 대한 아련한 꿈 같은 것을 품고 평생을 사셨다. 내 기억 속의 어머니를 떠올리면 빠듯한 살림에 시어머니 모시랴, 남편과 자식 뒷바라지하랴, 친척집 일 챙기랴, 늘 동동거리시던 모습이 가장 먼저 떠오른다. 하지만 그와 동시에 윤기라곤 없이 꺼칠해진 손으로 책장을 넘기며 책을 읽거나 신문 잡지를 보고, 공책과 일기장 등에 글을 쓰시던 모습이 항상 겹치는 것이다.

그러나 어머니는 꿈 같은 걸 꿀 수도, 이룰 수도 없는 그런 삶, 그런 시대를 살아오셨다. 내 어머니가 살아오신 시대는 지금보다 훨씬 심한 남성 우위의 가부장적 사회였던데다, 일제강점기와 한국전쟁을 잇달아 겪은 터라, 먹고사는 문제만으로도 다들 힘겨워 다른 것은 생각할 겨를도 없던 시대였으니까. 물론 그 시대에도 고녀('여고'를 뜻하는 옛말)나 여자전문학교는 물론 외국 유학까지 마치고 당당하게 자기실현을 한 신여성들도 더러 있었다. 하지만 내 어머니처럼 가방끈 짧은 여성의 몸으로는 어머니와 아내, 주부로서의 삶 말고, 인생의 다른 꿈을 생각할 겨를조차 없던 시대였다. 그런 어머니들 아래 자라던 내 친구들 역시 생활조사서의 장래희망란에 '현모양처'라 쓰는 게 다반사였으니 말이다.

하지만 그런 삶 속에서도 어머니는 가슴속에 문학에 대한 아주 소박하고 작은 꿈 같은 걸 품으셨던 듯하다. 살림하는 틈틈이 『대망』 『빙점』 『설국』 같은 일본소설이나 박경리 선생님의 『토지』며 『김약국의 딸들』 같은 책들을 읽으시면서 말이다. 내 어린 시절 어머니가 읽으시던 그런 책들이 툇마루며 안방에 종종 펼쳐져 있던 것을 떠올리면, 또 책을 읽으시느라 때로 긴긴 겨울밤 연탄불 갈아야 할 시간을 가끔 놓치셨던 걸 보면 더더욱 그런 생각이 든다.

그러던 차에 어머니는 박완서 선생님의 '늦깎이 등단' 소식을 알게 되신 것이다. 책 못지않게 신문 잡지를 즐겨 읽던 당신이었기에 아마도 그 소식을 누구보다 빨리 아셨음에 틀림없다. 지금이야 나이 마흔, 아니 쉰이 넘어서도 꿈을 찾아 제2의 인생을 사는 여성들이 흔하기에 그리 대단치 않은 일일지 몰라도, 박완서 선생님이 『여성동아』 장편소설 공모에 당선하셨던 1970년만 해도 평범한 삶을 살던 주부가 마흔 나이에 소설가가 되었다는 것은 엄청난 화제가 될 만한 일이었다. 그러니 어머니 또한 큰 자극을 받으셨을 테고, 주부의 몸으로 불혹의 나이에 이룬 박완서 선생님의 성취가 무척 부러우셨을 것이다. 그래서 어머니는 그후 『여성동아』 별책부록으로 나온 『나목』은 물론, 박선생님이 발표하는 다른 작품들을 줄곧 즐겨 찾아 읽으신 것 같다.

그런데 그렇게 좋아하고 부러워하던 소설가의 딸이, 당신의 딸과 같은 학교에서 교사로 근무한다니, 순수한 성품의 어머니로서는 얼마나 놀랍고 대단한 일이었겠는가.

나 역시도 마찬가지였다. 그때만 해도 나는 소설가나 작가라는 사람들은 엄청나게 대단한 존재이고, 내가 사는 세계와는 동떨어진 곳에서 다른 공기를 마시며 전혀 색다르게 살아가는 사람들이라 여겼다. 어릴 때부터 나중에 크면 작가가 되겠다는 어렴풋한 꿈을 꾸고 있었기에 더더욱 그런 생각을 했는지도 모르겠다. 정말이지 소설가, 작가, 시인 등 문학을 하는 분들은 내 어린 마음에 작품 또는 책 속에서나 만날 수 있는 분들이지, 내 삶과 가까이 있는 존재는 분명 아니었으니 말이다. 그런데 언니를 통해 그 유명한 소설가가 바로 이웃집에 사는 아줌마처럼 내 삶 가까이 다가왔으니 어찌 신기하고 흥미롭지 않았겠는가.

그후에도 언니는 같은 학교 교사인 따님을 통해 들은 박완서 선생님의 이야기를 가끔 어머니에게 전해주었고, 그럴 때마다 어머니는 눈빛을 빛내며 바짝 귀 기울이셨던 것 같다.

아쉬운 것은 내가 그때의 일을 좀더 자세히 묘사하지 못하고 '~했던 것 같다'라고 얼버무려 표현할 수밖에 없다는 사실이다. 안타깝고 슬프게도 어머니는 십육 년 전, 그리고 언니는 십삼 년 전 세상을 뜨셨기에, 그때의 일을 낱낱이 확인할 길이 지금 내게는 없는 까닭이다.

그러나 한 가지만은 확실하다. 어머니는 박완서 선생님을 무척이나 부러워하셨고, 작가가 되는 것까지는 아니어도, 책 하나쯤은 써보고 싶다는 소박한 꿈을 가지셨던 것 말이다. 가끔 아득하고 쓸쓸한 표정으로 나하고 언니에게 이런 말씀을 하시곤 했으니까.

"너희 외할아버지가 엄마에게 공부를 좀더 시켜주셨더라면, 엄마도 어쩌면 이렇게 시시하게 안 살았을지도 모른다. 여자라고 소학교까지만 공부를 시키셨으니 아무 꿈도 못 꾸고 이루지도 못했잖니. 누가 아니? 엄마가 박완서씨마냥 공부를 좀 많이 했더라면 지금쯤 소설가나 시인이 되었을지? 아주 늙어서라도 내 이름 석 자가 들어간 책 한권 쓰고 싶구나."

그런 말씀을 들을 때면 나는 고개를 끄덕이곤 했다. 정말 어머니가 좀더 공부를 했더라면 분명 소설가나 시인이 되었을 거라고 생각했기에 말이다. 왜냐면 어머니는 아는 것도 참 많고, 소설과 신문 잡지도 즐겨 읽고, 일기장이나 공책에 수줍은 듯 적어놓은 글귀를 보면 글솜씨도 제법 있으신 것 같기 때문이다. 그래서 나는 어머니가 좀더 나이 드시면 당신의 소망인, 책 내는 일을 도와 드리고 싶다는 생각을 하기도 했다.

꿈을 꿀 수도, 또한 꿈을 이룰 수도 없이 그저 '현모양처'로만 살아온 삶에 대한 한 같은 것이 있으셨던 탓일까? 어머니는 책 읽기와 글 쓰기를 좋아하던 막내딸인 내가 당신의 꿈을 대신해서 이뤄줄 거라고 생각하셨던 것 같다. 그래서 내가 대학교에 가서 '굶는 과'라는 별칭이 붙은 국문과를 전공으로 택했을 때도, 또 작가가 되기에 앞서 인생경험을 쌓는다는 명분으로 신문기자가 되었을 때도 무척이나 흡족해하셨다.

그로부터 세월이 훌쩍 흘러 내 나이 서른아홉이 되던 해, 나는 십오 년 동안 해온 신문기자 생활을 그만두고 본격적으로 글을 쓰기 시작했다. 오래도록 가슴속에 품어온 꿈, '나이 마흔부터는 작가로 살리라'란 꿈을 이루기 위해서였다.

왜 꼭 마흔이어야 했느냐면, 내게는 바로 박완서 선생님이라는 롤모델이 있었기 때문이다. 기자 생활을 하며 오랫동안 문학의 주변을 빙빙 맴돌면서도, 젊은 시절부터 줄곧 나는 박완서 선생님이 그랬듯 나이 마흔부터는 작가로 살고 싶다는 생각을 하고 살았다. 그래서 내 꿈은 물론 어머니의 꿈까지도 대신 이루고 싶다는 생각을 하곤 했다.

운이 좋았던지 나는 목표로 삼았던 마흔 살, 딱 그 나이에 동화작가로 등단했다. 또 그 이듬해, 마흔한 살 되던 해에는 박완서 선생님이 당선하신 『여성동아』 장편소설 공모의 서른네번째 당선작가가 되었다.

『여성동아』 장편소설 공모의 당선 소식을 들었을 때, 내가 가장 먼저 떠올린 분은 돌아가신 친정어머니와 언니, 그리고 나의 롤모델이었던 박완서 선생님이었다.

당선 직후 내가 동아일보 기자와 인터뷰한 기사를 보면 이런 대목이 있다.

"제가 오래도록 문학이라는 꿈의 자락을 잡고 살 수 있었던 것은 돌아가신 어머니의 영향이 커요. 늘 신문 연재소설을 보셨고 편찮으시기 전까진 일기도 매일 쓰셨거든요. 사십대에 등단해 대작가가 되신 박완서 선생님을 늘 부러워하셨죠. 평소 '어머니와 함께 글을 쓰며 살고 싶다'는 생각을 갖고 있었고요."

『여성동아』 기자와 당선소감을 인터뷰했을 때도 그 비슷한 말을 했다.

"언니와 어머니 생각이 제일 많이 나요. 소학교만 졸업한 학력이 전부이셨지만 늘 책읽기를 즐기고 돌아가실 때까지 일기를 쓰셨던 어머니가 살아 계셨더라면, 또 제게 늘 '글 써라'라고 했던 언니가 지금 곁에 있다면, 제가 나이 마흔이 넘어 작가가 된 걸 얼마나 기뻐하셨을까요."

또한 그때 나를 인터뷰한 신문 잡지 기사의 타이틀은 거개가 '불혹의 나이에 늦깎이 등단' '기자 출신 늦깎이 작가' 등이었다.

그랬다, 나는. 박완서 선생님을 내 인생의 롤모델 삼아 나이 마흔에 작가가 되었고, 박선생님을 부러워하던 어머니가 못 이룬 꿈을 일단은, 대신 이루어드렸다.

만약 박완서 선생님처럼 나이 마흔에 늦깎이 작가가 된 분이 존재하지 않았다면, 또 박선생님을 부러워한 어머니가 안 계셨더라면, 아울러 나에게 박선생님을 좀더 친근하게 여기게 한 언니가 없었더라면, 나는 나이 마흔에 작가가 되겠다는 꿈 따위, 아예 품지 않았을지도 모르겠다. 그래서 지금은 작가의 세계와는 아주 동떨어진 다른 세계에서 전혀 다른 일을 하며 살고 있을지도 모르겠다. 그러니 박완서 선생님과 내 어머니, 언니, 그리고 나에게까지 이어지는 이 작고 사소한 인연을 내가 어찌 특별하고도 소중하게 여기지 않겠는가.

『여성동아』 장편소설 공모에 당선한 2002년 여름, 나는 박완서 선생님을 처음 뵈었다. 선배작가 선생님들과 함께 점심을 먹는 자리에서였다.

"선생님, 이번에 당선된 신현수입니다. 첫인사 드립니다."

사뭇 긴장해 쭈뼛거리는 내게 선생님은 예의 그 환하고 소녀 같은 웃음, 그리고 특유의 낭랑한 목소리로 답해주셨다.

"축하해요. 보내준 책은 잘 받았어요."

우리 문단의 거목답지 않게 소박하고 겸손하신, 그리고 당시 이미 고희를 넘긴 연세였음에도 진솔한 아름다움을 지니신 모습에 나는 정말 놀라고 새삼 감동받았다.

그날 나는 박완서 선생님께 내 어머니와 언니 이야기를 들려드리고 싶은 마음이 간절했다. 돌아가신 친정어머니는 선생님의 영원한 팬이시자 문학아줌마였고, 또한 언니는 선생님의 따님과 한 학교에서 근무했었다고…… 그런 특별한 인연 때문에 『여성동아』 장편소설 공모전에 당선된 것이 더더욱 뜻깊고 자랑스럽다고……

하지만 그날 나는 계속 쭈뼛거리기만 하다가 선생님께 어머니와 언니에 대한 아무런 이야기도 하지 못했다. 처음 뵙는 마당에 너무 오지랖 넓은 짓인 것도 같은데다, 언젠가 선생님과 조금이라도 더 친하거나 가까워지면 그때 말씀드려도 되리라 싶어서 말이다.

그후 나는 박완서 선생님을 한 해에 적어도 한두 번은 뵈었다. 구리 아치울에 있는, 아름답고 소박한 선생님댁에도 『여성동아』 문우회 선생님들과 함께 두어 차례 놀러 갔다.

그러나 뵐 기회가 그리 많았음에도 불구하고 나는 박완서 선생님께 내 어머니와 언니에 대한 이야기를 쉽게 꺼내지 못했다. 선생님께 나는 너무도 까마득한 후배작가였던데다 선생님의 삶과 문학적 성취는 내겐 너무 높고 크게만 느껴져, 선뜻 가까이 다가가지 못했기 때문이다. 어쩌면 내 숫기 없는 성격이 박완서 선생님과 나 사이에 스스로 장벽을 만들었는지도 모르겠다. 내게는 대단하고 특별한 인연으로만 생각되는 그 이야기가 어쩌면 선생님께는 별것 아닌 아주 사소한 것으로 여겨질 수도 있겠다는 소심한 계산도 했으니까 말이다.

그러는 사이 또다시 세월은 흐르고, 박완서 선생님은 유난히도 춥고 눈도 많이 온 지난겨울 세상을 뜨시고야 말았다. 그렇게도 환한 웃음, 그렇게도 낭랑한 목소리를 아치울의 노란 집에 남겨두시고서…… 더구나 나는 혼자서만 간직해온, 선생님과 나의 특별한 인연에 대한 이야기를 미처 들려드리지도 못했는데 말이다.

나이 마흔에 등단하여 팔순에 이르도록 '영원한 현역작가'로 치열한 삶을 사셨던, 또한 한 가정의 아내이자 어머니로서 인생의 뼈아픈 고비들을 훌륭히 견뎌내셨던 박완서 선생님…… 그래서 문학을 하는 이들뿐 아니라 이 땅의 모든 '아줌마'들의 꿈이자 친정어머니 같으셨던 그분.

박완서 선생님이 먼 길을 떠나시고서야 나는 새삼 깨달았다. 그동안 내가 얼마나 커다란 나무 가까이에 있었는지를. 또한 그 커다란 나무 아래의 아늑한 그늘을 내가 얼마나 좋아했는지를……

이제 책장에 꽂힌 박완서 선생님의 책을 하나하나 되읽으며 허전함과 그리움을 달래야겠다. 그러면서 선생님 생전에 미처 하지 못했던 이야기를 마음속으로나마 해드려야겠다.

"박완서 선생님. 제게 선생님은 너무도 특별하고 소중한 인연이셨습니다. 그 특별한 인연이 있었기에 작가인 제가 있습니다.

선생님, 참 고맙습니다."

신현수   • •
충북 청주에서 태어나 이화여자대학교 국문과를 졸업했다. 오랫동안 신문기자로 일하다가 서른아홉 살부터 글을 쓰기 시작했으며, 아이들을 키우는 틈틈이 쓴 동화가 '샘터상'에 뽑혀 마흔 살에 동화작가가 되었다. 이듬해 소설 「끝이 없는 길은 없다」가 『여성동아』 장편소설 공모에 당선되어 소설가로 등단했다.
동화책 『내 마음의 수호천사』 『유월의 하모니카』 『빵점이어도 괜찮아』 등을 펴내는 한편 「오렌지 스킨, 혹은 진흙 쿠키」 「호수는 잔잔하다」 등의 단편소설을 발표했다. 최근 펴낸 장편 청소년 역사소설 『분청, 꿈을 빚다』를 시작으로, 앞으로 동화와 소설뿐 아니라 청소년소설 분야에서도 활발한 작품활동을 할 계획이다.

희망과 환상,
현실로 나를 깨우신 분

• 이근미

가장 돌아가고 싶지만 결코 마주하고 싶지 않은 나의 이십대. 거리에서 나를 마구 떠내려 보내며 살았던 그 시절, 나는 나름 희귀직종이던 피아노 선생이었다. 1980년대인데다 지방도시의 변두리 마을이어서 시원찮은 실력으로도 밥벌이를 한 것이다. 학습과외가 금지되면서 예능과외 학원으로 아이들이 몰려들던 호시절이었다.

그러니까 엄마가 교회반주하라고 가르친 피아노가 내게는 계륵이고 진퇴양난이었다. 내 꿈이 무엇이었는지 따위는 뒷전이고, 종일 쇳소리를 들으며 코흘리개들이 들고 오는 회비봉투 받는 데 청춘을 바치고 있었다.

또래 중에서는 꽤 두둑했던 지갑 덕에 부산 남포동까지 원정 가서 단장한 로드 스튜어트 커트에다 논노 옷을 휘감고 울산 번화 가를 누볐지만 마음은 늘 허허로웠다. 내 인생이 대체 어디로 흘러가는지 도무지 가늠할 수 없었다.

그날도 시내를 휘휘 돌아다니는데 내 눈이 서점 유리창에 가서 딱 꽂혔다. 예쁜 여자사진이 담긴 잡지 포스터 사이에 추레한 남자사진이 떡하니 걸려 있었다. 얼마나 대단한 사람이기에 저런 얼굴을 표지에 실어주나, 호기심이 일어 당장 구입한 잡지가 바로 『소설문학』이다. 그달의 표지모델은 다름 아닌 이외수 선생님이었다. 십여 년 전 이선생님을 취재하면서 "제 인생행로를 바꾸셨으니 책임지세요"라고 했더니 "어허~ 책임이라……"라며 곤혹스러워하셨다.

십대 때 서양고전을 탐독했던 나는 이십대가 되면서 베스트셀러 수집가였던 골목 유치원 원장의 독서취향을 그대로 답습하고 있었다. 그런데 『소설문학』에서 한국작가들과 만나면서 문장의 묘미를 따지는 고급독자로 변모하기 시작했다. 문학에 문외한이었던 내가 『소설문학』에서 보고 아는 체한 분이 바로 박완서 선생님이다.

원장님 책꽂이에 이미 박선생님의 책이 많이 꽂혀 있었던 것이다. 특히 『꼴찌에게 보내는 갈채』『휘청거리는 오후』는 겉멋만 잔뜩 든 허풍선이 내 친구들도 다 읽은 책이다. 『그해 겨울은 따뜻했네』가 영화로 만들어지면서 박완서 선생님은 울산 변두리 동네의 책과 담 쌓은 사람들 사이에서도 유명인사가 되었다.

다른 문예지와 신간 작품집도 사서 읽었는데, 단편소설을 읽고 나면 으레 머릿속으로 이야기를 만들어보곤 했다. 이십대 때 빼어난 소설을 많이 읽으면서 나도 모르게 문학공부를 한 셈이다.

문학을 접한 덕에 허허로운 마음이 조금 가시긴 했지만 여전히 내 삶은 미궁이었다. 친구들과 '거리 휩쓸기'로 시간을 때우며 대충 버텼으나 이십대 중반을 넘어서면서 슬슬 조바심이 일기 시작했다. 결혼행진곡을 쳐달라는 친구들이 하나둘 등장하기 시작한 것이다. 그즈음 잘 아는 피아노 선생이 "계속 학원 할 거면 음대에 진학하라"고 나를 부추겼다. 달리 인생을 바꿀 묘수가 떠오르지 않아 그분의 권유에 따라 입시준비를 시작했다. 첫해는 연습기간이 짧아 그랬다지만 이듬해 눈을 감고도 치던 베토벤 소나타와 바흐 푸가가 엉키면서 또 떨어졌을 때 이 길이 아닌데, 하는 생각이 들었다. 결국 삼 년 동안 전·후기 통틀어 여섯 번 몽땅, 깔끔하게 미끄러지고 말았다.

이미 이십대가 저물어가는 시점이었고 끝까지 버티던 두 친구마저 결혼날짜를 잡은 순간 폭발할 것만 같았다. 그때 문득 문예지에 등장한 작가 중에 많은 분이 서라벌예대와 중앙대학교의 문예창작학과 출신이라는 사실이 떠올랐다. 중앙대학교 입시요강을 보니 실기 점수가 삼십 퍼센트나 되었다. 그 순간 어린 시절 글짓기 대회에서 상깨나 받았던 데다 몇 년 동안 문예지 읽은 걸 지푸라기 삼아 지원했고 결과는 합격이었다.

이십대가 거의 저문 시점에 대학으로 입성은 했으나 난감하기 이를 데 없었다. 뽀송뽀송한 서울애들이랑 어울리기 힘든데다 살벌한 구호와 매운 최루 가루가 뒤섞인 1980년대 후반 대학 분위기에 도무지 적응할 수 없었다. 별수 없이 비슷한 처지끼리 카페 구석에 죽치고 앉아 넋두리로 소일했다.

우리의 목표는 신춘문예 당선이었다. 많이 늦었으니 속전속결하자는 의지와 함께 재학중 당선으로 장학금까지 낚아채는 일석이조를 누리자며 서로를 격려했다. 문학적 재능은 나이와 비례하지 않는다는 지극히 당연한 진리가 금방 우리를 가로막았다. 그때 우리에게 위안을 주신 분이 박완서 선생님이었다. 결혼하고도 한참 뒤, 그것도 마흔의 나이에 등단해서 승승장구하는 박선생님의 활약을 무용담처럼 나누며 우리도 마흔 살이 되면 독자가 마구 환호할 거라는 환상 속에 빠져들었다.

박선생님 책을 더 열심히 읽었고, 수업시간에 박선생님 작품을 분석할 때면 한마디도 놓치지 않았다. 「카메라와 워커」의 절묘한 대비에 감탄했고 「그 가을의 사흘 동안」 같은 따뜻한 이야기를 쓰고야 말리라는 각오를 단단히 다졌다.

결국 졸업할 때까지 늙수그레 중에 아무도 등단을 못 했지만 아직 마흔 살이 되지 않았으니 '실망은 금물'이었다. 그 가운데 나와 또 한 명이 마흔을 몇 해 앞두고 등단을 하긴 했다. 하지만 매달 기사 마감하는 데 정신이 팔려 이내 '데뷔작이 대표작이자 마지막 작품'이 될 위기에 처하고 말았다. 졸업하고 몇 년 동안은 신간과 문예지를 챙겨 읽었지만 어느 틈엔가 기사 쓸 때 필요한 실용서만 집어 들었다. 박완서 선생님을 뵙고 싶어 두 차례 인터뷰를 요청했지만 그것도 성사되지 않아, 환상은 아련히 멀어져가고 말았다.

그런데 2004년 초, 서양화가 김점선 선생님께서 "야, 오늘 박완서 선생님 뵈러 가는데 같이 가자"며 '떨거지들'을 호출하셨다. 그 순간 마치 누군가가 뒤통수를 치는 것 같았다.

'맞아, 박완서 선생님! 그런 분이 계셨지.'

이십대 때 울산 문화서점 앞에서 이외수 선생님 사진을 볼 때와 비슷한 충격이랄까. 두근거리는 가슴을 안고 아치울의 박완서 선생님댁으로 갔다. 알고 보니 김점선 선생님이 예전에 박완서 선생님댁에 세 들어 산 적이 있어 두 분은 매우 돈독한 사이였다. 그 증표인지 박선생님댁에 김점선 선생님 그림이 여러 점 걸려 있었다.

단아하고 조용한 박선생님을 실제로 뵈었을 때 어딘가 저 멀리서 활자로만 신호를 보내던 외계인을 만난 것 같은 기분이었다. 환상이 아니라 현실이라는 걸 확인이라도 하듯 만나자마자 선생님 손을 부여잡았다. 게다가 흥분한 목소리로 "선생님, 제가 등단하고 십 년째 글을 안 쓰고 있는데 기를 불어넣어주세요. 팍팍 많이 부어주세요"라고 강요하기까지 했다. 그것도 모자라 "소설 잘 쓰라는 격문 하나만 써주세요"라며 종이를 들이밀었다. "아이, 뭘 그렇게 해"라며 멋쩍어하시는 선생님께 기어이 '李根美님 소설 잘 쓰기를 바라며 朴婉緒 2004 이른 봄'이라는 격문을 받아냈다. 김점선 선생님은 격문 아래에 말 그림을 그려주면서 "옛다, 이거 받으면 이제 소설 잘 쓸 게다"라고 격려해주었다.

목적을 달성하고서 흥분을 가라앉힌 나는 "대학 다닐 때 늙수그레들이 선생님께 위로를 많이 받았는데 이제 마흔이 넘어버렸어요"라며 낙담한 목소리로 말했다. 그러자 선생님께서 "아유, 그때 마흔은 요즘 예순이야"라고 하셨다. 순간 김점선 선생님이 "와, 그럼 나는 마흔 살이네, 만세"라며 환호했고 일행들 모두 "아자, 지금부터 해볼 테다"라며 마구 의지를 다졌다.

선생님은 '김점선과 떨거지들'에게 구수한 두부된장찌개와 산사춘을 넣고 만든 돼지보쌈, 시원한 오이채무침, 깔끔한 배추김치를 내놓으셨다. 밥을 싹싹 다 비운 뒤 차 마시며 퀴즈놀이를 할 때 박선생님이 "나도 하나 내볼까? 요즘 유행하는 하얀 김이 뭐게?"라고 물으셨다. 우리가 "입김, 안개!"라고 대답하자 선생님은 "호호, 틀렸어. 앙드레 김이잖아"라고 해서 모두들 와하하 웃었다.

나는 선생님 서재 의자에 앉아 사진도 찍고 선생님 컴퓨터도 만져보고 책도 살펴봤다. 그래야 글을 쓸 수 있을 것처럼.

얼마 뒤 김점선 선생님과 경기도 가평의 가일미술관에 갔는데 거기서 또 박선생님을 뵈었다. 선생님은 "어휴, 어디를 가나 너희들이 있구나"라며 반겨주셨다. 나는 또다시 선생님 손을 부여잡고 "옛날 마흔은 요즘 예순이라는 말씀에 저는 물론 제 주변 사람들까지 다 힘을 얻었습니다"라고 말씀드렸다.

그러자 박선생님이 "더 기분 좋은 말 해줄까? 이시형 박사님이 해주신 얘기인데, 자기 나이에 0.7을 곱한 게 진짜 나이래. 예전과 비교하면 요즘 건강상태가 그렇다는 거지"라고 하셨다. 김점선 선생님은 "오늘을 0.7데이로 정해 영원히 기념하자"고 선포했고, 모두들 새로 얻은 나이를 외치며 만세를 불렀다. 나는 박선생님께 "저는 아직 마흔이 안 됐어요. 아직 안 늦었네요"라고 다짐하듯 말씀드렸다.

주변 친구들의 부추김에 모교 대학원을 들락날락하고 있을 때였는데, 박선생님을 뵙고 나니 대학시절 열정이 되살아나는 것 같았다. 그런 차에 교수가 된 대학선배 이승하 시인이 수업시간에 어린 친구들 앞에서 작심한 듯 면박을 주었다.

"등단까지 해놓고 한 달이면 쓰레기통에 들어갈 기사 쓰는 데만 열 올리는 이유가 뭐야?"

얼굴이 화끈 달아올라 기어들어가는 소리로 "먹고살려다보니……" 하는데 선배가 "라면 박스 재어놓고 소설 쓰란 말이야!"라고 꽥 소리를 질렀다.

이래저래 몰려서 쓴 소설이 「17세」였고 마침 탈고 시점이랑 마감이 딱 맞았던 『여성동아』 장편소설 공모에 응모했다가 2006년 1월에 당선통보를 받았다. 김점선 선생님은 "박선생님 기를 받아 당선되었다. 그날 아치울에 정말 잘 다녀왔다"며 나보다 더 좋아하셨다. 시상식에 오신 박선생님이 이번에는 먼저 손을 내미셨다.

그날 선생님 손의 따스한 온기를 아직도 간직하고 있다.

곧이어 『여성동아』 문우회 총무라는 분이 전화를 했고, 환영회를 해주었다. 삭막한 시사잡지 일을 하다보니 만나는 사람의 구십 퍼센트 이상이 남자였던지라 따사로운 여선생님들의 사랑에 온몸이 녹는 듯했다. 『여성동아』 문우회는 정기적으로 만나 친목도 도모하고 동인지도 발간하면서 가족처럼 지낸다. 많은 모임에 참석해봤지만 이토록 끈끈하고 진정성 있는 모임을 본 적이 없다. 등단한 지 사십 년, 삼십 년, 이십 년 되신 분이 오래 모임을 이어와 정이 깊고 품이 넓다. 무엇보다 박선생님이라는 거목이 든든하게 좌장 역할을 해주신 덕분이리라.

취재에도 잘 응하지 않고 모임에도 잘 나가지 않으시는 박선생님은 문우회 모임에 꼭꼭 참석하여 점심 드시고 차 마시며 몇 시간씩 자리를 함께했다. 선생님은 말씀을 하시기보다 남의 얘기를 경청하다가 살포시 웃는 쪽이다. 문우회원들을 집으로 자주 초대하여 이것저것 잔뜩 내놓으시던 푸근함에 박선생님을 뵐 때면 늘 고향에 온 기분이었다.

2007년에 김점선 선생님이 덜컥 간암에 걸리자, 박선생님은 나를 만날 때마다 걱정을 하셨다. 베이징 올림픽 개막일인 2008년 8월 8일, 김점선 선생님은 컨디션이 썩 좋지 않으신 가운데도 나를 박선생님댁에 데리고 갔다. 졸업논문을 대신해서 쓴 내 두번째 장편소설 『어쩌면 후르츠 캔디』를 재미있게 읽은 김점선 선생님이 박선생님의 감상평을 듣자며 마련한 자리였다. 박선생님께서 내 작품에 대해 몇 말씀 해주셨고, 우린 화려한 개막식에 감탄하며 즐거운 시간을 보냈다.

김점선 선생님께서 너무 넓어 썰렁한 광장동 아파트를 잠시 비워두고 광화문 오피스텔에서 지내실 때 박완서 선생님이 병문안을 오셨다. 마중을 나가서 "선생님 건강하셔야 돼요"라고 했더니 "난 건강해"라고 하셨다. 박선생님은 마트에 들러 한우를 잔뜩 사시며 "암은 잘 먹어야 돼. 일어나야 할 텐데……"라며 김점선 선생님 걱정을 많이 하셨다.

박선생님은 열다섯 살 아래인 김점선 선생님에게 "빨리 일어나야지, 나보다 오래 살아야 돼"라고 당부하셨다. 김선생님이 "제가 이러고 있어서 면목이 없습니다"라고 할 때 콧날이 시큰해서 멀리 인왕산만 바라보았다.

김점선 선생님이 2009년 3월 세상을 떠났을 때, 박선생님은 삼성병원 빈소까지 친히 오셔서 김선생님 가족을 위로해주셨다. 박선생님이 떠나신 뒤 삼성병원에 갔을 때 두 분 생각이 나서 마음이 울적하고 쓸쓸했다.

연로한 나이에도 해외 나들이를 하시고 활발하게 작품활동을 하신 박선생님과 이렇게 일찍 이별할 줄은 몰랐다. 선생님 팔순잔치에 무슨 선물을 할까 고민하던 중에 병환 소식을 듣고 깜짝 놀랐다. 결국 우리 문우회원들의 잔칫상을 못 받고 떠나신 것이 못내 아쉽다.

영원한 현역 박선생님 곁에서 괜히 느긋했는데 요즘 정신 차리려고 노력하는 중이다. 마흔에 등단하여 팔순까지 최정상에서 힘차게 달리시는 선생님을 뵈며 나도 언젠가 할 수 있겠지, 위안하고 있었건만. 그저 바라보기만 해도 희망이셨던지라 언감생심 그런 생각을 한 게 사실이다.

묻는 게 직업이다보니 궁금증을 못 참는 병증이 생겨 선생님을 만날 때면 이런저런 질문을 드렸다. 언젠가 "선생님은 작품을 힘들게 쓰시나요?"라고 묻자 "나는 별로 힘들게 쓰진 않는데……"라고 하셨다. 선생님께 "어떤 작가가 자기 책 가운데 십 퍼센트만 잘 팔렸다며, 승률이 십 퍼센트라고 하던데 선생님은 승률이 얼마나 되세요?"라는 매우 방자한 질문도 던졌다. "다 어느 정도 나간 거 같은데……"라는 선생님식 겸손 어투에도 나는 완전히 기죽고 말았다. '어느 정도'가 얼마나 되는지 잘 알기 때문이다.

창작에 있어서 '천재는 구십구 퍼센트의 노력과 일 퍼센트의 재능'이라는 격려성 멘트보다 "너희에게 미안하지만 소설은 재능"이라던 대학은사 신상웅 선생님의 독설이 차라리 정답이라고 생각하는 쪽이다. 아직도 하실 이야기가 많고 언제까지든 들을 준비가 되어 있는 독자를 두고 떠나신 박선생님이 애석할 따름이다.

박선생님께서 강요에 의해서나마 나에게 기를 넣어주셨으니 이젠 등 떠밀려서가 아니라 자발적으로 열심히 써야겠다는 결심을 해본다. 재능이 있는지 없는지는 많이 써봐야 확인될 거라는 최면을 걸면서. 우리에게 희망이자 환상이셨던 선생님처럼 나도 세상 허술하게 사는 늙수그레들에게 조금이나마 힘이 되고 싶다.

선생님이 걸작을 발표하시던 나이에도 여전히 무명이지만 선생님은 언제까지나 나의 꿈이시니까.

이근미

중앙대학교 문예창작과와 동 대학원을 졸업했다. 1993년 문화일보에 중편소설이, 2006년 『여성동아』 장편소설 공모에 「17세」가 당선되었다. 장편소설로 『17세』 『어쩌면 후르츠 캔디』, 비소설 『+1%로 승부하라』 『실컷 놀고도 공부는 일등이라뇨?』 『12큰교회의 성장비결』 등이 있다.

암, 헛살지 않았고말고

• 김설원

『문학동네』 2008년 봄호.

내가 선생님을 마지막으로 만난 곳이다. 그새 케케묵은 시간으로 느껴지는 2008년 앞머리의 문학잡지를 무슨 미련이 남아서 그토록 오래 보관하고 있었을까. 그날은 올해 1월 19일이었다. 새해가 밝았는데도 연말의 캄캄한 골목에 쑤셔 박힌 기분으로 책상 앞에 앉았는데 철 지난 『문학동네』가 한눈에 들어왔다.

'이걸 왜 여태 버리지 않았을까.'

나는 의아한 생각에 잡지를 훑어봤다. 특별히 2008년 봄호 『문학동네』에만 책상의 한 자리를 내줄 만큼 딱히 눈에 띄는 내용도 없었다. 표지의 주요 목차에 'FOCUS 박완서 소설 『친절한 복희씨』가 굵은 고딕체로 도드라져 있었으나, 그해 『친절한 복희씨』에 대한 서평이며 인터뷰 기사를 흔히 접했던 터라 오히려 그것이 내게는 다소 식상한 대담이었다. 그래도 내 책상에서 삼 년 가까이 머문 잡지인데 그냥 버리기가 뭣해서 한 장 한 장 페이지를 넘겼다. 그러다 '우리들의 마음공부는 계속됩니다'라는 제목이 쓰인 페이지에 이르렀다. 편집위원과 선생님이 아치울에서 만나 조곤조곤 대화를 나누는 지면이었다.

『친절한 복희씨』의 표제가 원래 '대범한 밥상'이었는데 무슨 요리책인 줄 알까 싶어 제목을 바꿨다는 사연, 나오는 분량은 얼마 안 되지만 거의 주인공 못지않게 애정을 쏟으며 쓰는 인물들에 대한 이야기, 한국방송작가협회가 선생님의 드라마 대본 『청아』를 발굴했다는 내용들이 군데군데 '(웃음)'을 달고 펼쳐져 있었다. 이미 읽은 대담인데도 막 배달된 잡지를 들춰보는 것처럼 새로웠다. 저절로 볼펜에 손이 갔다. 책 속의 질문과 대담을 곱씹으며 밑줄을 긋다보니 점점 책장을 넘기는 속도가 느려졌고, 내 가슴속에 웅어리진 무언가도 조금씩 녹아내렸다.

"어떤 작가가 소위 '한물갔다'라는 평가를 받게 된다면 그것은 그 작가가 쓰는 언어가 한물갔기 때문이라고 생각합니다. 진부한 언어를 써서는 안 되겠다는 생각을 해요. 내가 사라져가는 언어도 많이 살려내서 쓰려고 하는 편이지만 그건 진부한 언어와는 다르다고 생각합니다."

"밖으로 분출되지 않으면 안 될 때, 그때 써야 하는 것이 아닌가 하고 생각해요."

"체험과 상상력이 행복하게 결합되어 있지 않고 상상력만 과 잉되어 있는 작품들은 읽고 나면 좀 허망해요."

"물론 쓰려고 앉기까지는 한참 걸리지만 머릿속에서 글감들이 몇 가지는 왔다갔다해야 기분이 좋습니다. 그런 게 없으면 돈 한 푼 없을 때보다 더 비참해요."

파란 볼펜 자국이 선명한 선생님의 '말씀'이다. 무엇보다 네번 째 글귀가 돋보였다. 내 복잡한 머릿속에서도 글감들이 몇 가지는 왔다갔다했으니까. 나는 『문학동네』 2008년 봄호를 쓰레기통 대 신 책꽂이에 꽂았다. 한동안 덮어두었던 창작노트도 펼쳤다. 그런 데 사흘 뒤 선생님이 실로 느닷없이 영영 사라져버렸다.

지방신문사로 데뷔하여 중앙지로 재등단하기까지 내 공백기간 은 꽤나 길었다. 가족과 지인들은 내 덧없는 열정에 먼저 지쳐했 다. 그래도 해마다 격려를 잊지 않았는데 그들이 약속이나 한 듯 똑같이 입에 올린 말은 바로 '박완서도 마흔에 등단했잖아'였다. 이것 말고는 너에게 해줄 말이 없다는 투로 말이다. 정말이지 나 는 그 위로의 말이 듣기 싫었다. 누구라도 그 말을 입 밖에 내면 대번 반발심이 일어 불퉁거리곤 했으니까. 물론 '박완서 선생님도 마흔에 등단해서 문운을 떨쳤잖아'라는 싱싱한 묘목을 가슴속에 심어놓고서 소설을 쓰던 때가 있었다. 도도한 소설이 너와는 아직 사귈 마음이 없다고 나를 밀쳐낼 때마다 그 묘목을 붙잡고 다시 일어서곤 했다. 한마디로 상심에 젖어 있는 나를 지탱해주는 유일하고도 미더운 '빽'이었다.

하지만 언제부턴가 그것은 어린 시절의 철없는 꿈처럼 허무맹랑한 기대로 여겨졌다. 나중에는 주제넘게 소설가로서의 삶을 꿈꾼다는 몹쓸 자괴감까지 엉겨 붙었다. 그래서 누구든 '박완서 마흔 등단' 운운하면 멍청하게 한 우물만 파고 있는 나를 골려대는 하얀 거짓말 같아서 눈살을 찌푸리곤 했다.

간곡히 소망했음에도 불구하고 그해 겨울에 들려온 당선 소식은 나와 무관한 행운 같았다. 나는 시상식장에서 눈물을 훔치느라 횡설수설하는 풍경을 연출하고 싶지 않았다. 심플하고 유쾌하게! 그러려면 유머러스한 수상소감을 밝혀야 했다. 상패와 상금을 받고서 무대 중앙에 섰는데 엄마의 얼굴을 보는 순간 가슴이 뭉클해졌다. 머릿속에 차곡차곡 쟁여둔 익살스런 소감이 죄다 흩어질 판이었다. 나는 얼른 눈길을 돌려 입을 뗐다. 목소리가 살짝 떨렸다. 그렇게 여유만만한 척하며 아슬아슬하게 말꼬리를 이어가는데, 어느 순간 앞에서 두번째 줄 가운데 앉아 계시던 선생님이 활짝 웃는 게 보였다. 보기만 해도 몸이 개운해지는 그 묘한 웃음이 내 긴장까지 말끔히 걷어갔다. 어떤 대목에서는 상체를 앞으로 구부리거나 손으로 입을 가리면서 선생님은 그렇듯 맛깔스러운 웃음으로 늦깎이 소설가의 기를 살려줬다.

시상식이 끝나고 단체사진을 찍으려는데 선생님이 내게 다가와 살포시 손을 잡으시며 말문을 열었다.

"어찌 그리 말을 재미나게 해?"

가냘프면서도 심지가 느껴지는 목소리였다. '박완서 선생님'과 마주하고 있다는 사실이 어리둥절해서 나는 실실 웃기나 했다. 내 귀에는 마치 소설 속 대사처럼 들리던 그 또렷한 한마디가 안타깝게도 선생님이 내게 건넨 처음이자 마지막 말씀이 되고 말았다.

선생님의 임종 소식을 접한 토요일 저녁, 나는 장례식장 말고 성당으로 발길을 옮겼다. 평소 당신의 특별한 안식처였을 성당에서 내 방식대로 조의를 표하고 싶었기 때문이다. 성당은 호젓했다. 오늘 새벽같이 하늘로 올라간 고단한 영혼을 어루만져달라고 기도하며 온전히 선생님을 위해 미사를 드렸다. 눈을 감거나 뜨고 있는 동안에도 선생님이 자주 모습을 드러냈다. 그새 아릿한 그리움이 밀려왔다. 그날따라 유난히도 경건하게 느껴지던 공간에서 나는 선생님의 그림자를 오래 어루만졌다.

성당을 뒤로 하고 발걸음을 뗐는데 왠지 집에 들어가기가 꺼려졌다. '박완서'라는 존재를 전혀 모르는 누군가와 술잔을 기울이고 싶은 마음만 간절했다. 캄캄한 골목에는 차가운 바람만 어수선하게 떠다녔다. 나는 별수 없이 근린공원을 천천히 맴돌았다. 인적이 뜸하기는 근린공원도 마찬가지였다. 허한 마음을 다독이며 오락가락하는데 선생님의 단편 「겨울 나들이」가 오롯이 떠올랐다. "내가 이룩한 생활을 헌신짝처럼 차버리고 훨훨 자유로워지고 싶"어서 무작정 집을 나선 주인공이, 망령 든 시어머니와 아들을 홀로 보살피는 여인숙 주인의 삶에서 깨달음을 얻는 이야기다.

주인공이 여인숙을 나설 때 인사를 하자 망령 든 노파는 고개만 살래살래 흔든다.

"너는 결코 헛살지만은 않았어. 암, 헛살지 않았고말고" 하는 것 처럼 느꼈다.

「겨울 나들이」의 마지막 문장이다. 주인공은 노파의 순한 몸짓 에서 약초와도 같은 의미를 캐낸 것이다. 꽃봉오리가 터지는 듯한 그 대목에서 위안을 받은 사람이 어디 주인공뿐일까.

선생님이 『문학동네』 2008년 봄호를 통해 들려준 소탈한 말들, 시상식장에서의 든든한 웃음, 성당 곳곳에 얼핏얼핏 비치던 그윽 한 눈빛이 내게도 이렇게 말한다. 너는 결코 헛살지만은 않았어. 암, 헛살지 않았고말고.

문학이라는 골이 깊은 산山만을 고집스럽게 오르던 지난 세월 이 요즘 들어 부쩍 부질없는 시간으로 여겨졌다. 왜 군이 소설가 의 길을 걸으려고 미련스럽게 설쳐댔을까. 우물 안 개구리 같다는 자책으로 지새운 밤들. 예전에는 감히 얼씬도 못 했던 후회가 내 마음자리에 무슨 파편처럼 떨어질 때면 한숨 말고는 달리 터져나 올 게 없었다.

삶과 문학의 품이 넓은 어른의 죽음 앞에서 나는 그것이 일종 의 소심한 객기였음을 이제야 깨닫는다. 머리가 저절로 조아려진 다. 내가 그동안 까맣게 잊어버린 '부끄러움'을 가르쳐주시고 떠나신 선생님. 아울러 너는 결코 헛살지만은 않았다고 웃음으로, 눈빛으로 말씀하셨으니, 다시 허리를 곧추세우고 이 변덕스러운 시대의 모난 인물들을 공들여 빚어보련다.

1970년 전북 군산에서 태어나 단국대학교 문예창작과와 동 대학원을 졸업했다. 2002년 매일신문 신춘문예를 통해 문학과 인연을 맺었고, 2009년 「이별 다섯 번」으로 『여성동아』 장편소설 공모에 당선되었다. 기꺼이 책보따리를 어깨에 둘러메고 소설과 함께 삶의 징검다리를 차근차근 건너고 있다.

유쾌한 상상, 혹은 반란

• 권혜수

어느 작가는 열렬하게 사랑하고, 열렬하게 상처입고, 열렬하게 절망하고…… 또 열렬하게 무엇을 했고, 열렬하게 무엇을 했다고 자기 삶을 그토록 열렬하게 표현하는데, 나는 이 나이에도 삶 앞에 그리고 사람들 앞에서 여전히 쭈뼛거린다. 오랜 시간 선생님 앞에서도 마찬가지였다. 다가가지 못하고 늘 쭈뼛거렸다. 선생님 앞에 서면 뭔가 들킬까 긴장이 됐다. 삶과 인간을 바닥까지 헤집어놓는 그 시선으로 나를 관찰하고 계신 게 아닌가 두려웠다. 『여성동아』에 당선되던 해인 1987년 2월 어느 날, 세실극장의 레스토랑에서 있었던 문우회 모임을 통해 처음 박선생님을 만났으니 선생님을 알고 지낸 지 이십 년이 넘는데도 그랬다. 순서대로 돌아온 문우회 총무 일로 모임 날짜를 정하기 위해 선생님과 자주 통화를 할 때도 전화를 한번 하려면 두어 번 심호흡을 해야 했다.

처음 만나던 날, 선생님께서 하신 말씀이 생각난다. 그때 내게 건넨 선생님의 첫마디가 "어디 얼마나 예쁜가 보자"였다. 그러며 신인작가의 얼굴을 관심 깊게 보셨는데, 예쁘지도 않고 숫기도 없었던 나는 서른한 살의 나이가 무색하게 부끄러워 얼굴이 빨개졌고 고개를 숙이며 뭐라 대꾸를 못 했다.

이 년 뒤 단편과 장편은 당선을 했으니, 내친김에 중편까지 당선작을 내겠다는 오기 아닌 오기로 방송국의 중편소설 공모에 응모한 적이 있었다. 그때 선생님이 심사위원 중 한 분이셨다. 가명으로 응모했기 때문에 수상을 한 뒤에도 선생님은 모르셨다. 그래서 실은 제가 그 작품을 썼노라고 말씀을 드렸더니, 선생님께서 따끔하게 질책을 하셨다. 장편소설까지 당선된 사람이 문장이 그게 뭐냐고. 소재가 진지해서 뽑았지만 문장공부를 더 해야겠다는 말씀이었다. 단편과 장편 당선작에서 문장에 대한 칭찬을 과분하게 받았던 나로서는 너무나 큰 충격이었다. 또 선생님은 그 말씀을 한 번도 본 적 없는 작가에게 하듯 몹시 냉정하게 하셨다. 좀더 부드럽게 말씀하실 수도 있는데, 하는 당황스러움이 없지 않았고, 한동안 선생님 뵙기가 부끄럽고 송구했었다. 덕분에 나는 소설을 쓸 때마다 한층 문장을 숙고하게 되었다.

선생님의 압도적인 존재감이나 글에 대한 존경, 감동적인 추억의 글은 넘쳐나는 만큼 나는 이 자리에서 살짝 선생님 흉을 봐야겠다.

어느 기자가 선생님을 모시고 문학도들과 문학기행 같은 걸 간적이 있었던 모양이다. (내가 직접 들은 건 아니고, 동화를 쓰는 후배에게서 들은 말임을 양해 바라며) 그 젊은 기자는 대작가인 선생님께 경외심을 가지는 한편, 이웃집 할머니처럼 푸근하게 생각하여 좋은 말씀을 많이 들을 줄 알았는데 선생님께서는 주위 모든 남자들로부터 관심 받기를 바라는 젊은 여자처럼 대체로 새침한 편이었고, 그 관심이나 배려가 조금 소홀하면 언짢아하셨다는, 뭐 그런 말이었다. 그 기자 말로는 선생님이 여자로서 뭔가 주목받기를 바라시는 게 아닌가, 하는 느낌을 많이 받았단다. 물론 이건 어디까지나 한 젊은 기자의 일방적인 느낌이고 전언이다. 그는 평소 수다하거나 푼더분하게 다가가 말씀하시는 법이 거의 없는 선생님을 몰랐기에 곡해할 수도 있었을 것 같다.

그러나 후배에게서 그 말을 전해 듣는 순간 나는 바로 이거야, 하며 무릎을 치고 싶었다. 정말 선생님 마음속에 그런 감정이 있었다면 선생님이 너무 귀엽고 깜찍하게 느껴져서다. 일흔이든 여든이든 젊은 남자 앞에서 여자로 매력을 풍기고 싶은 그 원초적인 본능이 선생님이라고 다르지 않았을 것이다. 나는 비로소 선생님이 내가 따라잡을 수 없는 아득히 높은 작가만이 아닌, 한 인간, 한 여자로 느껴졌다. 언론에서는 선생님을 평범한 이웃집 할머니 같다고 많이 표현하지만, 나는 한 번도 할머니 같다고 느낀 적이 없었다. 루즈도 살짝 바르고, 옷도 상당히 멋스럽게 입으려 애쓰시는 게 보였다. 무엇보다 흐트러짐 없는 단아함은 압권이었다. 문장에서는 깍쟁이 같고 수다스럽다고 느낀 적이 많은데, 우리 모임에서는 말씀하시기보다 항상 귀를 기울이고 조용히 듣는 편이셨다. 말씀을 아낀 에너지가 문장으로 분출되는 것이 아닌가 생각할 때가 많았다. 그 모습은 늘 평온한 얼굴인 사람이 어느 날 느닷없이 속 깊은 통곡을 터뜨릴 것 같은 팽팽한 긴장을 느끼게도 했다. 활짝 웃으실 때는 할머니라기보다 오히려 자그마한 소녀 같았다.

어느 글에선가 선생님도 나이보다 젊어 보인다는 소릴 들은 날은 하루 종일 기분이 좋다고 하셨는데, 그런 여성미를 잃지 않은 것이 노년에도 젊은 감각과 감수성이 조금도 무디어지지 않은, 무디어지기는커녕 오히려 더 탄력 있고 풍성해지는 필력의 원동력이 되었지 않았을까 싶다. 선생님은 천생 여자였다. 선생님이 새댁일 때 아기를 안고 웃으며 찍은 사진을 보라. 얼마나 여성스럽고 앙증맞은가. 절로 미소가 떠오른다. 어른에게 외람된 말이지만, 그 볼을 꼬집고 싶기까지 하다. 아직 성형수술이 휩쓸기 전, 지나가는 말이지만 예뻐지기 위해서는 집 한 채 버릴 수도 있지 뭐, 하는 파격적인 말씀으로 선생님은 우리를 놀라게도 하셨고, 세상의 기준이나 외모를 초월해 사는 독특하고 재미난 후배(나에게는 선배)에게 여자가 얼굴이 그게 뭐냐고 편잔을 하신 적도 있다.

재작년인가, 안국동의 한정식집 '선천'에 문우들이 모였을 때 선생님께 핀잔을 받았던 그 선배님이 선생님도 마르그리트 뒤라스처럼 연애 한번 해보시라고, 역시나 세상의 기준을 초월한 농담을 한 적이 있었다. 선생님은 당연히 어이없다는 반응이셨고, 옆에 있던 우리는 재미있어 까르르 웃음을 터뜨렸다.

"선생님, 올해 일흔여덟이시죠? 일흔여덟의 뒤라스와 마흔셋의 얀 앙드레아가 팔짱 끼고 걷는 사진 보셨어요? 얼마나 자연스러워요?"

선배의 말에 다시 한 번 웃음이 터졌다.

그때 나는 혼자 상상을 해보았다.

'선생님이 연애를 한다? 근사하지 않은가?'

다 알다시피 뒤라스는 예순여섯에 자신의 소설을 각색한 영화 〈인디아의 노래〉가 상영되는 시골극장에서 독자라고 밝히며 다가온 한 청년을 만난다. 청년의 이름이 얀 앙드레아였다. 뒤라스보다 삼십오 년이나 연하였다. 그 뒤 얀 앙드레아는 뒤라스에게 열정적으로 편지를 보내기 시작했고, 어느 날 얀 앙드레아는 별장으로 뒤라스를 찾아온다. 뒤라스는 발코니에 앉아 그가 자신을 향해 뚜벅뚜벅 걸어오는 것을 물끄러미 바라보고 있었다고 했다. 뒤라스는 그날을 이렇게 썼다.

"검고 푸르른 밤하늘에 떠 있는 달과 함께 우리는 잠을 잤다. 그 다음 날 우리는 사랑을 했다. 당신은 나와 함께 있기 위해 내 방으로 왔다. 우리는 아무 말도 하지 않았다. 끝난 뒤 당신은 내가 놀랄 만큼 젊은 몸을 가지고 있다고 말했다."

뒤라스가 알코올중독으로 병원에 있을 때에도, 자살을 시도했을 때에도 그녀를 지켜준 사람은 얀 앙드레아였다. 뒤라스는 자신의 연인에 관하여 두 권의 소설 『얀 앙드레아 스테네르』와 『이게 다예요』를 썼다.

선생님이 그런 연애를 해서 소설을 남겼다면 지금과 또 다른 박완서를 우리는 읽게 되지 않았을까? 아니, 어느 날 따님들이 깊숙이 숨겨진 선생님의 유품을 정리하다가 혹 『메디슨 카운티의 다리』에서와 같은 비밀을 발견하게 되지는 않을까. 하하.

또 하나 얘기를 소개하자면, 선생님의 작품 중에 『서 있는 여자』라는 소설이 있다. 1980년대 중반쯤 나온 걸로 기억한다. 아직 입봉을 못 한 한 영화감독이 데뷔작을 찾다 선생님의 『서 있는 여자』에 필이 꽂혔다. 선생님을 만났는데 원작료에 대해서 산뜻하게 (약간 욕심을 내서서) 의견을 표시하신 모양이었다. 이미 선생님은 문명을 떨치고 계셨고, 생활도 부족하지 않은데 그런 반응이 돌아오자 젊은 영화감독은 당시 선생님이 상당히 무서웠다고 했다. 요즘 표현으로 한다면 여기에는 'ㅋㅋ'를 붙여야 제맛이 살 것 같다.

그 감독 생각으로는 어려운 여건 속에서 데뷔를 하겠다는 가난하고 이름 없는 젊은 영화청년을 배려해 세상에 알려진 선생님의 소탈하고 넉넉한 이미지대로 편안하게 대해주실 줄 알았던 것이다. 이를테면 "네, 그렇게 하세요. 사정이 그렇다면 원작료는 제

작 형편에 맞게 주서도 되고 영화부터 잘 만들어보세요" 뭐, 이런 이해 어린 말씀으로, 상황과 적절한 합의가 될 수 있을 거라고 기대했던 것이다. 결국은 감독의 기대치가 원칙 없고 자기 위주였다고 해야 할 것이다. 그 말을 들은 당시에 나도 감독의 말에 동조를 했지만 나이가 들어가면서는 선생님의 그 원칙과 선명함이 내가 배워야 할 부분이 아닌가 생각하게 되었다. (물론 인세나 그 외의 다른 부분에 대해서는 모른다) 누구에게 싫은 말 하기를 두려워하고 다소 두루뭉술한 경향이 있는 나로서는 절실하게 닮고 싶은 부분이기도 했다. 어정쩡 사람 좋다는 소리를 듣는 대신 그렇게 원칙 있고 선명하게 자기관리를 하셨기에 선생님은 어려운 곳이나 힘든 일을 하는 후배들을 돕는 일, 곧 당신이 하고 싶고 또 해야 할 일을 하실 수 있었을 것이다. 90년 초반 아버지가 오래 병원에 입원해 계셨을 때에도 선생님은 작고한 안혜성 선배님을 통하여 내게 봉투를 보내셨다.

고통에 대한 선생님의 태도를 나는 좋아한다. 고통에 대해 선생님은 너무나 아름다운 긍정을 하셨다. 「저승으로부터의 편지」에 보면, 아들을 앞세웠을 때 가슴을 쥐어뜯으며 하늘을 원망했던 수녀원에 아들의 생일날 다시 들어가신다. 다시 들어가니 이번에는 아들이 원망스러웠다. "영혼이 있다면 무슨 방법으로든지 이 애통해하는 어미에게 한 번만이라도 나타날 것이지, 어쩜 이렇게 무심할 수가 있단 말인가!" 싶어서다. 밤새 뒤척이다가 아침미사

종소리에 깨어보니 문득 방 안에 라일락 향기가 가득했다. 그때 비로소 선생님은 깨닫는다. 온 누리에 가득한 봄향기야말로 '저승으로부터 온 내 아들의 편지'라는 것을. 앞으로 아들의 편지를 자주 받기 위해 나에게 주어진 애통에 겸손해야겠다는 것을. 고통에 대한 그 어떤 비유보다 내겐 아름답게 느껴졌다.

이 순간

이 순간 내가
별들을 쳐다본다는 것은
그 얼마나 화려한 사실인가

오래지 않아
내 귀가 흙이 된다 하더라도
이 순간 내가
제9교향곡을 듣는다는 것은
그 얼마나 찬란한 사실인가

그들이 나를 잊고
내 기억 속에서 그들이 없어진다 하더라도
이 순간 내가
친구들과 웃고 이야기한다는 것은

그 얼마나 즐거운 사실인가

두뇌가 기능을 멈추고
내 손이 썩어가는 때가 오더라도
이 순간 내가
마음 내키는 대로 글을 쓰고 있다는 것은
허무도 어찌하지 못할 사실이다

　피천득 선생의 「이 순간」이란 시처럼 선생님과 함께 웃고 얘기하고 밥 먹고 헤어지고 한 순간이 얼마나 회러하고 찬란하고 즐겁고 허무도 어찌하지 못할 의미 있는 순간이었는지 선생님이 돌아가신 뒤에 더 절실하게 깨닫는다. 나 역시도 선생님과의 인연이 이렇게 빨리, 갑작스럽게 끝날 줄 정말 몰랐다. 몇 번은 더 선생님의 그 아치울 집에 봄 햇살 영롱한 날 모여 차를 마실 줄 알았고, 병원에 입원해 계실 때에는 문우회 회원들이 두세 명씩 돌아가며 문병도 가고 할 수 있을 줄 알았다. 많은 깨달음이 이렇듯 뒤늦게 와서 우리를 더욱 후회하게도 하고 하염없이 울게도 한다.
　선생님의 소설을 읽노라면 세상에 어쩌면 이렇게 쓸 수 있을까, 하는 경이와, 나는 죽어도 그 글을 못 따라갈 것 같은 낭패와 절망감에 아예 따라가기를 포기하고 주저앉게 되는데 (선생님을 두고 그런 욕심을 부려본 적도 없지만) 그런 작가와 한시대를 함께 바로 옆에서 보냈다는 사실 자체에 감사한다.

옛날 사랑방 댓돌 위에 할아버지나 아버지의 신발이 놓여 있는 것만으로도 우리는 옷깃을 여미고 성현의 말씀을 생각했다. 댓돌 위의 신발 같은 어른을 잃었다는 상실감이 너무 크다. 선생님의 그늘이 특히 우리 『여성동아』 문우들에겐 컸다. 이제 뙤약볕과 추위 속을 우리의 걸음으로 걸어가야 한다. 그리움 속에 한 가지만은 소망해본다. 선생님처럼 잘 쓰지는 못해도 선생님처럼 영원한 현역이고 싶다고.

"선생님, 한 번도 못 가보셨던 그 길이 정말로 더 아름다운가요?"

권혜수   • •
1983년 『소설문학』에 단편소설이, 1987년 『여성동아』 장편소설 공모에 「여왕선언」이 당선되어 작품활동을 시작했다. 장편소설 『백 번 선본 여자』 『내 안의 먼 그대』 『그네 위의 두 여자』 『석양에 망울지다』 등이 있고, 소설집 『나는 왕이로소이다』 『모독』 등이 있다. 게으름과 만성피로증으로 오래 작품을 쓰지 못하다, 2007년 TV 드라마 극본 공모에서 「할매꽃」으로 SBS문학상을 받았다. 작가인 만큼 당연히 잘 쓰는 작가라는 말을 듣는 게 소망이다.

4장

그해 겨울은
따뜻했네

눈꽃 같은 당신의 이름은 ― 장정욱

잡고 가던 언니 손 놓친 것 같은 마음 ― 오세아

글이 되는 건 사랑이었다 ― 강정희

우산꽂이 항아리 ― 조혜경

박완서 선생님, 그대의 눈부심에 입맞춤해 ― 조양희

눈꽃 같은 당신의 이름은

• 장정옥

창에 성에가 뽀얗게 덮여 있습니다. 손가락으로 쓴 글씨…… 당신의 이름 석 자가 눈물처럼 흘러내려요. 그 이름 위에 다시 성에가 어려 글씨를 덮어버렸어요. 눈에 보이지는 않지만 거기 당신의 이름이 씌어 있다고 믿어봅니다. 눈에 보이는 것만 믿으려는 아집을 벗으면 못 볼 것이 없죠. 눈에 보이지 않지만 당신은 여전히 아치울의 서재에서 책을 읽고 음악을 들으며 한 자 한 자 정성을 들여 글을 쓰고 계실 텐데요. 어쩌면 케이블 방송을 통해 축구경기를 보고 계실지도 모르겠네요. 2002년 월드컵 경기를 보고 세상에 이렇게 재미있는 경기를 왜 더 일찍 알지 못했나, 하고 탄식을 하셨다죠. 어쩜 그렇게 저와 똑같은 생각을 하셨는지요. 서로 다른 곳에서 같은 시간에, 같은 경기를 보며 함께 열광했다는 기쁨이 우리에게 내재된 동질성을 느끼게 합니다. 당신이 그랬듯이 저 역시 월드컵 이후 EPL(잉글랜드 프리미어 리그)까지 챙겨보는 축구광이 되었거든요. 먼 훗날 우리가, 어딘지 모를 곳에서 다시 만나면 치맥(치킨과 맥주)을 먹으며 함께 축구경기나 볼까요?

차가운 겨울 아침에 당신이 떠나셨다는 소식을 듣는 순간 가슴이 철렁 내려앉았습니다. 아치울에 가는 일을 더 일찍 서둘렀어야 했다는 후회와 함께…… 날이 밝기도 전에 잠결에 부랴부랴 가셨다는 말씀을 듣고 너무 오래 고생하지 않으셔서 참 다행이라고 생각했습니다. 문득 후배의 시상식장에서 마지막으로 잡아본 당신의 손이 떠올랐습니다. 핏빛 같은 글을 써내던 당신의 열정적이면서도 따사로운 손. 이제 두 번 다시 잡아볼 수 없는 손. 저는 벌써 당신의 그 손이 그립습니다. 아직도 손이 그렇게 따뜻한지.

당신을 생각하면 눈이 먼저 웃는 그 미소와 아치울의 정원에서 풀을 뽑고 계시는 굽은 등이 얼른 떠오릅니다. 당신은 언제까지나 흐르는 물에 손을 씻으며 웃고 계십니다. 뒤에 남는 모습이 웃는 얼굴이어서 그런지 당신의 죽음이 실감나지 않습니다. 죽고도 사는 사람이 있다면 그는 바로 언제까지나 웃는 얼굴로 남아 있는 이가 아닐까 여겨집니다. 당신은 손톱 밑에 낀 흙을 내려다보며 웃음을 참고 있습니다. 손톱 밑에 낀 흙에서 새싹이 돋아나는 상상을 하며, 봄빛 머금은 흙에 온몸을 맡기고 계시는 당신을 생각하면 가슴 한 자락이 시려옵니다.

아직 바람이 차갑지만 봄은 그리 멀지 않습니다. 흙의 따사로움 속으로 스며든다고 생각하면 죽음조차 두렵지 않다고 하셨죠. 당신의 온몸을 감싸게 될, 그 흙의 기척은 따습고 부드러우냐고 묻게 될 것이 괴롭습니다. 예전 어느 날, 하염없이 당신을 무너지게 만들었던 아드님과 남편을 만나게 될 터이니 그나마 먼 길을 향하는 여행이 외롭지 않을 거라고 믿어봅니다.

마지막까지 작가이셨던 당신. 돌아가시기 전날까지 젊은 작가들의 작품을 읽으셨다는 말씀을 듣고 참 당신다운 깔끔한 마무리였다고 생각했습니다. 그렇게 할 일을 다 하신 당신은 자는 잠에 곱게, 사랑하는 이들에게 안녕이란 인사말도 남기지 않고 떠나셨죠. 한 번도 못 가본 어떤 길로 가는 일이 그리도 바쁘셨나요.

당신 영전에 인사를 드리러 가며 팔순에 묶어내신 책을 읽고 있습니다. 유언이라고 해도 무방할 당신 생애의 마지막 책을 말입니다. 한시도 읽고 쓰기를 게을리하지 않은 당신의 산 증언 앞에 조용히 고개를 숙였습니다. 작가가 평생을 바쳐 글을 쓴다는 것은 신의 하명인 동시에 자기 속에 맺혀 있는 말 매듭을 풀어내는 것이라고 나름대로 결론을 내립니다. 그 수행의 과정이 고행일 수도 있고, 기쁨일 수도 있고, 한없는 슬픔일 수도 있겠죠. 당신께 묻고 싶습니다. 가슴에 묻어두었던 말을 다 하고 가셨는지, 신이 숙제로 주신 매듭을 개운하게 풀고 가셨는지. 다시 태어나도 소설을 쓰실 건지. 세상을 떠나는 작가들이 자기 일에 얼마만큼 만족하고 떠나는지는 신만이 아실 일이죠. 저는 다만, 안녕이란 인사말이 무색하도록 당신이 그리도 조용히, 또 황급히 가신 것은 그만큼 몸이 가벼웠기 때문이라고 짐작을 해봅니다. 사람이 어떻게 살아야 하고, 어떻게 사람으로서 가장 완전하고 아름다운 죽음에 이를 수 있는지, 당신은 그것을 삶으로 보여주셨습니다.

늘 책으로만 만나던 당신을 직접 만난 것은 2008년 봄이었습니다. 누구의 것도 아닌 제 책을 세상에 내놓은 날이었죠. 예전에 경북대학교 강당에서 특강을 하실 때만 해도 허리가 꼿꼿했는데, 제 앞에 서 계셨던 2008년 봄의 당신은 너무나 노쇠한 모습이었습니다. 당신을 지나간 세월이 느껴져 가슴이 뭉클했습니다. 시상식에서 말없이 제 곁에 다가오신 당신께 팔짱을 껴도 되느냐고 물었었죠. 그때 제게 팔을 내주셨어요. 참으로 먼 길을 돌아서 마침내 도달한 거기, 당신이 서 계셨습니다.

그날 저는 돌아보는 것만으로 멀미가 일 것 같은 제 열아홉 살 어느 오후의 휘청거림을 생각했습니다. 당신과 손을 마주 잡는 날이 오리라고 꿈에도 생각지 못했던 때였죠. 십대의 마지막 겨울, 동네서점에서 당신의 책을 처음 만져보았습니다. 무엇을 해야 할지도 모른 채 마냥 집 밖을 서성이다 들어간 서점에서 『휘청거리는 오후』와 『나목』이 나란히 놓여 있는 것을 보았습니다. 『나목』을 들었다 놓고는 『휘청거리는 오후』를 집었어. 많은 책들 중에서 하필 그 책에 시선이 머문 것은 제목 때문이었습니다. 무릎이 푹 꺾이는 느낌이었다고 할까요. 내포된 의미는 다르지만 그즈음

저의 삶이 온통 휘청거리는 나날이어서 꼭 제 심정을 반영한 제목이라고 생각했었죠. 제목으로도 직접적인 느낌을 줄 수 있는 게 바로 소설이구나, 하는 막연한 생각에 사로잡혔던 것 같아요. 심연의 바닥에서는 뭔가를 해야 한다고 부르짖는데 저는 자신이 진정으로 바라는 것이 무엇인지 몰랐고, 또 그런 제 존재의 부재 현상에 얼마나 후들거렸던지요. 그날 저는 당신의 책을 모두 읽어버리겠다고 마음먹었습니다. 그렇게 시작한 독서가 휘청거리는 나날에서 저를 건져주었다면 믿겠습니까. 소설을 쓰게 된 것은 훨씬 이후의 일이지만 적어도 그때는 읽는 것만으로도 제가 해야 할 일을 찾은 느낌이었습니다. 그냥 마음이 이끄는 대로 동네서점을 기웃거렸을 뿐인데 거기서 한 줄기 빛을 보았으니까요.

책을 맘껏 읽을 수 있게 서점 주인이 되고 싶었습니다. 새 책이 풍기는 잉크 냄새와 손끝에서 사그랑대는 마른 나뭇잎 같은 책갈피를 뒤적이는 재미에 취해 틈만 나면 서점을 기웃거렸어요. 책을 오래 잡고 있어도 서점 주인들 중 누구도 저를 내쫓지 못했어요. 저도 손님이었거든요. 비록 백동전 두 개로 살 수 있는 삼중당문고의 손바닥만 한 책만 구입하는 허접손님에 불과했지만, 적어도 빈손으로 서점을 나오진 않았으니까 손님이었던 건 틀림없는 사실이죠. 한 권씩 사 모은 그 작은 문고판을 참 오래도 끌고 다녔습니다. 이십삼 년 동안 살았던 주택을 팔고 아파트로 이사를 하며 정리를 해버렸지만 지금도 그 작은 책의 고마움을 잊지 못합니다. 손바닥 문고는 책도 귀하고 돈도 귀하던 시절에 제가 취한 유일한 사치였으니까요. 오십 권을 묶어도 새카만 구공탄 한 장 무게도 되지 않는 책 같지도 않은 책이었지만, 손바닥 안에 쏙 들어오는 그 작은 책이 세계문학은 물론이고 근대문학까지 총망라하고 있었으니 어찌 그것을 아끼지 않겠습니까. 그때는 그것을 사 모으는 게 유일한 즐거움이었고, 단 하나의 기쁨이었습니다. 그렇게 한 권씩 사 모은 손바닥 문고를 달력으로 표지를 입혀가며 만지작거릴 때가 가장 행복했습니다.

영문도 모르는 갈증과 외로움에 쫓기다 발견한 당신의 책은 제가 해야 할 일이 무엇인지를 일깨워주었습니다. 책을 읽고부터 손톱을 물어뜯던 초조함이 가라앉고 가슴은 충만감으로 차올랐죠. 손바닥 문고는 물론이고 이웃집의 장식용 책장까지 뒤지고 다니던 것이 엊그제 일 같습니다. 웬만큼 굶주림을 면한 집이면 근사한 장식용 책장을 마련해서 세계문학과 한국근대문학 같은 전집류를 즐비하게 꽂아두고 했죠. 그것이 가난하기만 했던 그 시절의 독특한 사치였던 걸 당신도 기억하고 계실 겁니다. 한낱 장식용으로 추락한 책들. 먼지가 풀썩이던 그 책을 빌리러 다니던 기억만으로 추억이 풍성한 느낌입니다.

뭐라고 말할 수 없는 갈증에 허덕이며 열심히 책을 찾아 읽었는데도, 정작 문학이 제게 다가온 것은 이십 년이 더 지난 후였다는 것이 지금 생각해도 정말 이상합니다. 모든 인연이 그렇듯 문학 또한 만날 시기가 되어야 만나게 되는 그런 것이었나봅니다. 상상을 뛰어넘는 무게와 부피로 다가와서는 뭔지 모르게 삐걱대며 비켜가려는 문학. 그것을 잡아챈 것이 정말 최선이었나, 혹은 그것이 진정으로 절실한 것이었나, 스스로에게 물음을 던질 때마다 괴로움과 부끄러움을 느낍니다. 그냥 쓰는 것이 아니라 무엇을 위해 써야 할까, 하는 물음에 대한 명확한 답변을 아직 얻지 못했기에, 어쩌면 영원히 물음만으로 끝나게 될지 모를 것 같기에.

작은아이를 유치원에 보내고 불현듯 소설을 써볼까, 하는 생각에 사로잡혔고, 『나목』 같은 작품 하나만 쓰자고 마음먹은 게 소설 쓰기의 시작이었습니다. 대학노트에 치매를 앓는 어머니에 관해 이야기를 썼습니다. 눈물까지 흘려가며 쓴 최초의 습작이 어디로 어떻게 사라졌는지 기억도 나지 않습니다. 제게 중요한 것은 최초의 습작이 아니라 문학에 접근한 시발점이 당신이었고, 책을 읽을 때마다 당신이 마흔에 등단했다는 걸 어록처럼 머리에 새겼다는 사실입니다. 진정으로 바라면 이루어지는 것인지. 정말 제 바람대로 사십 살에 신춘문예를 통해 등단한 것은 결코 우연이 아니었다고 말씀드려야 할 것 같습니다. 제게 문학의 빛을 보여주시고 스승이 되어주셨던 당신.

저는 벌써 당신이 그립습니다.

어느 텔레비전 대담 프로그램에서 하신 당신의 말씀을 되새겨봅니다. 그때 당신은 말씀하셨습니다. "내 작품은 시대의 증언"이라고. 고향을 떠나고 피붙이까지 잃어가며 겪은 한국전쟁이 당신의 작품세계를 이루는 중심 소재였고, 그것이 그 어려운 시대를 살아온 사람들의 삶이었고, 당신 또한 그 시대를 가슴 아프게 겪은 분이시니 '시대의 증언'이라고 하신 당신의 표현은 매우 적절합니다.

마지막 산문집에도 그렇게 털어놓으셨죠. 혼자만 당한 일이 아니지만 당신은 전쟁으로 죽어간 피붙이와 수많은 희생자들의 좌절된 삶에 피를 통하게 하고 싶었다고. 그들의 억울한 사정을 소리 높여 외치고 싶어서 가슴이 터질 것 같았다고. 누가 들어주든 말든 외치지 않으면 그들을 암매장한 것 같은 죄의식에서 생전 못 벗어날 것 같았다고. 그래서 늦은 나이에 소설이란 걸 쓰게 되었고, 작가생활을 하며 스스로 치유 받고 위안을 얻었다고.

먼 후대에, 옛사람들이 어떻게 살았는지 궁금할 때 당신 책을 읽으며 그것을 짐작했으면 좋겠다는 당신의 문학관은 바로 우리 민족이 겪은 그 상처에서 추출된 것이기에, 당신의 바람이 보다 절실한 것이 되지 않았나 하는 생각이 듭니다. 그 확고한 문학관에 고개를 끄덕이며 스스로에게 물었습니다. 너는 세상에 내놓을 무엇을 가지고 글을 쓰느냐고. 비어 있는 제 손이 참으로 부끄럽습니다. 아치울에서 점심을 먹자고 몇 번 자리를 마련하셨는데도 저는 당신의 뜰로 달려가지 못했습니다. 당신에게 자신 있게 보여줄 만한 또 다른 책을 들고 가려 했는데 그게 계획대로 잘 되지 않았어요. 이러다 영 못 가고 말겠다는 생각이 들어서 뒤늦게 아치울에 가려고 준비를 하던 중에 당신이 병원에 입원하셨다는 연락을 받았습니다. 빈손을 들고 머뭇거리는 사이 당신은 떠나셨어요. 조금 더 기다려주지 않은 세월이 야속합니다.

눈이 쏟아지고 있습니다. 온 산야에 흰 눈이 덮이고, 돌아오는 버스 차창에 다시 성에가 끼지만 이젠 거기에 이름을 쓰지는 않으렵니다. 성에로 쓴 이름이 눈물처럼 흘러내리고 지워지는 것을 바라보면 슬퍼질 것 같으니까요.

당신은 떠나셨지만 이제 저는 그 따뜻한 손을 만져보고, 온화한 웃음을 가까이에서 본 것만으로 충분히 행복했다고 말하렵니다. 가슴에 담아둔 사람은 결코 잊지 못합니다. 먼 길 편안히 가세요.

사랑해요, 선생님……

장정옥

대구의 분지에서 태어나 지금까지 살고 있다. 마흔 살에 매일신문 신춘문예로 등단했고, 2008년 『여성동아』 장편소설 공모에 「스무 살의 축제」가 당선되었다. 현재 지역인의 아픔을 통감하는 심정으로 대구지하철화재 참사에 대한 소설을 쓰고 있다. 슬픈 이야기지만 되도록 문장의 갈피마다 아픔을 꼭꼭 숨겨둘 생각이다.

잡고 가던 언니 손 놓친 것 같은 마음

• 오세아

'소설가 박완서 별세'

아침잠을 깨우던 텔레비전 뉴스 속보의 자막.

뉴스 속보는 언제나 사람을 놀라게 하지만, 조금 나아지면 뵐 수 있으리라고 오늘내일 전화를 기다리던 차에 본 속보이기에 그 것은 차라리 기습 같았다.

평소에 아주 정정하고 정갈해서, 구십도 거뜬히 넘기시리라 고 굳게 믿고 있었기에 너무 믿기지 않아 황망하다 못해 배반감까 지 느껴야 했던 뉴스 속보였다.

"내일 종합검진 받으러 갈 거야."

팔순을 축하하는 점심식사 자리에서 선생님께 고단해 보이신 다고 했더니, 중국 난징 대학교에 강의를 다녀와서 그렇다고, 내일 종합검진을 받을 예정이라고 하셨다. 이어 문우회 카페에 점심 약속을 취소한다는 소식이 뜨고, 입원하셔서 수술을 받으셨다는 소식이 들렸을 때도, 그냥 자손들이 잘 돌봐드려서 루틴으로 받는 종합검진이려니, 맹장 정도의 가벼운 수술을 마치시고 곧 평소처럼 정정한 모습으로 나타나시겠지, 했었다.

전화를 받을 수 없다고 큰따님이 전화를 건네드리지 않았을 때도 병환의 심각성보다 "꼭 이겨낼 거야"라고 말씀하시던 선생님과의 먼젓번 통화를 더 믿었다. "꼭 이겨낼 거라고, 얼마 남지 않은 고약한 올해가 빨리 가버렸으면 좋겠다, 새해가 되면 털고 일어날 거야" 하시던 말씀도 귓가에 쟁쟁하다. 또 식은땀을 흘리시면서도 내 귀에 대고 병실 창 너머로 내려다보면 건강한 사람이 부럽다는 말씀을 선생님 특유의 표현으로 ("○○○○ 이 그렇게 부러울 수가 없어!") 하셨는데, 그 말씀이 내겐 그분의 투병의지로 들렸었는데, 이렇게 황망히 돌아가시다니!

황망하고 당혹스럽고 믿기지 않아서 확인전화를 했더니 큰따님의 울음소리와 함께 "어머님 돌아가셨어요"라는 목소리가 들렸다. 여전히 믿고 싶지 않은 이 허탈한 상실감.

추모문집을 출간하기로 했다고 전하는 문우회 총무의 말에 "난 글 쓸 에피소드도 없는데⋯⋯"란 대답이 금방 튀어나올 정도로 선생님을 알고 지낸 세월은 길어도 이렇다 할 화제가 떠오르지 않았다. 그런데도 장례기간 내내 그리고 지금까지도, 돌아가시기 며칠 전 예정했던 선생님댁 방문 약속이 취소되었는데도 병세의 심각성을 깨닫지 못한 내 우둔함에 화가 났다. 강단, 외유내강이 먼저 떠오를 정도로 정정하시던 선생님께서 이겨내시겠다고 한 약속을 저버린 채 돌아가신 것에 배반감을 느끼면서 갑자기 잡고 가던 언니 손을 놓친 것 같은 이 기분과 마음을 어떻게 다스리나?

1970년대 중반부터 알아온 선생님은 내 머릿속에 몇 개의 표정으로 끊임없이 떠올라 잠을 설치게 한다. 그분을 떠올리면 제일 먼저 떠오르는 것이 다정한 모습. 세상 사람들이 다 좋아하며 떠올렸을 그 환한 웃음—소박한 웃음, 시골스러운 웃음(장례식장에서 신부님이 추모하던)—등으로 표현되지만 내겐 소녀 같은 웃음으로 남아 있다. 선생님은 이렇게 환하게 웃으실 땐 숫제 여학생처럼 몸까지 살짝 비틀며 마음 놓고 깔깔대시기 때문이다. 처음 그렇게 나이를 잃은 듯 웃는 모습을 뵙곤 잠깐 어리둥절했다가 곧 아마 많은 딸들과 생활하기 때문일 거라고 추측한 적도 있다.

또 다른 표정은 사회적 현실이나 주변에 대해 분개하시던 모습이다. "이게 말이 됩니까?" 목소리의 톤이 높아지고 머리까지 살짝 흔들면서 고개를 높이 젖히고 단호하게 "정말 싫어" 하실 때 그 완강한 거부의 몸짓 때문에 '아, 이분은 좋고 싫음이 분명한 솔직한 분이로구나' 느꼈다.

이야기를 하다가 갑자기 조용해져서 보면 혼자 생각에 골똘히 잠겨 계시던 모습. 그럴 때는 머릿속으로 그분만이 할 수 있었던 기막히게 절묘한 책제목이 휙 지나갔을지도 모르겠다. 선생님은 정말 누가 흉내도 낼 수 없을 만큼 기막히게 책제목을 잘 뽑으신다. "아! 그렇지! 역시 박완서!" 감탄이 나올 정도로. 아마 나처럼 책 내용보다 책제목에 더 감탄하는 사람도 많지 않으리라.

문우회같이 여러 사람이 모인 곳에서 선생님은 주로 경청을 하신다. 대담하게 주장하시던 글 속의 기개와 오만은 다 어디 가고 조용히 앉아 듣고 계신 조그만 모습. 문우회 어른으로 문우회 우상으로 대접받기보다 그 많은 식구들 밥도 사시고, '어린 사람들에게 아쉬운 소리 하게 하는 것 싫어서' 선뜻 아쉬운 회원에게 조용히 거금을 송금하며 베푸시던 배려 깊은 분이셨다.

선생님은 상이란 상은 모두 받으셨는데, 내가 참석했던 호암예술상 시상식장에서는 이 시대 대표 한국인들과 나란히 앉아 소설가의 긍지를 높이셨다. 각 대학교 총장이 모두 참석해서 그 권위에 놀랐던 식장. 생각해보니 학교 건물을 하나씩 지어주는데, 그분들이 왜 아니 모습을 드러낼까? 그런 자리에서도 경제의 빈익빈 부익부를 언급하면서 상금을 좋은 곳에 쓰겠다고 하신 소감사가 기억난다.

대문의 초인종을 누르면 현관 안에서 손잡이를 잡고 웃는 얼굴로 고개를 내밀고 "어서 와요" 하시던 모습도 기억난다. 그러고는 신을 신고 나오셔서 거기 뜰 안에 있는 꽃들을 가리키며 키우는 기쁨을 설명하시던 모습. 끊임없이 피고 지는 작은 꽃부터 마당 잔디도 손수 다 뽑으신다던 말씀에서 그분의 부지런함과 식물에 대한 사랑도 같이 느낄 수 있었는데……

소설가라는 긍지가 하늘을 찌르시던 분, 내게 "그까짓 ○○는 집어치우고 소설을 쓰라"고 강조하시던 분, 그 긍지에 걸맞게 팔순까지 책을 내시어 후배작가들을 부끄럽게 만들던 분. 소설가의 긍지를 화초 가꾸듯 자랑스럽게 가꾸고 키우신 분.

장례식장에 매일 나오시던 선생님의 여고 동창생께서 낯모르는 내게 하신 첫 말씀이 "완서가 얼마나 좋은 일을 많이 했는데……"였다. 그날은 그냥 들었다가 다음 날 "무슨 좋은 일을 많이 하셨는데요?" 하고 여쭤보니 "저기 저 소록도에…… 동기에게는 말할 것도 없고, 학교에도……" 생각해보니 그 환하게 잘 지은 토평동성당에도 성당건축기금을 함빡 하셨을 것 같은데 난 선생님이 그런 자랑을 하시는 걸 들은 적이 없다. 세금을 너무 많이 뜯어간다고 내가 불평할 때도 "아니 당신 같은 사람이 그런 소릴 하면 어떡해. 나도 세금은 꼬박꼬박 내는데"라고 호통치던 생각도 난다.

입관식 시간 온천지에 소복소복 내려앉던 함박눈, 장례미사 시간 내내 토평동성당을 환하게 비추던 햇살, 그리고 혹한인데도 장례식날 그 시간에 맞추어 찬바람이 잦아들고 따사로운 봄볕이 내리쬐어서, 이 모든 징조들로 보아 그분이 틀림없이 좋은 곳으로 가셨겠구나, 했다. 하지만 다른 한편으로는 나 혼자 짝사랑하던 애인을 잃은 것처럼 버려진 애달픔을 맛보게 하신 분. 여전히 지역번호 031을 돌리면 전화선 저쪽 끝에서 힘없는 목소리로 "네"

하실 것 같고 대문 초인종을 누르면 문고리를 잡고 고개만 내밀고 "어서 와요" 반기실 것 같은데……

잊고 살던 생자필멸의 진리를 다시금 가슴 깊이 일깨워준 분. 잡고 가던 내 손을 살며시 내려놓고 혼자 먼 길 떠나신 선생님. 부디 하늘나라에서 영면하소서.

오세아

1941년 서울에서 태어났다. 1973년 『여성동아』 장편소설 공모에 「요나의 표적」이 당선되었고, 이어 1975년 『한국문학』에 「머큐리의 지팡이」가 당선되었다. 1970년대 중반부터 박완서 선생과 인연을 맺어왔다.

글이 되는 건 사랑이었다

• 김정희

눈이 흩날리던 토요일 새벽이었다. 새해 들어 일곱 살과 네 살이 된 두 아이가 깊은 잠에 빠져 있었고, 칠 개월이 된 막내가 자꾸 깨어 칭얼거렸다. 기저귀를 갈아주고, 배고픔을 달래주고, 어두운 거실에서 아기에게 자장가를 불러주며 문득 하늘을 바라보았다. 새벽은 유난히 하얗고 깊었다. 그 시간 아치울에서 나의 거인이 영원한 잠에 빠져들었다. '완서'라는 아름다운 이름을 가진 거인이……

나는 경기도 구리시에 살고 있다. 구리에 이사 와서 가장 좋았던 점은 박완서 선생님이 가까이에 계시다는 것이었다. 가끔 창밖을 보며, '저곳에 선생님이 계시겠지? 무엇을 하고 계실까? 책을 읽고 계실까? 글을 쓰고 계실까?' 생각하곤 했다.

구리에 와서 셋째 아이를 가졌다. 전화를 드렸더니, 선생님께서 "기특하다"고 하셨다. 그리고 얼마 전에 손자가 결혼했다는 말씀을 해주셨다. 전엔 증조할머니가 된다는 게 어색하고 싫었는데, 이제는 손자부부가 아기를 낳아 키우는 걸 보고 싶다고 하셨다.

셋째를 낳고 백일이 되었을 때, 백일떡을 이웃에 돌렸다. 떡이 따뜻해서 선생님 생각이 났다. 주말 저녁이라 친정에 가려고 준비하다가 즉흥적으로 선생님께 전화를 했다. 남편은 한번 인사를 드린 게 전부여서 그런지 긴장을 하며 "나중에 가면 안 될까?" 했다. 그런데 어쩐지 그날 꼭 들르지 않으면 안 될 것 같았다. 선생님댁에 손님이 계셔서 떡만 드리고 바삐 나오려는데, 선생님이 "어디 아이들 좀 볼까?" 하며 따라 나오셨다.

남편이 차에서 아이들을 데리고 내렸다.

"이분이 누군지 알아? 유명한 소설가 할머니이셔."

남편이 큰아이에게 말했다. 큰아이는 부끄러워하며 선생님을 쳐다보기만 했다. 선생님은 아이의 행동을 놓치지 않고 관찰하시며 아이에게 이런저런 말씀을 건네셨다. 큰아이는 모임에 나갈 때 몇 번 데리고 갔기 때문에 선생님을 만난 일이 있다. 언덕 위쪽에서 계시던 선생님은 무척 커 보였다. 아이들을 내려다보며 따뜻한 미소를 지으시던 그 순간이 내게는 동화의 한 장면처럼 남아 있다. 소설가 할머니라는 말이 얼마나 근사하게 들렸는지 모른다. 동화 속에 나오는 거인처럼 신비로운 소설가 할머니.

"선생님, 이 애가 그때 선생님 침대에서 낮잠 잤던 아기예요."

내가 작은아이를 가리키며 말했다.

"정말 많이 컸네. 아기들은 정말 빨리도 자란다니까."

꽃 피는 봄날, 아치울 마을 선생님댁에서 바비큐 파티를 하던 날이었다. 작은아이를 데리고 갔는데, 선생님은 아기가 잠들자 안방을 내어주셨다. "여기, 여기다 눕혀요" 하면서 침대도 정리해주시고, 아기를 눕히는 걸 도와주셨다. 정원에서 풀밭 위의 점심을 즐기다가 아기가 궁금해서 집으로 들어갔는데, 선생님께서 아기가 깰까봐 살금살금 걷고 계셨다. 그 뒷모습을 보니 미소가 절로 나왔다. 선생님은 아기가 놀랄까봐 속삭이듯 말씀하셨다.

작은아이는 그전에도 선생님댁에 간 일이 있었다. 출판사의 아는 분과 함께였는데, 선생님은 아기엄마를 그냥 보내는 게 아니라며 맛있는 점심을 사주셨다. 그때 아기는 엄마가 식사를 하는 내내 잠을 자서 선생님께 효자라는 말을 들었다. 나갈 때 식당 주인이 아기를 보고 손자냐고 묻자, 선생님은 "글 쓰는 후배예요. 여기로 이사를 한대요. 남편이랑 여기서 밥 먹으라고 일러뒀어요" 하셨다. 선생님 목소리에는 떨림과 밝은 웃음이 들어 있었다.

사람들의 이목이 집중되었다. 모두들 그분이 소설가 박완서라는 것을 알았다. 선생님댁으로 돌아와 커피를 마셨다. 나는 늘 선생님을 어려워했지만, 아이들이 있어서 그 어려움을 조금 뛰어넘을 수 있었던 것 같다. 선생님은 수줍음을 지닌 따뜻한 어머니였고 할머니였다.

상쾌한 9월의 밤. 잊지 못할 그 짧은 순간. 백일이 된 막내를 안고 돌아섰다. 선생님은 날 잡아서 놀러 오라고 하셨고, 나도 마음속에 용기를 품었다. 선생님은 온화하고 즐거워 보이셨고, 무엇보다 건강해 보이셨다. 차를 타고 언덕을 내려올 때까지 선생님은 가로등 불빛 아래 오래도록 서 계셨다. 선생님의 웃음 섞인 목소리가 오랫동안 귓가에 맴돌았다. 아이들은 기억 못 할 테지만, 엄마인 나는 아이들이 선생님을 만난 순간을 오랫동안 기억하리라. 그러나 그것이 내가 본 선생님의 마지막 모습이 될 줄은 몰랐다. 나중이란 없었던 거다.

얼마 뒤 선생님이 입원하시어 아치울에서의 점심모임이 취소되었다는 소식을 들었다. 유난히 눈이 많이 오고 추운 겨울을 지나고 있을 무렵, 선생님이 퇴원해 집에 돌아오셨다는 이야기를 들었다. 그리고 모두에게 갑작스럽고 믿을 수 없는 일이 일어났다.

이른 나이에 『여성동아』 공모에 당선되어 선생님을 처음 뵈었던 날로부터 오랜 세월이 지났다. 대학생이었던 나는 『여성동아』 문우회에 들어와 졸업을 했고, 결혼을 했고, 세 아이의 엄마가 되었다. 내가 삼형제의 엄마가 되다니, 지금도 잠든 세 아이들을 보면 깜짝 놀라곤 한다. 이 애들이 다 내가 낳은 아이들이란 말인가.

다행히 결혼과 출산 후에도 이런저런 일을 하며 출판계로 이어지는 가느다란 실을 잡고 살아왔다. 그러나 소설의 세계에는 발도 들이지 못하고, 가슴만 태우며 지냈다. 진이 빠지고 자신감을 잃을 때마다 박완서 선생님을 생각했다. 선생님은 오래전부터 내가 마음에 품은 이상향이었고, 아이엄마가 된 지금은 더욱 간절한 꿈이 되었다.

박완서란 이름을 알게 된 것은 고등학교 때 일이다. 예전에는 교과서에 생존작가의 글을 싣지 않았기 때문에, 내가 아는 한국문학은 이상, 김동인, 현진건, 염상섭 등 옛날 작가들의 소설뿐이었다. 나는 세계문학전집에만 빠져 살았다.

어느 날 엄마가 사온 잡지에서 선생님의 큰따님 호원숙 선생님의 글을 읽었다. 소설가인 어머니를 바라보는 딸의 이야기로 지금까지도 훤히 기억이 날 만큼 인상적이었다. 박완서 선생님이 아파트 베란다에서 화초를 가꾸는 사진이 실려 있었다. 나는 홀린 듯 사진과 글을 보았다.

대학 신입생 시절 교양국어 시간에 「황혼」이란 단편소설을 배웠다. 막 이십대에 접어든 내가 황혼에 대한 소설에 공감을 하고 문화적 충격을 받았다는 것은 아이러니다. 닥치는 대로 읽다가 이학년 때부터 학교 도서관에서 논문용지에 소설을 쓰기 시작했다. 그해 여름방학에 별다른 일이 없어서 장편소설을 써보기로 했다. 밤이나 낮이나 책상에 붙어살았다. 박완서 선생님의 등단 이력을 흥미롭게 생각하고 있던 터라 『여성동아』 장편소설 공모에 응모하기로 했다. 처음 쓴 장편소설이라 몇 년이고 떨어질 각오로 보낸 것이었다. 그런데 몇 달 뒤에 전화가 왔다.

초심자의 행운은 오히려 불운이라고 했다. 처음 몇 달은 뜻하지 않은 행운에 즐거웠다. 그러나 곧 어려운 시절이 왔다. 누구나 그럴 테지만 나도 이십대엔 어떻게 살아야 할지 갈피를 잡을 수가 없어 고민이 많았다. 언젠가 문우회 선생님들께 "빨리 서른이 되었으면 좋겠어요"라고 말하기도 했다. 돌이켜보면 부끄러워서 고개를 들 수가 없다.

나이가 어리다는 이유로 『여성동아』 문우회의 총무를 여러 해 맡았다. 문우회의 회장 격인 박완서 선생님께 전화를 드릴 때면 나는 심호흡을 하며 망설이곤 했다. '혹시 전화를 걸었는데, 누구냐고 하시면 어쩌지?' 다행히 선생님은 내 이름을 알아들으시곤 반가워하셨다. 전화를 끊고 나면 '진짜로 나를 아실까? 모르실까?' 혼란스러웠다.

그러다 수학강사를 한 일이 계기가 되어 동아일보사에서 수학책을 써볼 것을 권유받았다. 그때 선생님이 책표지에 추천의 말을 써주셨는데, 출판된 책을 보고서 깜짝 놀라고 말았다. "대학 재학 중 싱그럽게 반짝이는 장편을 써서 기대를 모았던 이 젊은 작가가"라고 이어지는 글을 마음에 간직했다. 평소 유명, 무명을 떠나 '글 쓰는 후배'들을 아끼시던 선생님께서 내게도 진심 어린 격려를 보내주신 거라고 느꼈다. 하지만 붙임성 없는 나는 선생님께 감사하다는 말씀 한번 드리지 못했다. "선생님의 「황혼」을 읽고, 소설가가 되고 싶다는 생각을 했어요"란 말도 상투적인 것 같아서 할 수 없었다. 나는 선생님 소설에 나오는 '데면데면하게 구는'이라는 표현에 딱 맞는 사람이었다.

선생님과 가깝게 지내던 시절도 있었다. 따뜻한 밥상과 자기만의 방이 있던 작가들의 천국, 토지문화관에서 지낼 때였다. 박경리 선생님을 뵙고, 박완서 선생님과 밥을 먹고 산책을 하던 그 시절을 어찌 잊을 수 있겠는가. 벌써 십 년 전의 일이라니 믿어지지 않는다.

어느 날 저녁 선생님께서 갑자기 내 방으로 전화를 주셔서, 밖에 나가는데 같이 가자고 하셨다. 세미나를 하러 온 무슨 협회 사람들이 선생님을 초대한 모양이었다. 선생님도 혼자 나가기 쑥스러우셔서 나를 데리고 가셨나보다. 선생님이 밖에서 식사하실 때 몇 번 따라가 많은 분들을 뵈었다. 대작가의 생활과 신세계에 동참한 기분. 그저 조용히 밥 먹고 선생님 따라서 다시 들어오는 게 전부였지만, 내겐 놀라운 경험이었다.

선생님은 토지문화관에 있는 젊은 작가들과도 스스럼없이 지내셨다. 후배에게 엄격한 말씀이나 충고를 하시는 분이 아니었다. 선생님은 늘 열려 있었고, 부드러웠다. 작가들은 선생님을 좋아했다. 선생님은 다다를 수 없는 큰어른이 아니라 친근한 선배였다. 무더운 여름날 저녁, 토지문화관 근처 시냇가에 걸어가 물에 맨발을 담그고 포도주 한 병을 나눠 마셨다. 선생님은 줄곧 듣고 있는 편이었는데, 한마디 하시면 모두가 즐거워했다. 일찍 주무시는 편이어서 여덟 시 반쯤에 조용히 들어가셨다. 바위 위에 두 다리를 펴고 앉아서 가만히 조는 표정을 지으시던 모습이 생각난다.

선생님은 주말에 강연도 하셨다. 전국에서 사람들이 모여들었다. 나는 강연 녹취 원고를 간직하고 있는데, 선생님의 장례미사에 다녀와서 그 원고를 오랜만에 열어보았다. 나도 모르게 눈물이 떨어졌다. 넋을 놓고 선생님의 이야기를 듣고, 웃고 떠들던 그 시간의 글 속에는 선생님이 문학에 대해 줄 수 있는 가르침이 모두 들어 있었다.

선생님은 모든 것에서 물러날 나이에 모든 여성들이 갖기를 원하는 '일'을 가졌다는 것이 행운이라는 말씀을 하셨다. 소설 쓰는 일을 '일'이라고 말할 수 있는 선생님이 부러웠다. 소설의 현실과 미래에 대한 고민들을 선생님께 질문했다.

"소설만 써서 먹고살기 어렵다는 건 옛날부터 있던 이야기고, 근래에 갑자기 생긴 말은 아닙니다. 열정과 소신을 다해 쓴 작품은 안 팔려도 본인에게는 궁핍을 위로하고 보상해주는 보물이요 긍지가 아닐까요. 긍지와 자신감만 있다면 딴 일을 가져서 먹고사는 문제를 해결하는 것도 나쁘지 않습니다. 성급하게 팔리는 소설을 쓰려고 문학을 타락시키는 것보다 훨씬 낫다고 생각합니다. 저는 가정주부이다가 등단을 했기 때문에 처음부터 전업작가인 줄 알지만, 실은 주부 노릇과 작가 노릇을 겸업한 겁니다. 열 식구나 되는 대가족의 주부 노릇이 얼마나 중노동인지 아십니까? 작가가 된 지 삼십 년이 넘지만, 잠자는 시간을 줄여서 밤에만 썼지 낮에 당당하게 서재에서 글을 읽고 쓴 지 십오 년밖에 되지 않습니다."

나는 늘 풀이 죽어 있었다. 나를 짓누르던 무거운 짐, 불투명한 미래, 정체성의 혼란, 글 쓰기와 밥벌이의 상관관계 기타 등등. 고

민해야 할 거리가 얼마나 많았는지 모른다. 걱정이 많던 나를 향해 선생님께서 유쾌하게 말씀하셨다.

"애야, 네가 작가니까 여기 와 있는 거야."

청중들이 웃음을 터뜨렸다. 나도 몸 둘 바를 모르고 웃었다. 그전에도 그후에도 내게 "애야"라고 말씀하신 일은 없었다.

선생님이 십 년 전에 하신 말씀이 아이엄마가 된 지금 더욱 가슴에 와 닿는다. 선생님은 오백 년을 산 것 같다는 말씀을 자주 하셨다. 보통여자로서의 삶을 파먹고 사셨다는 말씀도 종종 하셨지만, 그건 전쟁과 격동의 세월을 견디며 오백 년을 산 사람이었기에 가능한 일이 아니었을까. 소설이란 천사의 삶이 아니라 보통사람들의 삶을 이야기해야 하는 것이므로, 우리는 일상을 소중하게 여기며 살아가야 한다. 아무리 오래 살아도 선생님처럼 오백 년을 산 기분은 못 느끼겠지만, 오백 년을 산 사람처럼 세상을 볼 수 있도록 노력해야 한다. 그러기 위해 나는 아이들을 잘 키워야 하고, 생활을 꾸려야 하고, 열정과 소신을 다해 글 쓰기를 계속해야 한다.

구리시의 인창도서관에는 예전부터 박완서 자료실이 있었다. 등단 후 사십 년 동안 어떻게 활동하셨는지 한눈에 볼 수 있다. 생전에 자신의 문학 활동에 대한 자료실이 있던 작가, 그분이 얼마나 대단한 분이었는지 새삼 느끼게 된다. 아주 오래전에 출판한 책들은 정겹고, 최근 책들은 멋스럽다. 『여성동아』 문우회의 동인지까지 전시되어 있는 걸 보고 부끄러움을 느꼈다. 열심히 하지 못했다는 자괴감으로 괴로웠다. 부족한 내가 선생님 같은 대가를 곁에서 볼 수 있었다는 것만으로도 크나큰 영광이었다.

토평도서관에는 한동안 박완서 선생님을 추모하기 위한 코너가 마련되어 있었다. 많은 이들이 메모지에 추모의 글을 적었다. 그중 하나가 눈에 띄었다.

"글이 참 아름다웠습니다. 삶의 지표가 되었습니다."

독자에게 이런 말을 들을 수 있는 작가가 얼마나 될까. 선생님은 정말 행복한 분이다. 선생님은 젊은 시절 전쟁에 대한 증오로 글을 쓰고 싶다는 꿈을 품으셨다고 했다. 하지만 결국 분노와 복수심이 글이 되지는 않더라고, 글이 되는 건 사랑이었다고 말씀하셨다. 선생님이 사람과 세상에 대한 사랑으로 치열하게 써내린 많은 글들은 모두의 마음속에 오래도록 남아 있을 것이다. 그분은 진정한 거인이었다.

선생님이 쓴 동화책 『이 세상에 태어나길 참 잘했다』를 꺼내본다. 풀밭 위에서 점심을 먹던 날 책 속에 큰아이의 이름을 적어주셨다. 아이가 커서 그 책을 읽을 수 있게 되면, 선생님에 대해 이야기해주리라. 정말 멋진 소설가 할머니가 계셨다고. 엄마도 나이가 들면 소설가 할머니라고 불리고 싶다고. 그게 엄마의 어려운 숙제이자 간절한 꿈이라고.

큰아이 이름 밑에 선생님의 익숙한 글씨가 씌어 있다.

'박완서 할머니가'

김정희
1973년 강원도 화천에서 태어나 이화여자대학교 정치외교학과를 졸업했다. 대학교 이 학년 여름방학 때 쓴 소설 「작고 가벼운 우울」이 1995년 『여성동아』 장편소설 공모에 당선되었다.
지은 책으로 『소설처럼 아름다운 수학이야기』 『인류의 어머니 마더 테레사』 『수학 아라비안나이트』 등이 있다. 삼형제의 엄마로서 육아와 살림, 글 쓰기의 균형을 맞추려 애쓰고 있다.

우산꽂이 항아리

• 조혜경

"화분 받침으로 쓰지만 말아주세요."

포장지에서 벗겨낸 도자기를 앞으로 내밀며 나는 약간 협박조로 말했다.

"아유, 이런 걸······"

선생님은 특유의 모음^{母音} 가득한 목소리와 함께 그릇을 받아 안으셨다. 해마다 4월이면 4·19를 핑계 삼은 19일 즈음에 봄꽃 나들이 삼아 모임을 갖던 우애령 선생의 시골집 뜰에서였다. 도자기 공방에 다니며 흙물 튀기는 일에 한참 재미를 느끼던 나는 그즈음 발간한 선생님의 『그 여자네 집』을 축하드리기 위해 작품을 만들기로 했다. 이미 주변에는 분청토로 만든 찻잔, 접시 등을 돌려 초짜의 위엄을 과시한 바 있어 이번에는 상대의 위상에 걸맞은 대작을 만들기로 한 것이다. 파전만 한 크기에 멋진 보리 문양과 선생님의 작품 제목인 '그 여자네 집'을 새긴 접시를 만들 예정이었다. 그런데 아직 실력이 되지 않아서인지 물레가 잘 돈다 싶으면 접시는 피자 반죽처럼 주저앉았다. 한번은 전기물레의 회전력을 이기지 못하고 비행접시처럼 튕겨나가기도 해서 흙 묻은 손을 휘저으며 쫓아간 적도 있다. 하는 수 없이 판版 작업을 하기로 하고 판판한 점토판에 둘레는 흙가래를 돌렸다. 유약을 바르고 가마에 구워져 나온 것을 보니 바닥에 새긴 문양과 글자는 그런대로 괜찮은데 모양새가 접시라고 하기에 너무 둔중했다. 잘 봐줘야 품위 있는 화분 받침이었다. 선생님께 약간의 협박이 필요하다고 느끼는 순간이었다.

"아유, 이걸 왜 화분 받침으로 써……"

선생님은 당치 않다는 듯 말씀하셨지만 돌아서는 나는 이미 후회하고 있었다. 들고 움직이기도 무거운데다 바닥에는 작품명까지 박아놓았으니 가볍게 쓰긴 여러모로 번거로운 그릇이었던 것이다. 그러나 내가 익히 아는 바로 선생님의 성정은, 당신의 작품명 몇 글자 정도야 화분으로 꾹 눌러놓으실 만하지만, 엉성하나마 후배가 애써 만든 정성까지 꾹 눌러버리지는 않는다는 것이었다.

밥주발이나 접시 등을 만들기가 무섭게 바닥에 날짜와 이름을 새기는 나를 보고 공방선생은 재미있다는 듯 웃었다.

"이름에 집착하시네요."

"이제 낙관도 만들 건데요, 뭐."

물론 농으로 대답한 것이지만 선생의 지적이 틀린 건 아니었다. 내가 직접 만든 물건에 대한 남다른 애착과 자부심 때문이겠지만 누군가가 알아준다는 것에 대한 집착일 수도 있었다. 누군가가 알아주고 인정받는다는 것은 모든 인간의 원초적 욕구일 것이다. 자기만의 독특한 작품을 만들어내는 장인은 나처럼 흙이 마르기도 전에 이름부터 새기는 초짜짓은 하지 않는다. 이미 작품으로 자기를 말하고 있기 때문이다. 물론 대단한 걸작도 낙관 하나에 위작이니 모작이니 시비가 생기고 때론 고물상 한구석에 처박히는 신세가 되는 경우도 있지만.

작품도 그러한데 사람을 잘못 알아보는 것은 더욱 예삿일이다. 선생님의 경우 본인의 명성에 걸맞지 않은 꾸밈새 때문인지 실제로 알아보는 사람이 드물었다. 요즘은 책표지에 작가 얼굴이 나오기도 하고 선생님은 그 많은 신문의 인터뷰며 텔레비전을 통해 알려질 대로 알려진 얼굴이건만 밖에 나가면 알아보기는커녕 '좀 없이 사는' 노인네 취급을 받기도 한다. 퍼머기 없는 커트머리에 화장기 없는 작은 얼굴. 수수한 옷차림새. 버스에서 늦게 내린다고 기사한테 혼난 얘기야 우리끼리 웃어넘길 일이지만 전철에서 젊은 엄마에게 받은 수모의 경우 편히 웃을 수만은 없었다. 반지 때문에 곤혹을 치른 그 일을 말씀하셨을 때 우린 모두 얼음이 되고 말았다. '이건 좀 심하다'는 생각만 머리를 칠 뿐…… 그땐 차라리 젊은 아이들의 간투사인 '헐!' 아니면 '대~박!'이 딱이었다. 그 일은 워낙 특별한 경우여서인지 선생님도 어디엔가 특유의 재미있는 글로 풀어 쓰시기는 했는데, 우리가 무언가를 그리고 누군가를 얼마나 잘못 알아보는지 다시금 생각하게 만드는 계기가 되었다.

얼마 전 영국에서 있었던 일이다. 한 노부부가 오십 년 전 친지에게서 선물로 받은 도자기를 창고에 처박아두었다가 최근에 꺼내어 신발장 옆에 두고 우산꽂이로 사용했다. 푸른색의 산수화가 대충 그려진 모조품이겠거니 했던 그 도자기는 키도 제법 높아서 우산꽂이로 적당하겠다고 생각한 모양이다. 그런데 알고 보니 그 우산꽂이는 중국 청나라 건륭제 때의 도자기로 감정가만 십억 원에 달해 '크리스티' 경매장 같은 데에 나가면 얼마에 낙찰될지 모르는 국보급 항아리였던 것이다. 더러운 신발장 옆에서 때로는 빗물에 젖고 때로는 살이 부러진 우산들을 꽂아두었던 항아리가 자기 집보다 훨씬 비싼 보물이었다니…… 그러고 보면 박선생님은 잠시 우산꽂이가 된 항아리라고 웃어넘길 수도 있겠다. 물론 항아리로 치면 '크리스티'나 '소더비' 경매장은커녕 국외 반출도 금지되어 있는 국보급이겠지만 말이다. 게다가 항아리의 아름다운 문양은 실로 그 깊은 안쪽에 수없이 나 있는 상흔들이 밖으로 돋을새김된 것 아니겠는가. 한 작가가 아니라 한 인간로서도 받아내기에 너무 모진 화살들이 날아와 꽂힌…… 그러니 찢어진 우산 하나 잠시 꽂혔었다고 뭐라 하지 않을 그이다. 선물 받은 노부부는 오십 년 만에야 사실을 알게 되었지만 성마른 아이엄마는 끝내 몰랐을 테니 이래저래 우리가 모르고 지나치는 건 또 얼마나 많을

지……

　나는 선생님을 뵐 때마다 먼 히말라야의 눈부신 안나푸르나 봉을 바라보는 듯한 착시현상을 일으킨다. 그래도 그 팔천 미터 봉우리가 까마득하지만은 않은 건 내가 사는 곳이 히말라야 산줄기의 네팔쯤 되는 같은 '문학'이라는 동네이고, 무슨 복인지 선생님과 같은 『여성동아』 출신이라 자주 뵐 수 있었다는 점이다. 같은 본적本籍이라고는 하지만 문학으로 볼 때 지나온 궤적이 너무 다르니 '같은' 뭐라 할 것도 없었다. 단지 네팔이 안나푸르나 근처에 있다는 것뿐.

　비교적 늦은 나이에 문학을 시작하셨음에도 줄기차게 뿜어져 나오는 창작의 도저한 물줄기를 지켜보면 때때로 멀미가 느껴졌다. 마치 NBA의 농구스타 '마이클 조든'을 바라보는 벤치의 후보 선수 같은 기분이랄까. 드리블하던 공을 들고 공중에서 잠시 쉬었다가 공중부양 자세 그대로 공을 등 뒤로 돌린 뒤 다시 돌려 골을 넣는 모습은 같은 선수 입장에서 그리 고무적이지만은 않다. 뭐, NBA에서 덩크슛 정도는 흔히들 하고 간혹 새처럼 날아올라 공을 내리꽂는 선수들도 있지만 항상 그렇게 하는 건 '조든' 하나였기 때문이다. 물론 '조든' 본인도 자신의 적지 않은 실투失投에 대해 얘기한 적은 있지만 그건 일인자가 지닌 겸손의 미덕일 뿐이다. 알맞게 무르익은 삼십대 여인의 요요姚姚한 아름다움을 초여름 주택가 담벼락에 넝쿨져 올라가는 주홍빛 능소화에 비유한 선생님의 문장을 읽다보면 저절로 한숨이 쉬어졌다. 그럴 때는 책 읽을 힘

조차 없어졌다. 숨 쉴 틈도 주지 않는 글의 호흡이 어느 땐 공수空
手를 받아 써내려가는 듯했다. 그러니 '나는 머릿속에 떠오르는 것
을 받아 적을 뿐이다'라고 말하는 모차르트에 절망하는 사람이 어
디 살리에리뿐이겠는가. 안나푸르나에 나 있는 선생님의 발자국
을 따라가보면 위나라 조조의 아들로, 일곱 걸음 만에 칠보시를
지은 조식曹植의 보폭이 보인다. 칠보지재七步之才인 것이다.

　박경리 선생님이 돌아가셨을 때 빈소에 가니 박완서 선생님이
장례위원장을 맡고 계셨다. 평소 고인과의 사이로 보면 슬픔도
남다를 텐데 밀려드는 조문객을 맞으시느라 가뜩이나 마른 몸피
가 반으로 줄어 보였다. 슬픔에 수액을 몽땅 빼앗긴 겨울나무 같
았다.
　박경리 선생님이 지은 토지문화관은 나에게 부모님이 다 돌아
가셔서 없어진 친정집이 다시 생긴 느낌을 확실히 해주었다. 선생
님은 끼니때마다 직접 만드신 반찬 한 가지를 반드시 식당에 내려
보내셨고, 일설에는 기거하는 문인들의 작업에 방해가 될까봐 시
끄러운 개를 안 키우신다는 말도 있을 정도였다. 그래서인지 문화
관 근처에는 조용하고 새침한 고양이들만 살금살금 오갔다. 박완
서 선생님은 『여성동아』 문우회라는, 유전자가 비슷한 사람들의
집성촌을 만들고 흔쾌히 촌장을 맡으셨다. 수하가 여럿 생기니 성
가신 일, 챙겨야 할 일도 많으셨을 텐데 나이 앞세워 빠지는 일도
없었고 멀리 이사 가셨다고 모임에 늦으시는 일도 없었다. (전철

애용자였던 까닭이리라) 두 박선생님께 빚진 바가 크다.

부음이 갑작스럽다는 건 어떤 경우일까. 우리 모두는 갑작스러운 병세에 대해서만 놀라고 있었다. 그러나 요즘이 어느 때인가. 어느 정도 고비를 넘기시면 뵙겠지, 만약에 안 좋다 해도 투병하시는 시간은 있을 것이다, 하며 당신에겐 한없이 괴로울 그 시간이라도 우리를 위해 있었으면 하는 속 좁은 생각을 하고 있었다. 그러던 어느 토요일 아침, 아들이 방에서 나오며 말했다.

"박완서 선생님 돌아가셨다는데요."

아이폰에 기사가 떴다는 것이다. 그후 정신없이 전화가 오간 다음 빈소를 찾아가니 정말 환히 웃는 영정 사진이 우릴 맞고 있었다. 우리가 재미난 이야기를 하면 화들짝 웃으시던 그 모습이었다.

'적어도 한 번쯤은 얼굴을 보여주고 가셨어야지⋯⋯'

어떻게 영정 앞에서 그런 생각을 할 수 있는지 자신이 한심스러우면서도 그런 속 좁은 생각만 거듭하고 있었다. 슬픔에도 시차가 있는지 아직은 그냥 야속하기만 할 뿐이었다.

옛날부터 전해오는 힌두 설화 중에 이런 이야기가 있다.

신은 처음에 사람들 동네에서 살았다. 그런데 하도 사람들이 찾아와 이걸 해달라 저걸 해달라 졸라대자 귀찮아진 신은 깊디깊은 히말라야로 들어갔다. 그래도 그 깊은 곳까지 사람들이 쫓아와 졸라대자 이번에는 아무도 알 수 없는 곳으로 숨어들고 말았다.

사람들이 그렇게 신을 찾으려고 애쓰는, 아무도 알 수 없는 그곳은 바로 사람의 '마음속'이었다.

　안나푸르나가 이제 내 속으로 들어와 있다. 히말라야에서 도망친 신도 숨어들 수 있는 곳이 마음이라니까 아무리 팔천 고봉高峰 안나푸르나라 해도 그 안에 자리 잡는 건 문제가 아니다. 누군가가 그 산을 '슬픔도 소리 없이 어는 설산雪山'이라고 했으니 이제 산의 높이만 하던 선생님의 슬픔은 빙하 속에 잠들고 눈부심만 남았다. 그 대신 시차적응을 한 나의 슬픔이 도착했는지, 이제야 슬프다. 좀 늦었다고 더 슬프다.

조혜경
1952년 서울에서 태어났다. 1979년 『여성동아』 장편소설 공모에 「우단의자가 있는 읍」이 당선되어 등단했다. 장편소설 『그 새는 항상 아침에 돌아온다』, 소설집 『나의 선사시대』가 있으며, 동인지를 통해 단편을 발표했다. 현재 경기도 안양시 인덕원에 살고 있다.

박완서 선생님,
그대의 눈부심에 입맞춤해

• 조양희

엄마 꿈

결코 혼이 없다고는 말할 수 없을 것 같다. 박선생님께서 세상을 떠나시던 그 시각에 나는 돌아가신 지 얼마 안 되는 엄마를 꿈에서 만났기 때문이다.

1월 22일 영하 십사 도이던 토요일 이른 아침, 나도 모르게 잠자리에서 벌떡 허리를 일으켰다. 떫은 땡감을 한입 베어 문 표정으로 십 분 빠른 벽시계를 올려다보았다. 내가 저혈압이라 풍선에 바늘구멍이 난 것처럼 공기가 몸 밖으로 서서히 빠져나가는 기분이었다. 왜 이런 현상이 일어나는 걸까, 하고 꿈을 돌이켜보았다.

엄마는 거기도 겨울인지 회색의 누빈 개량한복을 입고 있었다. 나를 보면서 엉엉 우시는 엄마의 어깨 너머에 영화 스크린 같은 화면 가득 은회색 물안개가 자욱한 큰 강이 일자로 놓여 있었다. 세상을 떠난 지 겨우 백 일이라 이젠 엄마 고향으로 돌아가시려고 얼음강가에서 서럽도록 우시는구나, 하고 느꼈다. 뜻밖이었다. 두 손으로 애써 잡은 미끈한 민물고기를 그만 놓쳐버린 것처럼 안타깝게도 그 꿈에서 벗어나고 말았다.

평소 엄마는 내가 중요한 일을 두고서 미적거리고 있을 양이면 어떻게 알고 대신 꿈을 꿔주셨다. 좋은 꿈이니 사가라고 하시며 천 원에 그 꿈들을 팔아왔다. 달리 말하면 천 원을 드리고 내가 엄마의 좋다는 꿈을 사온 셈이다. 한데 꿈을 파시던 엄마가 내 꿈에 찾아온 것이다. 내내 심란했다. 우물우물해서 급하게 꿀꺽하고 삼켜버린 한 젓가락의 잡채가 명치에 탁 걸렸을 때처럼 답답했다. 남편에게 팔 수도 없는 내용이라, 오늘 몸가짐을 조심해야겠다는 생각에 종일 신경이 쓰였다. 그런데 열 시가 넘어 문우회 총무에게 전화가 왔다. 손전화의 바탕화면에 번데기 같은 문자가 꾸불꾸불 올라오는 것이다. 읽기도 전 불길한 예감이 또 명치 벽을 조이며 떴다. '박선생님께서 오전 여섯 시 이십 분경에 돌아가셨어요. 병원 장례식장 현관에서 오후 일곱 시에 만나 문상을 합니다'라는 내용이었다. 거의 동시에 두어 가지 종류의 비슷한 문자들이 합성한 연둣빛 배추벌레들처럼 저들도 놀란 듯 팔딱팔딱 올라와 들 앉았다. 거기서 발광하는 LED 빛 때문에, 유전적으로 난시인

동공을 보호하기 위해 내 눈꺼풀은 **빠르게 깜빡**였다.

도대체 이게 무슨 말들인가. 충격에 사로잡힌 마음을 다스려야겠기에 뜨거운 홍차에다 엄마가 담근 꿀매실을 듬뿍 섞었다. 명치를 쥐고 놓지 않는 그 무엇을 달래려고 홍차의 첫 모금을 마시는데 이번엔 사레가 걸려 캑캑거렸다. 평소보다 뜨거운 물의 온도를 맞추는 난이도에 신경을 집중하지 못한 탓이다. 그만큼 문자의 충격과 엄마 꿈이 오버랩되어 사소한 내 일상을 여지없이 흔들었다. 그래도 모자라는지 왼쪽 갈비뼈를 헤집고 뾰족한 가시가 심장의 투명한 껍질을 벗겨내는 듯 얇은 통증이 징글맞게 지나갔다.

그동안 문우회는 선생님의 팔순 식사날짜를 뒤로 연기하고 있었다. 칡뿌리를 씹는 것처럼, 잘 되었다는 선생님의 수술이 질경질경 씹혔다. 씹을수록 끈끈하고 쓴 즙이 시금시금 나오는 그 이유가 뭘까 곰곰이 생각하고 있었는데 마치 물 위에 뜬 연꽃처럼 승화된 박선생님의 고통이 내 가슴 위로 피어나는 것 같았다. 그러니 두 손으로 흐르는 눈물을 훔치며 서럽게 우시던 엄마는 선생님의 부고를 전하려고 내 꿈에 오셨구나, 하고 감탄할 수밖에.

나는 1988년도 당선자이고, 엄마는 이 년 뒤인 1990년도에, 그러니까 박재희 선생님 다음 해에 당선이 된 후배이시다. 1963년도 동아일보를 통해 이미 등단을 하신 엄마는 굳이 『여성동아』에서도 당선되기를 원하셨다. 당시 마음의 고통으로 한 해를 거르고 다시 심사를 맡으신 박선생님께서 차례로 우리 모녀에게 소설가상을 주셨다. 문학의 동료이던 엄마가 돌아가시기 한 달 전, 가장 고통의 절정에 시달릴 때, 선생님께서는 나를 각별하게 위로하시며 엄마를 성심껏 보살펴드리라 신신당부하셨다. 나도 곧 수술을 받는다는 말씀 한마디 없이, 이튿날 당신 수술실로 들어가셨던 그런 훌륭한 분이시다.

나는 이제 연어가 아무것도 먹지 않은 채, 알을 낳기 위해 개울의 거친 물살을 헤집고 헤엄을 치듯 기억을 쪼개어 선생님과 새겨왔던 추억들 중에 소량을 떼어내려 한다. 에어로젤 질량보다 가벼운 영체 그 추억의 그리움, 기억하려고 애쓰는 건 추억이 아니다. 저절로 떠 있는 기억의 시간들을 한정된 지면 안에 용케 배열시킬 것인지가 걱정이지만. 또 넉살 좋게 '선생님 사랑한다'는 말을 결코 발설하지 못했던, 끼 없는 엄마에게도 몫이 필요할 것 같다. 그러니 내 심정은 두 분의 망자를 모시고 영락없이 연도煙禱를 올리는 기분이다. 1월 22일 새벽, 신비하게도 엄마 꿈을 꾸고 나니 사람의 영혼이 결코 없다고 말할 수 없겠구나 싶다.

첫 만남과 그 웃음

1988년 봄, 선생님댁의 아파트 현관이 열리기를 잠시 기다렸다. 선생님을 뵙는 첫 순간이다. 매스미디어를 통해 간접적으로만 알고 있을 뿐, 선생님 앞에서는 『걸리버 여행기』에 나오는 소인처럼 비록 당선자일지라도 한없이 작아지고 떨렸다. 그럼에도 기분 좋은 팽팽한 긴장감에 젖었다. 벨소리가 미처 멈추기도 전, 문을 여신 선생님은 건강한 모습이었고, 큼지막한 앞니 대여섯 개를 드러낸 채 시골스러운 웃음을 지으셨다. 진공청소기가 먼지를 쓱 빨아들이듯 쑥스럽고 어정쩡한 우리 부부의 분위기를 편하게 하는 웃음이었다. 비둘기가 털어낸 새털 한 개의 가벼움처럼 선생님께 쏙 빨려들고 말았던, 그 눈부신 이십사 년 전의 첫 만남이 지금도 생생하다.

양평군 강가 늪에 만개한 하얀 붓꽃 같은 웃음을 보이시던 그때가, 댁으로 방문하겠다고 약속한 오후 봄날이었지 싶다. 의외로 연세에 비해 키가 크셨다. 군살을 감쪽같이 감추신 호리호리한 선생님의 오른팔에는 미국에서 만든 인형 같은 귀여운 아기가 안겨 있었다. 아기는 내가 여덟 번이나 본 영화 〈바람과 함께 사라지다〉에 나오는 스칼렛의 모자가 아니라, 애슐리 부인이 쓰던 것과 비슷한 레이스 달린 모자를 쓰고 있었다. 웃음 띤 선생님을 보며, 손녀 지상이를 달래고 어르던 표정을 미처 거두기도 전에 우리 부부를 맞았나보다라고 생각했다. 봄동 배춧속을 화들짝 보이듯 시원한 그 웃음은 서먹한 분위기를 밝고 친근하게 꾸려가는 관록임을 차차 알게 되었다. 게다가 동치미 한 사발을 마시고 잔기침으로 목청을 다듬은 뒤에 발성하는 듯 카랑카랑한 목소리였다. 여학생의 가성인 듯, 그 연세에 그 목소리는 전혀 어울리지 않아서 처음 뵙는 우리는 그만 선생님의 독특한 분위기에 젖어들고 말았다.

"부군까지 같이 오시니 사이가 좋으시군요. 양희씨는 남편 사랑을 받고 있어 보기 좋아요. 이제 작품만 계속 써주면 되겠어요. 근데 보자, 글쟁이는 비교적 미인이 없는 편인데 양희씨 모습 때문에 작품이 감춰질까봐 염려되네."

선생님은 오동나무 이층장 앞으로 찻잔이 든 쟁반을 받쳐 들고 오셨다. 우리는 짙은 자주 목단이지 싶은 큼지막한 꽃들이 섬섬히 박힌 프린트의 러브 스위트 소파에 앉았다. 이십삼 년 전 당선자가 나이에 비해 젊고 예뻐 보인 모양이다.

"아기는 어디 갔어요?"

"제 엄마와 방에 있어요. 바로 어제 낳은 거 같은데 벌써 백일이라니 시간이 너무 빨라요."

"부지런히 눈치 보지 말고 소신껏 작품을 쓰세요. 그러다보면 제자리가 생겨요. 그런데 아이는 몇 두었어요?"

"셋인데 딸 하나 아들 둘입니다."

불쑥 남편이 대답을 했다.

"잘했네, 셋은 돼야지, 두 분을 보니 참 보기 좋네요. 아내에게 글 쓸 수 있도록 시간 내주시는 거예요. 살림 살랴, 애 키우랴, 글 작업이 좀처럼 어려운 게 아니거든요. 외조를 부탁드립니다."

"외조라면 잘 알겠습니다."

외조라는 말에 남편은 협조의 의미로 빙긋 웃었다. 자기를 교육하려고 같이 가자 그랬다고 따질지도 모른다는 생각이 스쳤다.

"열심히 쓰겠습니다."

나 또한 약속을 드렸다.

"스튜어디스를 하였다면 국제 경험도 있고 소재도 많겠네요."

"언젠가 쏟아낼 참입니다."

"쉬운 거부터 쓰세요."

우리는 그날 그 자리에서 선생님의 후덕하고 매력적인 부군께도 인사를 드렸다. 그리고 이후로 선생님의 따님이자 백일된 지상이의 엄마도 종종 만나게 되었다. 선생님께서는 장편소설을 심사하신 분으로, 나는 당선자로 이렇게 연이 시작되었다. 후에 선생님은 나의 글보다 내 모습을 더 좋아하셨다. "양희씨는 참 안 늙어. 비법이 뭔지 좀 밝혀봐" 하시면서 어깨 너머 조용조용한 목소리로 "머리는 뭘로 감아? 뭐 바르고 온 건데? 그걸 바르면 그렇게 하얗게 돼?" 하시며 소녀처럼 말씀하시곤 당신도 우습다는 듯 그 환한 웃음을 감추시지 않았다.

통곡의 잠수함

선생님께 첫인사를 드린 뒤 한 달 남짓 되었을까. 부군의 부고를 접하고는 망치로 얻어맞은 것처럼 멍멍한 채로 허겁지겁 신천동성당으로 갔다. 몹시 핼쑥해진 선생님은 부군을 잃은 슬픔에 젖은 채 숙연하게 장례미사를 올렸다.

선생님 바로 옆 늠름한 현태씨는 장례절차가 마무리될 때까지 선생님을 비롯하여 가족들의 슬픔을 이겨낼 힘이 되어주었다. 장녀 원숙씨, 원순씨, 원경씨, 그리고 원균씨를 먼저 두시고 다섯번째로 얻은 장남이자 외아들이다. 일찌감치 아버지와 오빠를 여읜 남자 귀한 집안에서 당신이 아들을 두었다는 안도감은 컸다. 그야말로 누이들의 질투를 살 만큼 온 집안의 선물이었다. 말하자면 아들로 인해 대를 이어줄 호씨 집안 며느리의 당당한 몫을 은근히 누릴 수가 있었던 것이다. 아들은 서울대학교 의학부 마취과 레지던트 의사였다. 한마디로 어미의 희망봉이자 기다림의 열매였으며, 현태씨의 앞날은 창공에 닿을 듯 창창했다. 어미가 장배기에 올려놓고 다녀도 무겁지 않은 아들이었다. 송송히 피어난 찔레꽃 망울 같은 딸자식들이 세상의 험한 꼴을 막아주는 넉넉한 울타리가 되어주었다. 그래서 먼저 가버린 그이의 옛사랑의 그림자에서어서 자리를 털고 일어나고 싶으셨을 것이다.

잠시, 과거로 거슬러 올라가본다. 1984년의 일이다. 부러움을 사고도 충분히 남을 다섯 자식들이 모두 서울대학교 의학부와 연세대학교, 이화여자대학교에 들어갔다. 그러자 선생님은 만에 하나 혹시 독침을 겨드랑이에 감춘, 천사의 탈을 쓴 악마로부터 단란한 가정의 행복을 끝까지 지킬 수 있을까 고심하게 되었다고 하셨다. 누구나 모두 이 세상의 기본적인 행복을 지키고 싶은 본능을 가지고 있다고 여겨본다. 행복한 가정을 변함없이 오래 기원한다는 것은 당연한 일이기 때문에, 이것을 지키고 감사를 드려야 하는 든든한 신앙을 찾는 것 또한 당연하다. 그래서 선생님께서 찾아간 곳이 성당이었다. 차가운 분위기가 감돌았다. 하지만 가톨릭은 관심을 가지면서도 개성과 삶을 인정해주는 적당한 무관심도 있는 것 같아 당신의 성격과도 잘 맞을 듯하여 결정을 내리셨다고 했다.

그러니까 성당을 다닌 지 사 년 남짓, 영원히 지키려던 행복은 그 지점에서 고소한 계획들을 꾸미고 있었을 것이라고 한번쯤 추측해본다. 불행은 암이라는 도구로 부군에게 끈덕지게 접근했다. 천년까지 먹고 남을 보화를 가지고 와서 당장 이 시간을 바꾸자고 우겨도 전혀 거들떠보지 아니할 부부였고말고(선생님의 저서 『여덟 개의 모자로 남은 당신』 중에서). 신은 아내의 손맛 나는 두부찌개를 함께 먹는 시한부의 그이를 꼬드긴 것이다. 그러고는 둘을 떼어놓을 궁리를 철저하게 기획했다. 죽음을 바로 눈앞에 둔 그이와 함께 치러낸 수많은 소소하고 시답지 않은 일상에 함께 감동하며, 그 시간들이 유한함을 넘어 무한한 공간 속에서 참으로 눈부시도록 아름다웠다는 것이 선생님의 글에 잘 표현되어 있다.

한없이 부드러운 시간들과 앞으로 얼마 남지 않은 유한한 시간들의 빛나는 마찰, 그러나 아이 다섯과 함께 오순도순 부비며 살아나려고 무던히도 노력했던 그이를 이승의 삶에서 떼어놓는 일은 식은 죽 먹기였을지도 모른다. 드디어 작별의 시간은 문을 두드리고, 아들이 사온 중절모자까지 여덟 개 모자들만 오뚝하니 남겨둔 채 이별이었다. 그 격한 작별을 잠재우기도 전에 신은 이미 선생님의 외아들에 대한 계획을 행동으로 옮기려고 기웃거리고 있었다.

아, 그런데, 지금 나는 쓰기도 두렵다. 기억해내면 선생님께서 몹쓸 년, 요괴굴을 파 들춰 다시 긁을 게 뭐람, 하실까봐 긴장이 된다. 그러나 언젠가는 박완서 선생님께 문학을 걷어내고 그 저변에 고여 있는 상흔의 고름을 짜고 고약을 녹여 붙여드려야 할 것만 같다.

남편을 묻은 지 채 석 달이 안 되었을 무렵, 해 지는 저녁이면 가스레인지에 찌개를 올려두고 조그만 부엌 창으로 내다보곤 했는데, 이것이 큰 위로가 되었다고 후일 간간이 말씀하셨다. 작은 창문의 공간 속으로 떠나간 남편 대신에 아들이 같은 길로 오고 있는 모습을 내다보는 것은 호사였다고 하시면서. 아버지가 돌아가신 충격을 이겨낼 무렵, 우울이 채 가시기도 전, 아들은 담당하는 수술로 인해 겹겹이 쌓인 피로에 젖었을 것이다. 아들이 귀가하는 모습은 한없이 안쓰럽게만 느껴졌다고 하셨다. 훌륭한 의사가 되기 위한 진통이라고 위로해줄 수밖에 없었고, 그럴수록 마음을 굳게 가져야 한다고 현태에게 신신당부했다고 하셨다.

그날, 다른 날과 달리 부엌 창 속에 모습을 드러내지 않았던 현태씨는 어미에게 말 한마디 남기지 않은 채 떠나갔다. 아침에 잘 다녀오라, 조심하라고 일렀건만…… 뇌기능을 마비시키는 공포의 소식을 접하는 순간이었다. 죽음 위에 잠시 발을 딛고 있어 이 세상에 살고 있다는 느낌이 전혀 들지 않았다고 선생님께서는 이해인 수녀님께 드린 편지에 적었다. 마치 잘 드는 칼에 손을 베였을 땐 베이는 순간 아픔이 멈추는 것처럼. 전혀 오관의 감각과 느낌도 없다고 하신 선생님이다. 소리도 눈으로 보이는 실체도 정지된 순간을 깊숙이 체험하며 만년의 시간이 흘러간 것 같다고 하셨다.

원폭이 떨어지는 순간, 사진으로만 본 버섯구름은 고공 속을 뚫고 올라간다. 먹먹한 막막강산 진공상태다. 선생님의 몸과 마음은 휘지고 쪼개지고 구부러지며 깨지고 튕겨나갔다. 앞만 바라보며 잘 살아온 삶이었다. 그런데 단란하던 한 가정의 행복이 날강도를 당한 것마냥 도망가버렸다는 그 배신감으로 분노는 절정에 이르렀다. 행복을 책임지고 간직해주어야 할 지체 높으신 분께서 막아주셔야 했거늘…… 공연히 미국에서 잘 지내는 현태를 아버지의 임종을 지키도록 하자고 불러들인 것은 어떤 해괴망측한 요괴가 질투를 한 것일꼬. 요괴들에게서 내 아들을 찾은 것이 화근의 씨가 되었구나, 어미 때문에 망자의 망태기 속으로 아들을 밀쳐버린 게다. 여보, 당신 혼자 가야지 현태를 데리고 가야 꼭 원이 풀리겠소. 앉으나 서나 어미의 탓 같아 실로 애가 끓고 망측하다는 생각만 들었다고 하셨다. 소싯적 잘못한 일도 없건만, 남편이면 되었지, 공주들 넷 다음으로 얻은 귀하디귀한 외아들까지 데려가는가, 다른 이들에게나 일어날 법한 날벼락이 왜, 내게 일어난단 말인가.

선생님은 정오에 시들어버린 나팔꽃잎처럼 쪼그라들었다. 사랑하는 가족들의 죽음을 통한 시련과 내적 성숙이라는 위로의 말들을 들으며, 아들 먼저 보내고 얻은 내적 성숙 따위는 싫다, 혼자

가는 아들이 왕따를 당한 거 같아 어미도 아들 따라 잠들어버리는 천복도 없으나, 평생을 습하고 눅눅한 요괴의 숲을 덮어쓰고 다녀도 현태야, 너만은 어딘가에 살아 있다면, 하고 통곡만 했다.

나는 사고를 접할 당시부터 선생님의 아픔을 보았는데, 현태씨의 장례식 때 뵌 선생님의 모습은 차마 볼 수 없을 정도로 탈진상태이셨다. 날마다 이 홉들이 소주 반병과 무엇과도 바꿀 수 없는 아내의 손맛 나는 두부찌개를 뒤로하고 야금야금 이별을 준비했던 폐암 말기 남편 때와는 전혀 달랐다. 세월이 약이라고 가벼이 말하지들 마라. 세월과 시간으로 아물지 않는 것도 있다. 현태는 마지막 젖줄의 내 아가이며, 가슴에 깊숙하게 파묻은 내 뼈와 살 그리고 내 분신, 내 사랑하는 아들, 어미 최고의 보석이며 세상에서 가장 순수하고 수정처럼 맑은 내 아기. 그러나 어미 마음속에 처박힌 통곡의 잠수함일 것이라고 나는 생각하지 않을 수가 없었다.

총알이 날아오는 전쟁터의 쑥대밭도 아니거늘 남자만 데려가는 신이 자비의 신인가, 보복할 원한이 아직 많아 앙갚음 목록에 기록해두는 족집게의 신은 참으로 좋으신 공평하신 신인가. 이 세상에서 행복하게 잘 살려고 신을 믿고 의지한 것인데, 하며 선생님은 발버둥치셨다고 한다. 그렇게 힘이 없는 신이라면 믿기도 싫고, 믿어서도 안 될 운명이라는 결론을 내릴 수밖에 없는 혼돈에 말려들었다고 하셨다. 뿐만 아니라 때때로 혹은 자주 음산하고도 괴괴한 공포 분위기의 사이렌 소리 같은, 혹은 심장의 흐름을 콱

조여서 뭉쳐진 핏덩이가 꽈배기처럼 꼬인 창자굴을 파대고 뚫으며 창자 골짜기 은밀히 살고 있는 담낭을 야금야금 축을 냈다는 추측이 드신다고도 하셨다. 그 멍에의 요괴는 밑뿌리로 뻗고 대정맥의 골짜기에서 서두름 없이 진즉 계획을 확장했고, 당신의 숨이 멈추기를 기다리고 있었을 거라는 추측을 하신다고 했다.

또 하나의 부르심

그러니까 1988년 그해는 선생님께 슬픔의 해였으나, 나는 문단에 등단을 한 해이다. 뿐만 아니라 처음으로 우리나라에서 올림픽을 개최하게 된 해라 잊을 수 없다. 한반도는 올림픽 축제의 도가니로 들떠 있었다. 겨레의 승리 물결은 골목마다, 거리마다 쏟아져나오고 국제경기들은 역사에도 없었던 승승장구, 승리만을 안겨주었다. 아들 현태만큼 피 끓는 청년 선수들은 펄펄 살아 저리도 건강하건만. 그들은 뛰어난 실력을 유감없이 발휘하며 올림픽사 등의 영광을 국민에게 안겨주었다.

그 틈바구니에서 잊힌 선생님은 누에고치가 되었다. 비탄과 슬픔의 비단실을 칭칭 감고서 끝없는 인생의 질의와 응답으로 누에는 윤이 나도록 단단해졌다. 대지 위로 비추는 눈부신 햇살도 현태가 아니라 끔찍이 싫었다. 한겨울 어둑한 방구석에 꼭 박힌 집거미처럼 쪼그리고 있던 선생님의 처절한 소식을 부산의 이해인 수녀님께서 아시게 되었다. 수녀님께서는 마치 폭탄 맞은 전쟁터 야전병원에서 응급처치만 하고 부상병을 겨우 실어 가듯, 선생님을 부랴부랴 부산 성 베네딕도 수녀원으로 모셨다.

나만큼 아프지 않은 예수의 십자가는 도시 누구를 위한 것인가, 하며 불신의 십자가를 내던지며 화해를 거부하셨던 선생님. 신과의 화해는 더더구나 싫다, 그분은 미리 아셨을 텐데 그래서 더욱 화해는 싫다, 수녀원 언덕에 피어 있는 들꽃들을 보라. 풀꽃을 누가 보랴마는 저마다 작고 허접스러운 것이라 할지라도 그대로 곱게 꽃 피고 진다. 그 홀씨 고이 날아가건만 하물며 인간에게, 아름답기만 하던 내 아들 스물여섯 살 현태야, 화해는 어미에게 더더욱 해괴하구나. 천벌이라면 이해가 될지도 모르지만, 화해란 엄마와 아들의 죽음 사이를 경험하지 못한 사람들의 때깔 좋은 말장난이며 허울 좋은 징검다리다. 그것은 진정한 화해의 다리가 아니다. 차라리 화해여, 나를 밟아라. 화해는 또 다른 새로운 삶일 것 같은데, 현태 없는 다른 인생을 나 살겠다고 붙잡기도 싫고 붙잡을 힘도 없다. 그래, 설령 화해를 한다 해도 가슴에 묻어둔 내 아들에 대한 보복으로 예리한 칼날을 갈아 단도를 감추고 화해를 하리라.

그런데 예수의 어머니가 고요히 보고 계신다는 걸 선생님은 미처 깨닫지 못하셨다. 그녀도 젊은 아들을 억울하고 비참하게 잃었을 것인데 억울해하는 선생님을 조용히 관조하고 있다는 것을 선생님은 전혀 깨닫지 못한 어느 날이었다. 뜻밖에 작은 소리가 들려왔다. 수녀님의 말씀이신가 싶기도 한 신의 울림이었다. 왜, 네 아들만 안 되느냐, 다른 아들은 죽어도 되지만, 네 아들만은 안 된다는 법이 있더냐, 하는 낯선 부르심이 나직하게 자주자주 들려왔다. 그 울림은 처음 순간에는 는개로, 그 다음 부르심은 이슬비로, 차차 부르심이 있을 때마다 장대비로, 결국에는 큰 부르심 안에서 폭포의 눈물이 흘러내렸다.

네 아들만은 안 되고 남의 아들은 된다는 도둑심보를 보라. 네가 자기 것에 대해 최소한의 공정한 판단을 해야 할 것인데, 작가라면서 양심의 진실성을 듣고 쓸 수 있어야 하는 게 아닌가, 하고 도리어 묻더라는 것이다. 붓으로 양심의 소리를 말하는 자가 공평과 평정을 잃어버린다면, 그저 제 새끼만 아는 아녀자일세, 다시 일어나라, 행복을 지키는 게 아니라 관조하는 것이거늘……

선생님은 비로소 '한 말씀만 하소서' 당신 종이 듣고 있나이다, 하고 색다른 부르심을 꼭 껴안고서 승복하고 말았다. 마치 『구약성경』에 나오는 토비아의 찬미가처럼. 땅속 가장 깊은 곳 저승으로도 내려가게 하지만 무서운 파멸에서 올라오게도 하신다. 그분의 손에서 벗어날 자 아무도 없다. 다시는 얼굴 감추지 않고 다시 기쁨 속에 지어지리라 하신 것처럼, 지쳐버린 종은 나직한 순종과 자비의 약속을 붙잡고 수녀원에서 보내는, 비단실을 뽑아내던 시간을 접고 나비가 되었다. 해마다 선생님은 아들 현태씨의 생일이 다가오면 또다시 누에고치가 되어 수녀원의 방으로 달려갔다. 어미에게 한 번만이라도 날아올 수 없느냐, 하며 간절한 마음으로 기다렸던 누에처럼. 언제 어미도 네게 날아갈거냐, 그때마다 선생님은 또 다른 나비가 되어 돌아오곤 하셨다. 지금은 그 방에서 어느 누가 고통의 비단을 짜며 누에고치가 되어가고 있을까, 하고 가끔 생각하시면서. 인간의 탄생, 죽음과 삶을 통해 수많은 종류의 나비가 되어 돌아오는, 자신은 작가 이전의 아들을 가슴에 묻은 어미라고 하셨다.

선생님은 이해인 수녀님께 드린 편지 중에 슬픔을 이렇게 드러내셨다. "1988년을 생각하면 자다가도 아, 소리가 나올 적이 있을 만큼 아직도 생생하고 예리하게 가슴이 아픕니다. 마치 걸음마를 배우듯 가장 미소한 것의 아름다움에서 기쁨을 느끼는 법을 배웠습니다. 제가 지상에 속했고, 여러 착하고 아름다운 분들과 동행할 수 있는 기쁨……" 하시며 이 세상을 새로운 시각으로 관조하며 느끼는 생명의 경이로움을 보고 듣게 되었다고 말씀하셨다. 또 하나의 부르심의 산고를 치르고 출간하신 작품들은 당신의 인간애가 농축된 치즈와도 같은 이야기들이다. 방금 끓는 물에서 막 뽑아올린 잔칫집의 시원하고 뒷맛이 구수한 국수 같은 작품들은 당신의 초상을 눈부시게 하였다.

훗날 당신께서 돌아가시어 아들을 다시 만나면 얼마나 반가울까, 여쭤보면 두 눈을 냅다 흘기셨다. 무슨 반갑기는. 때려주고 패주고 하여 어미보다 뭐가 더 급해서 먼저 가, 네가 왜 나보다 앞질러 가, 이 못난 녀석 같으니, 이 불효자, 맞아라, 맞아야 해, 하고 주먹질로 호령부터 치겠다고 말씀하셨다. 또 아들의 죽음을 어떻게 극복하는가란 물음에 극복은 무슨 극복이야, 그냥 오늘도 견디고 있는 중이라니까, 하시며 눈 흘기고 말 잇기를 피하셨다.

스승의 눈부심에 입맞춤해

나는 이 책에서 아들 현태씨의 죽음을 위로해드리지 않는다면 박완서의 생애에 마치도 사분사분 분 화장을 하지 않고서 만찬의 예복을 차려입는 것과 같다는 생각이 들었다. 선생님께서 심한 고통을 받았던 모질고 긴 시간들을 글로 묘사하기가 버거웠시만 지난날 현태씨의 죽음을 직접 바라보고 또 눈물을 닦으며 그의 입관까지 지켜본 나이다. 때문에 선생님의 외적인 체험을 그리기보다는 발칙한 생각을 따로 해본 것이다. 선생님의 가장 극심한 고통은 역시 아들의 죽음이었다. 이 아들은 자신에게 보통 아들 이상의 의미를 가진, 모든 행복을 가져다줄 외아들이었으리라 생각했다. 이 책을 만들면서 책 속에서 아들을 잃은 슬픔을 위로해드리고 싶었다. 외부적으로 드러나는 선생님의 따뜻한 손길보다 아무도 모르고 있던, 선생님까지도 두려워했던 비애를 털어드리고 싶다.

나는 그날 새벽 꿈에서 선생님의 죽음을 예고하신 나의 엄마와 선생님이 해후하셨으리라 믿는다. 내가 뒤로할 수밖에 없는 많은 이야기들은 다음 기회로 미룬다. 함께 가는 길벗까지 생기신 선생님, 당신의 눈부신 삶은 우리 문우회가 지탱할 수 있는 지팡이기에 선생님의 행복, 고통, 극복, 승화, 문학 업적, 생을 마감할 때까지 지킨 작가적인 집념, 그 눈부심에 입맞춤해드린다.

조양희 ＊＊

가톨릭대학교 국문과를 졸업했다. 1988년 『여성동아』 장편소설 공모에 「겨울외출」이 당선되어 등단한 뒤, 장편소설 『겨울외출』 『이브의 섬』 『하늘빛 유혹』, 중편소설 「훈풍」, 단편소설 「오진」 「아들의 연인」을 발표했다. 산문집 『도시락 편지』 『행복 쪽지』 『부엌데기 사랑』 『부부일기』 『양희와 승희의 창 이야기』 『게으를 수 있는 용기』 등이 있고, 요리 책을 두 권 출간했다. 이 중 『도시락 편지』는 초등학교 오 학년 읽기 교과서에 수록되었고, 엄마의 사랑을 세 자녀에게 전하는 이천여 통의 편지로 내무부장관이 수여하는 '훌륭한 부모상'을 받기도 했다. 여성의 해에 프랑스 파리의 언론계에서 선정하는 '세계를 움직인 여성 삼십 인' 중 환경 부문에 뽑힌 바 있다. 최근 친환경 에세이 『런던 하늘 맑음』을 출간했다. 현재 단편소설을 준비중이다.

박완서

<table>
<tr><td>1931년</td><td>10월 20일 경기도 개풍군 청교면 묵송리 박적골에서 태어남. 아버지 박영노朴泳魯, 어머니 홍기숙洪己宿. 열 살 위인 오빠가 있었음.</td></tr>
<tr><td>1934년</td><td>아버지 별세. 어머니는 오빠만 데리고 서울로 떠남. 조부모와 숙부모 밑에서 어린 시절을 보냄.</td></tr>
<tr><td>1938년</td><td>서울로 와서 살게 됨. 매동초등학교 입학.</td></tr>
<tr><td>1944년</td><td>숙명여고 입학.</td></tr>
<tr><td>1945년</td><td>소개령疎開令이 내려 개성으로 이사함. 호수돈여고로 전학. 고향에서 해방을 맞음. 다시 서울로 와 학교를 계속 다녔고, 담임을 맡은 소설가 박노갑 선생에게서 많은 영향을 받음.</td></tr>
<tr><td>1950년</td><td>서울대학교 문리대 국문학과 입학. 6월 초순에 입학식이 있어서 학교를 다닌 기간은 길지 않음. 전쟁으로 오빠와 숙부가 죽고 대가족의 생계를 책임지게 됨. 미군부대에 취직하여 미8군 PX(동화백화점, 지금의 신세계백화점 자리)의 초상화부에 근무하며 박수근 화백을 알게 됨.</td></tr>
<tr><td>1953년</td><td>호영진扈榮鎭과 결혼하여, 이후 일남 사녀의 자녀를 둠</td></tr>
</table>

(1954년 원숙, 1955년 원순, 1958년 원경, 1960년 원균, 1963년 원태).

1970년 　『여성동아』 장편소설 공모에 「나목」으로 당선.

1975년 　『문학사상』에 「도시의 흉년」 연재.

1976년 　첫 창작집 『부끄러움을 가르칩니다』(일지사) 출간. 동아일보에 「휘청거리는 오후」 연재.

1977년 　『휘청거리는 오후』(창작과비평사, 전2권), 중편집 『창밖의 봄』(열화당), 수필집 『꼴찌에게 보내는 갈채』(평민사), 『혼자 부르는 합창』(진문출판사) 출간.

1978년 　창작집 『배반의 여름』(창작과비평사), 장편소설 『목마른 계절』(원제 『한발기』, 수문서관), 수필집 『여자와 남자가 있는 풍경』(한길사) 출간.

1979년 　『도시의 흉년』(문학사상사, 전2권), 『욕망의 응달』(수문서관. 이 책은 1985년 같은 출판사에서 『인간의 꽃』으로 다시 나왔고, 1989년 원제대로 우리문학사에서 다시 나옴), 창작동화 『달걀은 달걀로 갚으렴』(샘터, 『마지막 임금님』으로 재발간) 출간.

1980년 　「그 가을의 사흘 동안」으로 한국문학작가상 수상. 전해부터 동아일보에 연재하던 『살아 있는 날의 시작』(전예원) 출간. 『한국문학』에 「오만과 몽상」 연재.

1981년 　「엄마의 말뚝 2」로 제5회 이상문학상 수상. 제5회 이상문학상 수상작품집 『엄마의 말뚝 2』 출간. 『도둑맞은 가난』(민음사. 「나목」이 재수록되어 있음) 출간. 20년간 살던 보문동의 한옥을 떠나 강남의 아파트로 이사.

1982년 　10월, 11월 문공부 주최 문인해외연수에 참여하여 유

럽과 인도를 다녀옴. 단편집『엄마의 말뚝』(일월서각),
장편소설『오만과 몽상』(한국문학사. 1985년 고려원에
서 재출간), 수필집『살아 있는 날의 소망』(학원사) 출
간. 한국일보에「그해 겨울은 따뜻했네」연재.

1984년 7월 1일 영세 받음. 풍자소설집『서울사람들』(글수레)
출간.

1985년 11월 '일본국제기금재단' 초청으로 일본여행을 다녀옴.
장편소설『서 있는 여자』(학원사.『떠도는 결혼』과 같은
작품), 작품선집『그 가을의 사흘 동안』(나남) 출간.

1986년 수필집『서 있는 여자의 갈등』(나남), 창작집『꽃을 찾
아서』(창작사, 1982년에서 1986년 사이의 중단편 수록)
출간.

1988년 남편과 아들을 연이어 잃음. 미국여행을 다녀오는 등
서울을 떠나는 일이 잦아짐.『문학사상』에 연재하던
「미망」을 10월부터 다음해 6월까지 쉼.

1989년 여성신문에「그대 아직도 꿈꾸고 있는가」연재. 장편
소설『그대 아직도 꿈꾸고 있는가』(삼진기획) 출간.

1990년 『미망』(문학사상사, 전3권) 출간. 이 작품으로 대한민국
문학상 우수상 수상. 수필집『나는 왜 작은 일에만 분
개하는가』(햇빛출판사) 출간.『그대 아직도 꿈꾸고 있
는가』의 성공으로 출판사 주최 성지순례 해외여행을
다녀옴.

1991년 회갑 기념 소설집『저문 날의 삽화』(문학과지성사), 콩
트집『나의 아름다운 이웃』(작가정신) 출간, 장편소설
『미망』으로 제3회 이산문학상 수상.

1992년	『그 많던 싱아는 누가 다 먹었을까』(웅진출판사), 『박완서 문학앨범』(웅진출판사) 출간.
1993년	「꿈꾸는 인큐베이터」(『현대문학』 1월호)로 제38회 현대문학상 수상. 제38회 현대문학상 수상작품집 『꿈꾸는 인큐베이터』(현대문학사) 출간. 제19회 중앙문화대상(예술 부문) 수상. 장편소설 『휘청거리는 오후』를 제1권으로 『박완서 소설전집』(세계사) 출간 시작. 소설전집 제2, 3, 4, 5권으로 장편소설 『도시의 흉년』(상·하), 『살아 있는 날의 시작』 『욕망의 응달』 출간.
1994년	「나의 가장 나종 지니인 것」(『상상』 창간호, 1993)으로 제25회 동인문학상 수상. 제25회 동인문학상 수상작품집 『나의 가장 나종 지니인 것』(조선일보사), 창작집 『한 말씀만 하소서』(솔), 창작동화 『부숭이의 땅힘』(한양출판사), 소설전집 제6·7·8·9권으로 장편소설 『목마른 계절』, 소설집 『엄마의 말뚝』, 장편소설 『오만과 몽상』 『그해 겨울은 따뜻했네』 출간.
1995년	장편소설 『그 산이 정말 거기 있었을까』(웅진출판사), 수필집 『한 길 사람 속』(작가정신) 출간. 「환각의 나비」(『문학동네』 봄호)로 제1회 한무숙문학상 수상. 소설전집 제10·11권으로 장편소설 『나목』 『서 있는 여자』 출간.
1996년	소설전집 제12·13권으로 장편소설 『미망』(상·하) 출간.
1997년	티베트, 네팔 여행기 『모독』(학고재), 동화집 『속삭임』(샘터) 출간. 장편소설 『그 산이 정말 거기 있었을까』로 제5회 대산문학상 수상.

1998년	수필집 『어른 노릇 사람 노릇』(작가정신) 출간. 보관문화훈장 받음. 소설집 『너무도 쓸쓸한 당신』(창작과비평사) 출간.
1999년	묵상집 『님이여, 그 숲을 떠나지 마오』(여백) 출간. 『너무도 쓸쓸한 당신』으로 제14회 만해문학상 수상. 『박완서 단편소설 전집』(문학동네, 전5권) 출간.
2000년	장편소설 『아주 오래된 농담』(실천문학사) 출간. 수필선집 『아름다운 것은 무엇을 남길까』(세계사) 출간. 제14회 인촌상 수상.
2001년	단편소설 「그리움을 위하여」로 제1회 황순원문학상 수상.
2004년	장편소설 『그 남자네 집』(현대문학) 출간.
2005년	기행산문집 『잃어버린 여행가방』(실천문학사) 출간.
2006년	서울대학교 명예문학박사학위 받음. 제16대 호암예술상 수상.
2007년	장편소설 『친절한 복희씨』(문학과지성사), 수필집 『호미』(열림원) 출간.
2008년	옴니버스 영화 〈텐텐〉의 변영주 감독 다큐멘터리 '20세기를 기억하는 슬기롭고 지혜로운 방법' 출연.
2009년	단편집 『세 가지 소원』, 동화집 『이 세상에 태어나길 참 잘했다』(어린이작가정신) 출간.
2010년	수필집 『못 가본 길이 더 아름답다』(현대문학) 출간. 『현대문학』 창간 55주년 기념 소설가 9인의 자전소설집 『석양을 등에 지고 그림자를 밟다』 참여.
2011년	1월 22일 별세. 금관문화훈장 추서.

나의 박완서, 우리의 박완서
ⓒ 여성동아 문우회 2011

초판 인쇄 │ 2011년 4월 22일
초판 발행 │ 2011년 4월 30일

지은이 여성동아 문우회
펴낸이 강병선
책임편집 강지혜 │ 편집 양재화 이연실 │ 디자인 송윤형 한충현
마케팅 방미연 우영희 정유선 나해진 │ 온라인 마케팅 이상혁 한민아 정진아
제작 안정숙 서동관 김애진 │ 제작처 영신사

펴낸곳 (주)문학동네
출판등록 1993년 10월 22일 제406-2003-000045호
주소 413-756 경기도 파주시 교하읍 문발리 파주출판도시 513-8
전자우편 editor@munhak.com │ 대표전화 031) 955-8888 │ 팩스 031) 955-8855
문의전화 031) 955-8889(마케팅) 031) 955-2645(편집)
문학동네카페 http://cafe.naver.com/mhdn

ISBN 978-89-546-1453-5 03810

www.munhak.com